아주 희미한 빛으로도

아주 희미한 빛으로도

최은영 소설

문학동네

차
례

아주 희미한 빛으로도 / 007

몫 / 047

일 년 / 085

답신 / 125

파종 / 181

이모에게 / 213

사라지는, 사라지지 않는 / 267

해설 | 양경언(문학평론가)
더 가보고 싶어 / 321

작가의 말 / 347

아주 희미한 빛으로도

그녀의 수업은 금요일 오후 세시 삼십분에 시작했다.

짧은 커트 머리에 갈색 뿔테안경을 쓴 그녀의 얼굴은 얼핏 보면 강사로 여겨지지 않을 정도로 어려 보였다. 목소리는 낮고 허스키한 편이었다. 영문과 전공수업은 전부 영어 강의여서 그녀는 영어로 수업을 소개했다.

"이 수업의 목표는 영어로 에세이를 작성하는 것입니다."

그녀는 한국어 억양이 강하게 드러나는 영어로 그렇게 말했다. 나는 원어민처럼 영어로 말할 수 있는 학생들이 섞인 강의실에서 한국어 억양이 강한 영어로 수업하는 것이 얼마나 부담스러운 일일지 어림하면서 그 자리에 앉아 있었다. 그녀는 분명하게 말하려고 노력했고, 자신이 강조하고 싶은 부분은 조금 크게 말했다.

나는 그녀가 하는 말을 아무것도 놓치지 않고 이해할 수 있었다.

그녀는 강의 소개를 끝내고, 학생들의 질문을 받았다. 영어가 유창한 학생들이 가장 먼저 질문을 했다. 그녀는 학생들의 말을 귀기울여 듣고, 잘 이해하지 못했을 때는 한번 더 말해달라고 요청하고는 성실하게 답했다. 금요일 오후 수업이어서 수강 여부를 결정하지 못한 채로 강의실에 들어갔지만, 무채색 계열의 옷을 입고 한국어 억양이 강한 영어로 또박또박 자기 생각을 말하는 그녀를 보고 있자, 질의응답이 끝날 무렵에는 내가 그녀의 수업을 좋아하게 될 거라는 희미한 예감이 들었다.

수업은 매시간 그녀가 선정한 영문 에세이를 읽고, A4 용지 한 장 분량의 에세이를 제출하는 식으로 진행된다고 했다. 읽어야 할 책의 양이 많은 탓에 수강신청 정정 기간 동안 많은 학생들이 빠져나갔고, 결국 수강생은 열댓 명 정도로 줄어들었다.

첫번째 수업시간에 우리는 조지 오웰이 버마에서 경찰관으로 일했을 때 쓴 에세이를 읽었다. 그녀는 에세이를 한 줄 한 줄 따라 읽어내려가며 강독했다.

어떻게 말해야 할까. 나는 그 수업의 모든 부분이 마음에 들었다. 시멘트에 밴 습기가 오래도록 머물던 지하 강의실의 서늘한 냄새, 천원짜리 무선 스프링 노트 위에 까만 플러스펜으로 글자를 쓸 때의 느낌, 그녀의 낮은 목소리가 작은 강의실에 퍼져나가던 울림도 모두 마음에 들었다. 그녀가 고른 에세이들도 좋았고, 혼자 읽을 때는 별 뜻 없이 지나갔던 문장들을 그녀가 그녀만의 관점으로 해석할 때, 머릿속에서 불이 켜지는 순간도 좋았다. 나도 마음 깊은 곳에서는 알고 있었지만 언어로 표현할 수 없었던 것이 언어화될 때 행복했고, 그 행복이야말로 내가 오랫동안 찾던 종류의 감정이라는 걸 가만히 그곳에 앉아 깨닫곤 했다. 가끔은 뜻도 없이 눈물이 나기도 했다. 너무 오래 헤매었다는 생각 때문이었다.

　2009년 2학기, 구 년 전 그때 나는 스물일곱의 대학교 3학년 학사 편입생이었다.

　사 주 차 수업시간이었다. 그날은 생리한 지 사흘째가 되던 때였다. 나는 생리 첫째 날과 둘째 날에 피의 양이 많은 편이었다. 보통 셋째 날이 되면 쏟아져나오는 경우는 드물었고, 넷째 날이 되면 피의 양이 미미해졌다. 은행에서 일할 때는 일이 몰리는 시간에 화장실에 갈 수 없어 탐폰을 이용했는데 공중화장실에서 탐폰을 사용하는 일이 쉽지만은 않았다. 약을 먹어야 할 정도의 생리통은 늘 있었지만, 피의 양 때문에 생활에 지장을 받은 적은 없었다. 문제가 생긴 건 편입을 할 즈음이었던 것 같다. 갑작스럽게 피가 쏟아져나오는 경우가 있었다. 매번 조심했지만, 그날은 사흘째였고, 수업 직전에 생리대를 갈아서 큰 문제는 없으리라고 생각했다.

　휴식시간이 없는 세 시간짜리 수업이었고, 나는 청바지에 짧은 남방을 입고 있었다. 수업이 반 정도 지났을 때 바지에 피가 새는

느낌을 받았다. 다른 학생들과 뚝 떨어져서 맨 뒤쪽에 앉은 탓에
누군가에게 도움을 청할 수도, 바지를 가릴 외투도 없어서 나는
속수무책으로 나머지 시간을 견뎠다. 바지의 엉덩이 부분이 다 젖
어서 차가웠다. 수업이 끝나고 우물쭈물하는 사이 학생들이 전부
바깥으로 나갔고 강의실에는 나와 그녀만 남았다. 나는 당황스럽
고 수치스러운 마음으로, 그렇지만 한편으로는 그녀가 나를 분명
히 도와주리라는 믿음을 품고 그녀를 불렀다.

"선생님."

처음에 그녀는 내 목소리를 듣지 못했다. 몇 번 더 부르고 나서
야 그녀는 내 쪽을 봤다.

"저, 갑자기 피가 너무 많이 나와서……"

나는 일어서지 못하겠다는 표시를 했다. 그녀는 내 쪽으로 걸어
오더니 자신의 검은 재킷을 벗어줬다.

"우선 이거라도 둘러봐요."

나는 일어나서 그녀가 준 재킷을 허리에 둘렀다. 일어나보니 나
무 의자에도 피가 묻어 있었다. 그녀는 가방에서 물티슈를 꺼내
내게 건넸다. 나는 몇 번이나 물티슈로 의자를 닦고, 닦은 휴지를
학교 앞에서 받은 광고 팸플릿으로 말아 가방에 넣었다. 나는 그
녀에게 고맙다는 말도 하지 못했다.

"집이 어디예요?"

그녀가 내게 물었다.

"이촌동이요."

"그럼 우리집 가서 옷부터 갈아입어요."

그녀는 나를 보고 그렇게 말하면서 미소 지었다. 그 순간 그녀가 얼마나 가깝게 느껴졌는지 나는 기억한다.

"걸어서 십 분 거리, 금방 가요."

나는 그녀를 따라 밖으로 나갔다. 가까이서 보니 그녀는 강의실에서 봤을 때보다도 더 왜소했다.

"오늘이 셋째 날이어서 방심하다가…… 아까 오후까지는 괜찮았거든요."

"희원씨라고 했죠?"

"네."

"그럴 때가 있잖아요. 신경쓸 것 전혀 없어요. 나도 한 번 그런 적 있었는데……"

그녀의 집으로 가면서 우리는 생리를 하다 겪은 곤란한 일들에 대해 이야기를 나누었다. 내가 강의실에서 느꼈던 혼란스러움이 그녀와의 대화 속에서 조금은 녹아 사라지는 것 같았다. 그렇지만 피 묻은 바지를 갈아입기 위해 개인적으로 처음 이야기해본 강사의 집으로 가고 있다는 사실이 불편하지 않은 건 아니었다. 그녀의 집에 거의 다 왔을 때, 그녀가 뜻밖의 말을 했다.

"저번주에 낸 에세이 재미있었어요."

그 말에 나는 얼굴을 붉혔다. 그녀가 언급한 에세이는 내가 은행에서 스물넷부터 스물여섯까지 일하면서 받았던 인상을 간략하게 스케치한 글이었다.

"그러니까…… 다시 대학에 왔군요."

그렇게 말하고 그녀는 잠시 멈춰 서서 나를 보았다. 마치 우리가 예전부터 아는 사이였다는 듯이, 내가 은행에 들어가기 전부터도 알던 사이였다는 듯이.

"길을 바꾸기 어려웠을 텐데. 멋지네요."

그녀의 집은 오층에 있는 꽤 널따란 원룸이었다. 싱글 침대와 삼 인용 가죽소파, 옷장, 싱크대에 붙은 이 인용 식탁, 큰 책상을 제외하고는 사방이 책으로 뒤덮여 있었다. 그녀는 옷장에서 운동복 바지와 아직 포장을 뜯지 않은 팬티가 든 상자를 꺼냈다.

"새 팬티라 한번 세탁해야 하는데, 어쩔 수가 없네요."

그렇게 말하는 그녀 앞에서 나는 어정쩡하게 서 있다가, 그녀가 건넨 것들을 받아들고 화장실에 갔다.

옷을 갈아입고 나오자 그녀는 내 쪽을 보더니 "바지가 깡총하구나. 그게 그나마 제일 긴 바지인데"라고 말하면서 소리 내어 웃었다.

"차 마실래요? 페퍼민트랑 루이보스 있는데. 초콜릿도 있어."

처음에는 사양했지만 그렇게 용건만 보고 나가는 것도 어색하기는 마찬가지여서 나는 쭈뼛거리며 식탁으로 다가가 앉았다. 한 입에 마실 수 없을 정도로 뜨거운 루이보스 차를 마시고 냉동실에서 꺼내 차갑고 딱딱한 다크초콜릿을 먹으며 우리는 천천히 이야기를 나누었다. 그곳에서 나는 그녀가 박사학위를 받은 지 삼 년이 되었으며, 전공수업은 이번에 처음 맡았다는 사실을 알게 되었다.

나도 그녀에게 은행에 다닐 때의 이야기를 했다. 은행에서 일할 때 만났던 다양한 사람들에 대해서. 그녀는 상체를 내 쪽으로 내밀고 앉아서 중간중간 맞장구를 치거나 질문을 던졌다.

"늘 궁금했어요."

내가 말했다.

"뭐가요?"

"사람이요. 저 사람 왜 저래? 그러면서 혼자 생각하는 거예요. 정말 왜 저럴까. 응대하다보면 개인적으로 얘기해보고 싶은 사람들도 있었어요."

"호기심이 많군요."

그녀는 그렇게 말하며 웃었다. 앞으로도 몇 번은 더 볼 표정, 그녀를 생각하면 가장 먼저 떠오를 표정으로 그녀는 나를 보고 있었다. 나를 흘겨보면서 내가 재미있는 사람이라는 듯, 웃기는 사람이라는 듯 짓궂게 미소 짓는 얼굴.

나는 재미있는 사람도, 웃기는 사람도 아니었다. 누군가에게 나는 비정규직 은행원이었고, 누군가에게는 다이어트가 필요한 어린 여자애였으며, 누군가에게는 일을 처리해줄 기계였고, 누군가에게는 하소연을 들어줄 사람이었고, 누군가에게는 감정도, 생각도, 느낌도, 자기만의 언어도 없는, 반격할 힘도 없는 인형이었으니까. 나는 얼떨떨한 마음에 웃어 보이고는 이제 그만 집에 가봐야겠다고 말했다.

"선생님 재킷은 세탁해서 다음주에 드릴게요."

"그럴 필요 없는데. 그게 마음 편하면 그렇게 해요."

내가 주섬주섬 짐을 챙기고 나갈 채비를 하자 그녀가 물었다.

"원래 이촌 살았어요?"

"아니요. 원래는 안양 살다가 고등학교 때부터 용산 쪽에서 살기 시작했어요."

"그렇군요."

나는 그녀가 왜 그런 질문을 했는지 그다음날 알게 되었다.

그날 저녁, 나는 인터넷에서 그녀의 이름을 검색해봤다. 그녀의 석사논문과 박사논문의 초록을 찾아 읽었고, 그녀가 번역한 책들의 정보를 확인할 수 있었다. 그녀 이름으로 나온 에세이집도 발견했다. 한 인터넷 매체에 연재한 글을 2007년 5월에 책으로 펴낸 것이었다. 인터넷 서점에 들어가보니 모두 품절로 나와서 다음날 나는 광화문으로 나갔다.

두 군데 서점에서 허탕을 치고 마지막으로 간 서점에서 재고 한 권을 발견했다. 사진 한 장 없는 심심한 디자인의 에세이집이었다.

책값을 계산하고 지하철에 올라 책을 읽기 시작했다. 이상한 기분이 들어 고개를 들어보니 지하철은 이미 용산을 한참 지나 영등포까지 와 있었다. 다시 반대편 지하철을 타고 집으로 간 나는 방문을 닫고는 어둠 속에서 스탠드만 켠 채로 정신없이 그 책을 읽어내려갔다. 마치 카세트 플레이어의 재생 버튼을 누른 것처럼 책을 읽는 동안 그녀의 낮고 차분한 목소리가 들려왔다.

자신이 번역한 책과 작가에 대한 감상으로 시작한 에세이는 자연스럽게 그녀의 자전적 이야기로 이어졌다. 그녀는 별다른 과장 없이 자신의 어린 시절과 그때 겪었던 일들을 서술했다.

감정을 최대한 누르며 쓴 글이었지만 자신이 살았던 장소를 이야기할 때만은 목소리에서 나름의 애정이 묻어나왔다. 자신이 나고 자란, 손가락으로 셀 수 없을 정도로 자주 이사 다녔던 용산에 대해 쓸 때 그랬다. 그제야 나는 그녀가 내게 이촌에 언제부터 살았는지 물었던 이유를 알 수 있었다. 우리는 용산의 어디에선가 서로 스쳐지나갔을 것이다. 그렇게 생각하자 그녀의 글이 더 가깝게 다가오는 기분이었다. 책의 사분의 일을 차지하는 긴 에세이에서 그녀는 그녀가 용산에서 머물렀던 장소들에 대한 기억을 이야기했다. 그 글은 그녀가 지나온 장소의 세부가 낱낱이 묘사된, 목탄으로 그린 큰 그림 같았다.

나는 그녀의 눈으로 내가 직접 보지 못한 풍경들을 볼 수 있었다. 어린 그녀의 눈에는 한없이 높아 보이던 콘크리트 담장, 그 앞을 지날 때면 늘 쫓아오던 황구, 햇볕이 잘 드는 담장 앞에 쪼그려

앉아 황구의 머리를 쓰다듬어주던 일, 다시 길을 가려고 하면 졸졸 쫓아오는 황구가 자기 집을 못 찾아갈까봐 쫓아오지 마, 쫓아오지 마, 소리치며 뒤를 돌아보지 않으려고 애쓰던 골목, 동네 아이들이 고무줄놀이를 하는 옥상을 올려다보며 자기도 같이 놀고 싶다고 바라던 마음, 그때 그 건물에 붙어 있던 피아노 교습소 간판, 공사장들, 어린 그녀의 눈에는 어느 날 갑자기 나타난 것처럼 보이던 큰 건물들, 그리고 그녀가 많은 시간을 보낸 지하 전자오락실.

오락실 주인이 돈을 쥐여주면서 이제 그만하라고 할 때까지 그녀는 '죽지 않고' 게임을 이어나갔다. '나는 홀로 몰두할 수 있는 모든 일을 잘했다. 몰두하면 시간이 가고, 시간이 가면 그곳으로부터 더 빨리 벗어날 수 있으리라는 걸 알았으니까'라고 그녀는 썼다. 도서 대여점과 상가 건물 삼층에 있던 교회, 용산역사와 철길, 기차와 전철이 오갈 때의 소리와 한강, 밤에 보던 한강철교, 남자 여럿이 자동차를 타고 '어린애들은 가면 안 된다'던 골목으로 들어가던 모습, 웃으며 지나가던 그 남자들을 골목 입구에 서서 쏘아보던 일, 장마가 지나가고 난 뒤에 거리에서 나던 냄새, 극장 앞에서 암표를 팔던 상인의 모습. 그녀는 장소에 대해 한참이나 묘사하고 나서 '나는 그곳을 떠나고 싶었다'라고 썼다. 그 문장은 같은 에세이 안에서 여러 번 반복되었다.

영인문고에 대한 이야기가 나온 건 에세이의 마지막 부분에서였다. 그곳은 그녀가 묘사한 장소 중 내가 유일하게 알고 있고, 자주 방문했던 데였다. 영서를 많이 팔던 작은 중고 책방의 풍경이 눈앞에 그려졌다. 그곳에는 천장까지 이어지는 책장이 책방의 삼면에 자리했고, 가운데에는 기다란 평대가 있었다. 책장이 각각의 주제에 따라 잘 정리되어 있는 것과는 다르게, 평대 위에는 그날그날 다른 책들이 놓였다. 나는 별다른 분류 없이 평대에 놓인 책들을 구경하는 것이 좋았고, 찾던 책을 여러 권 구하기도 했다.

'무슨 이유로 그곳에 가게 되었는지는 모른다.' 그녀는 그렇게 썼다. 책방에는 다리가 가느다란 식탁 의자가 있었고, 그녀는 거기에 앉아 구매한 책을 읽기 시작했다. 그날 다 읽는 건 어려웠으므로 그녀는 다음날에도, 그다음날에도 책방의 식탁 의자에 앉아서 책을 읽었다. 주인은 그녀에게 별 관심이 없었다. 나는 책방 주인의 모습을 떠올렸다. 계산대에 가만히 앉아서 손님이 오는지 가는지 신경쓰지 않던 모습을. 그런 주인 덕분에 나는 책방에서 편안함을 느낄 수 있었다. 그녀 또한 그 책방에서 나와 비슷한 경험을 했다는 사실이 나는 반가웠다.

'그곳은 용산에서 갈 수 있는 가장 먼 곳이었다.' 그녀는 이어서 그렇게 썼다. 페이퍼백 영어 소설들을 읽으며 그녀는 용산으로부터도, 자신의 언어로부터도 멀어질 수 있었다. '영어는 나와 관계없는 말이었다. 나와 가까운 사람들이 쓰던 말이 아니었다. 내게 상처를 줬던 말이 아니었다.'

재수를 하면서 그녀는 그곳에서 아르바이트를 하기도 했다. 손님들은 가지각색이었는데, 한국어를 잘 모르는 외국인들도 있었다. 잘 모르더라도 한국어를 쓰려고 노력하던 사람도 있었고, 빠르고 공격적인 영어로 말하면서 그 말을 이해하지 못하는 그녀를 조롱하듯 웃던 사람도 있었다. 그러나 그때 만난 손님들은 대부분 좋은 사람들이었다고 그녀는 회고했다.

계산대에서 현관문의 유리창을 통해 그녀는 찻길과 가로수들, 차와 사람들이 분주하게 오가는 모습을 볼 수 있었다. 늦봄 무렵에는 현관문을 열어놓고 영업을 했는데, 큰비가 내리면 문을 닫아야 했다. 그녀는 비가 오던 날들이 오래 기억난다고 적었다. 비에 먼지가 씻기는 냄새를 맡을 때, 빗방울이 세차게 내리쳐 콘크리트 바닥을, 주차된 차를, 가로수를 두드리는 소리를 들을 때, 건물의 홈통에서 빗물이 쏟아져나오는 모습을 볼 때, 빗방울이 시야를 가려버릴 정도로 내리칠 때 그녀는 책방을 가득 채운 오래된 책 냄새를 맡으며 홀린 듯이 거리를 바라보았다. 그럴 때면 그녀는 그 거리와 도시에 어쩔 수 없는 친밀함을 느꼈고, 그 느낌이 예전처럼 싫지만은 않았다.

그 글의 마지막에서 그녀는 '나는 그곳을 언제나 떠나고 싶었지만, 내가 떠나기도 전에 내가 깃들었던 모든 곳이 먼저 나를 떠났다. 나는 그렇게, 타의로 용산을 떠난 셈이 되었다'라고 썼다.

그녀의 책에는 내가 그때까지 읽어왔던 에세이들과는 다른 결이 있었다. 그녀의 글에서 그녀는 성공한 사람도, 자유로운 사람도, 세상 다른 사람들보다 어딘가 특별하고 특출한 사람도 아니었다. 다만 그녀는 자신을 타인처럼 여기고 있었다. 타인을 바라보는 시선에도 여러 종류가 있겠지만 자신을 바라보는 그녀의 시선은 무심했고, 더 나아가 무정하기까지 했다. 이겨내기 어려웠을 것이 분명한 비참한 순간에 대해 기록하고는 바로 다음 단락에서 슈퍼 앞 플라스틱 의자에 앉아 태연하게 스크류바를 먹는 장면을 적는 식이었다. 본인이 의도했든 그러지 않았든 그런 식의 구성이 여러 번 반복되었는데, 그게 내 마음을 아프게 했다. 그녀에게는 그런 아프고 폭력적인 순간들이 스크류바를 먹는 순간만큼이나 평범하고 일상적인 일이었다는 느낌을 줬기 때문이다.

그녀는 독자의 반응을 신경쓰지 않는 것처럼 자신이 인간적으로 지닌 약점과 단점, 세상 사람들로부터 비난받을 수도 있는 날 것의 감정을 있는 그대로 적어내려갔다. 이 사람 뭐지, 호감 가는 사람이 아니네, 라고 생각할 정도로, 아니, 그런 반응을 기대라도 하듯이 아무것도 미화하지 않고 노골적으로 썼다. 나라면 이런 식으로 솔직하게 쓰지 못했으리라고, 앞으로도 결코 이런 식으로 나에 대해 쓸 수 없으리라고 느꼈고, 그녀가 용기 있는 사람이라고 생각했다. 그리고 이 책을 읽었다는 걸 그녀에게 말하지 않는 편이 낫겠다고 판단했다.

강사는 영어로 강의를 해야 한다는 규칙이 있었지만, 토론 시간에는 모두 한국어로 말할 수 있었다. 내가 그녀의 도움을 받고 바로 다음주 수업에서, 우리는 어느 4학년 학생이 써온 에세이를 같이 읽었다.

'이것은 내가 서른네번째로 쓰는 자기소개서다'라는 첫 문장 뒤로 그녀는 자기소개서에 쓸 수 없었던, 혹은 자기소개서에 썼으나 사실이 아니었던 내용에 대해 담담하게 써내려갔다. 아이를 낳고 퇴사한 첫째 언니, 계약직으로 일하면서 서른다섯이 되면 더이상 고용될 수 없으리라는 불안을 지니고 사는 둘째 언니에 대한 이야기를 하며 그녀는 자신의 삶이 두 언니들과 어떻게 다를 것인지 궁금하다고 썼다. 면접장에서 전원이 남성인 회사 간부들을 볼 때마다 숨이 막힌다는 말도 있었다. '나의 삶에는 특별할 것이 없다. 특별한 것이 있다면 이런 자기소개서 같은 건 쓰지 않았을 것이다.' 그 글은 그런 식으로 끝났다.

나는 그 글이 지닌 거칠고 강한 느낌이 좋았는데, 모두가 그렇게 생각한 건 아니었다. 글의 결론이 모호하고, 무슨 말을 하고 싶은 건지 알 수 없다는 지적이 있었다. 발표자는 자신이 평소에 느끼던 생각을 적은 것일 뿐, 특별한 주제를 의식하고 쓴 것은 아니라고 답했다.

"불안정한 일자리 문제나 구직의 어려움이 사회적 차별의 결과라고 은근히 주장하는 것 같은데요."

누군가 그렇게 말하자 발표자는 고개를 저었다.

"저는 그저 저와 제 가족에 대해서 쓴 것뿐입니다. 그렇지만……"

발표자는 망설이다 말을 이었다.

"저는 저나 저희 언니들이 겪는 문제를 모두 저희들 탓으로만 생각하지 않아요. 그렇게 생각한다면 미안한 일이죠, 저나 저희 언니들에게나."

발표자가 그렇게 말하자 누군가가 의견을 더했다.

"너무 극단적인 상황들만 나와 있으니까, 상대방에게 자신의 생각을 강요하는 걸로 읽힐 수 있을 것 같아요."

발표자는 수긍한다는 듯이 고개를 끄덕였다. 진심으로 수긍해서가 아니라, 빨리 그 시간이 지나기를 바라서 그러는 것처럼 보였다.

"저는……"

나도 모르게 말이 나왔다.

"이 글에 나온 내용이 극단적이라고 생각하지 않아요. 우리도 모두 알고 있지 않나요. 평범한 이야기잖아요. 제가 비정규직으로 일했던 회사도 그랬어요. 비정규직 다수가 어린 여자들, 간부들 다수가 남자들, 그걸 차별이 아니라고……"

내가 말을 마치기도 전에 다른 학생 하나가 내 말을 자르고 자기 이야기를 했다.

"중요한 건 그런 게 아니라 노동 유연화 정책, 신자유주의적 경제 개편이거든요. 한국이 1997년에……"

"지금 뭐라고 했죠?"

강사가 토론 중간에 끼어든 적이 거의 없었기에 모두가 그녀를 바라봤다.

"노동 유연화 정책이…… 문제라고 말했습니다."

"아니, 그전에 뭐라고 했죠?"

그는 당황하여 귀가 붉어진 채로 기억나지 않는다고 말했다.

"앞서 얘기한 학생의 의견이 중요하지 않다고 말했죠. 그것도 말을 끊어가면서."

그녀는 거기까지 말하고 웃음기가 걷힌 얼굴로 그를 바라봤다.

"내 수업에서 다시는 이런 일이 없었으면 합니다. 지금 이 자리에서 앞의 학생에게 사과하세요."

그는 온통 붉어진 얼굴로 내게 사과했다. 당황한 건 나도 마찬가지였다. 나는 그가 내 말을 끊었을 때, 그리고 내 발언을 평가절하했을 때 약간 무안했을 뿐 별다른 감정은 들지 않았다. 누군가가 내 말을 끊고, 내 의견이 중요하지 않다고 말하는 상황이 내게는 익숙했다.

그녀는 자신의 얘기를 개인적인 일로 받아들이지 말라고 그에게 말하고 수업을 이어나갔다. 수업이 끝나고 학생들이 강의실을 다 빠져나가고 나서 나는 그녀에게 다가갔다.

"저번주엔 감사했어요."

나는 그렇게 말하며 세탁한 재킷과 운동복 바지가 담긴 종이봉투를 건넸다. 그녀는 봉투를 받아들더니 안경을 고쳐 쓰고 나를 봤다.

"아까 내가 심했나요?"

나는 그녀가 나를 약하고 어리숙한 사람으로만 생각하는 것이 싫었고 내가 꼭 오늘처럼 당하고만 살지는 않는다는 말을 하고 싶었다. 나는 거짓말을 해서라도 그녀에게 잘 보이고 싶었다.

"저도 아까, 한마디할 생각 있었어요."

그녀는 내 말을 듣고 웃어 보였다.

"바로 집에 가요?"

내가 그렇다고 하자 그녀는 자기도 오늘 용산역으로 갈 일이 있다고, 같이 가도 되냐고 말했다.

나는 망설이지 않고 그러자고, 같이 가자고 답했다. 그녀와의 동행이 설레면서도 불편했지만 대수롭지 않은 것처럼 연기했다. 나는 그녀가 나를 어린 학생들을 보는 것과는 다르게 바라봐주기를 바랐다. 그녀에 대한 동경과 호기심, 어려움이 섞인 마음을 감추려고 나는 그녀와 눈을 맞추며 이야기하려고 노력했다.

우리는 마을버스 정류장까지 나란히 걸어가서 버스를 탔다. 버스 안에서 나는 그녀에게 저번주에 도와줘서 고마웠다고 여러 번 말했다. 그녀가 아니었으면 난감했을 거라고 말이다.

"그럼 희원씨가 내 입장이었으면 어떻게 했을까?"

그녀는 그렇게 묻고 나를 바라봤다.

"희원씨라도 그렇게 했겠지. 그러니 자꾸 고맙다고 하지 마요. 자꾸 고맙다고 하고 미안하다고 하고 그러지 마, 희원씨."

나는 아무 말도 못한 채 그녀를 따라 버스에서 내렸다. 지하철 역으로 걸어가는 동안 주위가 조금씩 어두워졌다.

"용산에는 어떤 일 때문에 가세요?"

내가 물었다.

"응, 거기 친구들이 있어서 만나기로 했어요."

"용산 사는 친구분들이 있으세요?"

나는 그녀의 글을 읽지 않은 것처럼, 아무것도 모른다는 듯이 말했다.

"아, 나도 용산 살았어요. 거기서 태어나서 대학원 가기 전까지 는 계속 살았어."

그녀는 담담하게 그 시절에 대해서 이야기했다. 이상하게도 지 하철에 나란히 서서 그녀의 이야기를 듣고 있자니 마음이 가라앉 았다. 나도 내가 살았던 용산에 대해서 이야기했다. 지난겨울에 그 일이 있고 나서부터 더이상 그쪽 길로 걸어다니지 않고 버스를 타고 비켜 다닌다고, 그렇지만 가족들에게조차 내 마음을 이야기 하지는 못했다고 말했다.

"걸어서 이십 분 거리에 있어요. 집이. 그 건물에서."

나는 그렇게 말하고 애써 웃으려고 노력했다. 건물주가 나가라면 나가야지, 어디 도시 한복판에서 행패야. 아빠는 그렇게 말했다. 그 사람들이 어떻게 됐든 그게 나랑 무슨 관곈데? 우리 먹고 살기도 빠듯해 죽겠다. 그렇게 말하는 엄마에게 오빠는 뭐라고 했지. 태어날 때 가난한 건 죄가 아니지만, 죽을 때 가난한 건 자기 죄야. 나는 아무 말도 하지 않았지만 길을 걸으면서도, 잠들기 전에도 혼자 울었다.

그녀와 나의 대화는 그 새벽 우리가 무엇을 하고 있었는지로 흘러갔다. 나는 그 전날 마신 술 때문에 내내 누워 자고 있었다고 말했고, 그녀는 소논문을 쓰고 있었다고 말했다. 우리는 한동안 별말을 하지 않았다. 그녀는 주제를 돌려 내가 알 만한 장소들을 물었다. 나는 가봤다, 아직 못 가봤다, 답을 하면서 그녀가 여전히 그날에 대해 생각하고 있으리라고 짐작했다. 애써 밝게 말하려 했지만 목소리가 계속 잠겨 있었고 웃어도 웃는 것처럼 보이지 않아서였다. 같은 시간 그런 일이 벌어지고 있을 때 책상에 앉아서 논문을 쓰고 있었다는 사실만으로도 누군가는 자신의 마음에 상처를 낼 수 있다는 걸 나는 그녀의 얼굴을 보며 이해했다. 터놓고 얘기하면서 내가 괴로웠다. 내가 상처 입었다, 라고 말할 자격조차 없는 건 나도 마찬가지였으므로. 그렇지만 상처받았다는 사실은 사실 그대로 내 마음에 남아 있었다.

지하철이 한강을 건너가고 있었다. 검은 밤하늘과 검은 강이 배경이 되어 차창에 우리의 모습이 비쳐 보였다. 키가 크고 골격이 큰 편인 나와, 나보다 머리 하나는 작고 왜소한 그녀가 붙어서 있는 모습이었다. 그렇게 작고 마르고 뼈대가 가는 사람이 그때의 내 눈에는 누구보다도 강한 사람처럼 보였다. 나도 그녀처럼 되고 싶다고 생각했다. 그녀처럼 강한 사람이 되고 싶다고. 나는 고개를 돌려 그녀를 바라봤다. 어깨에 크로스백을 메고 차창을 바라보는 그녀의 모습을 보니 이상하게도 슬프고 그리운 마음이 들었다.

서로의 에세이를 읽고 토론하는 수업이어서 그녀가 강의를 하는 시간보다는 학생들이 말하는 시간의 비중이 더 컸다. 상대의 말을 자르거나 상대의 의견을 무시하는 태도를 지양해야 한다는 원칙은 그때의 수업 이후로 잘 지켜지는 편이었다. 한 학생이 대화를 독점하려고 할 때도 그녀의 개입이 이루어졌다. 그런데도 그녀가 지적할 수 없는 부분에서 은근하게 상대를 존중하지 않는 학생들이 있었다. 그들은 상대는 이런 지식을 알지 못하리라고 확신하듯 '~거든요'라는 종결어미를 즐겨 썼다.

때로는 그녀에게도 그런 식으로 말하곤 했다. 그럴 때면 그녀의 얼굴에 흥미롭다는 미소가 어렸다. 버지니아 울프는 1939년에 죽었거든요. 누군가 그렇게 말하면 흥미롭게 바라보다 아니죠, 1941년이죠, 라고 수정해주는 식이었다. 그녀가 버지니아 울프로 박사논문을 썼음에도 불구하고, 자신들이 그녀를 가르칠 수 있다고 무의식적으로 믿고 있는 것처럼 보였다. 그들이 정교수의 수업이나 남자 강사의 수업에서는 결코 그런 식으로 말하지 않는다는 것 또한 나는 잘 알고 있었다. 그러나 그녀는 그들의 그런 무례에 대해서 단 한 번도 지적하지 않았다. 그럴 가치조차 없다는 듯이.

학기가 끝날 무렵, 나도 에세이를 발표했다. '통근'이라는 제목의, 내가 은행에 다니던 시절 걸어다니던 통근길에 대한 글이었다. 나는 생각이나 판단을 최대한 줄이고, 통근길에 내 눈에 보이던 것들, 소리, 냄새에 대해 묘사하는 방식으로 글을 써나갔다. 빛에 따라서, 계절에 따라서, 혹은 내 마음 상태에 따라서 그 거리가 어떻게 다르게 보였는지 묘사했다. 외벽에 직사각형 타일을 붙여 마감한 건물, 아침이나 저녁이나 셔터가 내려가 있던 철물점, 가게 앞에 화분을 종류별로 내다놓은 백반집, 버스 정류장 옆의 작은 복권 판매소 같은 풍경들을 그렸다. 글의 후반부에서 나는 그 길에서 사라진 것들에 대해서 이야기했다. 비어버린 건물들, 비어버린 상가들에 대해서. 사람들은 어디로 갔을까. 내가 궁금한 건 오로지 그것뿐이었다고. 사람들은 어디로 갔을까. 나는 그 문장을 반복해서 썼다.

발표가 끝나자 글의 구성과 문법상의 오류에 대한 지적이 이어졌다. 필요 없을 만큼 외부 묘사가 구체적이라는 견해도 있었다. 그런 탓에 가독성이 떨어지고 지루해졌다는 평도 있었다. 몇몇은 내 글이 지닌 장점들을 이야기해주기도 했다. 무난하게 발표가 끝나갈 무렵, 평소에는 별다른 말을 하지 않던 학생 하나가 입을 열었다.

"이 글은 아무런 주장도 하고 있지 않지만, 사실 그 이면에는 어떤 글보다도 분명한 관점이 깔려 있습니다. 도시 개발을 부정적으로 바라보는 시각이죠."

그의 말에 다른 학생 하나가 의견을 더했다.

"저도 그렇게 읽었어요. 사람들은 어디로 갔을까, 라는 문장이 계속 반복되고, 개발이 은유적으로 사람을 죽이고 있다는 생각이 들었고요. 여기 동네가 어디예요?"

"용산이요."

내가 대답하자, 강의실에 한동안 침묵이 흘렀다. 몇몇 학생들이 그때의 일을 언급하면서 그 일이 남긴 충격에 대해 이야기했다. '희생자들'이라는 단어가 나오자 처음 문제 제기를 한 학생이 다시 입을 열었다.

"많은 언론에서 말하고 있듯이, 그 사건에서 일방적인 피해자는 없었습니다. 폭력적인 시위가 문제였던 거고요."

그 말이 끝나자마자 맞은편에 앉아 있던 학생이 받아치듯 말했다.

"무슨 언론 보셨는데요. 해외 기사도 보셨나요? 그게 경찰특공대에 철거 용역까지 투입할 상황이었나요. 시위대가 폭력적이라고요? 고작 이천오백만원 던져주면서 나가라고 하면 저항도 못하고 끌려나가야 하나요? 정말 그렇게 믿어요? 그 정도의 잔인함이 옳다고?"

나는 아직도 그 말을 하던 사람의 얼굴을 기억한다. 그가 잔인함을 잔인함이라고 말하고, 저항을 저항이라고 소리 내어 말할 때 내 마음도 떨리고 있었다. 누군가가 내가 느꼈던 감정과 생각을 날것 그대로 말하는 모습을 보며 한편으로는 덜 외로워졌지만, 한편으로는 지금까지 그럴 수 없었던, 그러지 않았던 내 비겁함을 동시에 응시할 수 있었기 때문이다.

"다들 너무 격양된 것 같은데, 발표자 글이 그 사건을 직접 다루는 글도 아니잖아요. 발표자는 그래도 편향되지 않고 균형감 있게 잘 쓴 것 같은데요."

누군가 그렇게 말했을 때, 나는 아무렇지 않은 척했지만 수치스러웠다. 내가 그 글을 쓰면서 남들에게 어떻게 읽힐지 의식했다는 사실을 나도 알고 있었기 때문이다. 내가 하고 싶은 말, 표현하고 싶은 생각이나 느낌을 그대로 담았을 때 감상적이라고, 편향된 관점을 지녔다고 비판받을까봐 두려워서 나는 안전한 글쓰기를 택했다. 더 용감해질 수 없었다.

"지금 이 발표자의 글이 그렇다는 건 아니지만."

그녀가 입을 열었다. 그녀는 어떤 사안에 대한 자기 입장이 없다는 건, 그것이 자기 일이 아니라고 고백하는 것밖에는 되지 않는다고 말했다. 그건 그저 무관심일 뿐이고, 더 나쁘게 말해서 기득권에 대한 능동적인 순종일 뿐이라고, 글쓰기는 의심하지 않는 순응주의와는 반대되는 행위라고 말했다. 나는 그녀의 말을 들으면서 고개를 들 수 없었다. 순응주의, 능동적인 순종. 그런 말들에서 나의 글이, 삶에 대한 나의 태도가 자유롭지 않다는 것을 누구보다도 내가 잘 알고 있었기 때문이다. '지금 이 발표자의 글이 그렇다는 건 아니지만'이라는 말은 나를 모욕하지 않으려는 배려였을 뿐, 그녀가 속으로는 분명 다른 판단을 내렸으리라고 짐작했다. 나는 그때 강의실을 둘러싼 이상한 열기를 기억한다. 그녀의 발언에 대한 지지와, 한편으로는 분명한 반감이 뒤섞인 공기를. 그 학기 내내, 그녀의 수업시간에는 그런 긴장감이 돌곤 했다.

그 일이 있고 한 달쯤 지나서였다. 그날은 금요일이 아니었다. 늦은 오후였고, 지하철을 타려고 플랫폼으로 걸어가는데 그녀와 우연히 마주쳤다. 그녀는 수업시간에는 입고 오지 않던, 후드가 달린 푸른색 코트를 입고 흰 운동화를 신고 있었다. 모른 척 지나갈까 했는데 그녀가 나를 알은체해서 우리는 지하철에 같이 올랐다. 지난 발표 이후 그녀와 따로 이야기한 적이 없어서 조금 어색하고 떨렸지만 잡담을 나누면서 서서히 긴장이 풀렸다. 나는 그녀가 내 글을 진심으로 어떻게 생각했는지 궁금해하면서도 내색하지 않고 별 의미 없는 이야기들을 이어나갔다.

지하철에 한 자리가 나서 나는 그녀에게 앉으라고 하고 그녀 앞에 섰다. 그녀는 무릎 위에 크로스백과 책을 올려놓았다. 그 책은 가즈오 이시구로의 *Never Let Me Go*였다. 은행을 다니던 시절에 영인문고에서 사서 읽은 책이었다. 나는 반가운 마음에 나도 그 책을 재미있게 읽었다고 말했다.

그녀도 거의 다 읽어간다고 말했다. 우리는 그 책에 대해 많은 이야기를 했다. 인물들의 성격에 대해, 헤일셤이라는 공간에 대해. 나는 그녀와 책에 대해 이야기할 수 있어 기뻤다. 나는 그녀에게 그런 이야기를 했다. 화자인 캐시가 자신이 어린 시절 전체를 보낸 기숙학교 헤일셤의 위치를 모른다는 점이 의아했다고. 이곳저곳을 운전해 다니면서 어쩌면 저곳이 헤일셤이 아닐까, 추측하다가 그렇지 않을 거라고 다시 체념하는 장면이 마음 아팠다고. 모두를 보내고 세상에 뚝 떨어져 남은 캐시가 헤일셤을 찾을 수 없다는, 굳이 찾으려 하지 않는다는 설정이 슬펐다고 말이다.

그녀는 복제 인간인 캐시가 죽음을 앞두고 계속해서 헤일셤에서의 일을 기억하려 하는 것이 아름다웠다고 답했다. 캐시는 헤일셤을 기억하는 행동으로 자신의 친구 루스와 토미의 영혼을 증명하고 있는 것 같다고. 자기 자신의 영혼조차도. 헤일셤은 그러니까 하나의 장소가 아니라 캐시 자신일 수도, 루스일 수도, 토미일 수도 있다고 말했다. 나는 아직도 그녀가 내게 했던 말을 기억한다. 기억하는 일이 사랑하는 사람들의 영혼을, 자신의 영혼을 증명하는 행동이라는 말을.

나는 망설이다 입을 열었다.

"저, 선생님이 쓰신 책 봤어요."

"출판사가 없어졌죠, 그거 나오고."

그녀는 그렇게 말하고 예의 그 짓궂은 표정으로 웃었다.

"나도 없어요, 그 책. 사람들한테 다 나눠줘서."

"제가 운이 좋았네요."

"글쎄요."

"영인문고에 대해 쓰신 것도 읽었어요. 저 이 책도 영인문고에서 샀었거든요."

"그래요?"

"네."

"그 책 나올 때까지만 해도 있었어요, 영인문고."

"사장님 소식 아세요?"

"아니요."

그녀는 그렇게 말하더니 가만히 책표지를 내려다봤다.

나는 그녀에게 영인문고에서 보낸 시간에 대해 이야기했다. 책방인데도 늦게까지 문을 열어서 퇴근 후에 둘러보기도 하고, 가끔은 책방에 비치된 의자에 앉아서 졸기도 했다고. 주인이 철저히 무심한 사람이어서 손님들에게 관여하지 않았고, 그런 이유 때문에 자주 갔던 것 같다는 말도 했다. 주인이 계산대에 앉아서 가게 한쪽에 놓인 작은 텔레비전으로 일일 드라마를 보곤 하던 기억이 떠오른다고 말했을 때, 그녀는 잠시 소리 내어 웃었다.

"저번 수업시간에 내가 했던 말 있잖아요."

그녀가 말했다.

"누가 희원씨 글 편향되지 않아서 좋다고 얘기해서 내가 했던 말 있잖아."

그녀는 두 손으로 책을 만지작거리면서 말을 이었다.

"난 편향되지 않아 좋다는 말 자체를 이야기하고 싶었지, 희원 씨 글이 자기 입장 없는 글이라고는 생각 안 했어. 그건 그 친구가 잘못 읽은 거지. 혹시 오해할까봐 얘기해요."

그러면서 그녀는 그간 내가 제출한 에세이들에 대해 좋은 평을 했다. 명료하게 자기 생각을 보여주는 글도 있지만, 한쪽으로 비켜서서 응시하는 글도 있으며, 어떤 방식이 더 좋은 것인지는 분명히 이야기할 수 없다고 했다. 사람들이 하는 말에 휘둘리느라 자기 목소리를 잃어서는 안 된다고 그녀는 내게 넌지시 말했다. 하나의 글을 놓고 여러 명이 부족한 부분을 중심으로 지적하는 식의 수업이 얼마나 도움이 되는지 모르겠다고 혼잣말처럼 이야기하기도 했다. 나는 그런 말을 하며 책 모서리를 만지작거리는 그녀의 기다란 손가락을 바라봤다.

그다음 수업시간에 그녀는 학생들에게 기말고사 주간에 같이 영화를 보자고 했다. 출석 체크는 하지 않을 거고, 영화를 볼 사람만

나오라고 했다. 극장 앞에 가보니 그녀를 포함해 여섯 명이 모여 있었다. 우리는 극장 가운데 열에 나란히 앉아서 영화를 봤다. 극장에서 나오자 어두운 거리의 노점 불빛이 보였고, 밤 굽는 냄새, 오징어 굽는 냄새가 났다. 우리는 그녀를 따라 극장 근처에 있는 닭갈빗집으로 갔다. 연말이고 크리스마스가 가까운 금요일 밤이어서 우리는 자리가 나기를 기다리며 영화에 대한 감상을 나눴다.

은근한 우애가 느껴졌던 밤으로 기억한다. 한 학기 동안 수업에서 느꼈던 마음이 공유되는 듯했다. 겉으로 말을 하지는 않았지만 지적인 자극을 주는 젊은 여자 선생님을 만난 것만으로도 그들 역시 나처럼 좋은 시간을 보냈던 것 같았다. 그녀는 수업시간의 진지한 표정을 지우고 우리의 대화에 자연스럽게 참여했다.

다닥다닥 붙어앉아 닭갈비를 먹고, 밥을 볶아 먹는 동안 우리는 술을 마시지도 않고 기분이 좋아져 자연스레 서로에 대해 묻고 답했다. 장래에 대해 이야기를 나누기도 했다. 누군가는 은행에, 누군가는 출판사에, 누군가는 외국계 기업에 취업하고 싶다고 말했고, 우리는 서로를 격려했다. 그녀도 응원하듯 긍정적으로 반응했다.

"언니 은행 다녔다고 하지 않았어요?"

은행에 지원한다는 학생이 내게 물었다. 나는 은행 일의 장점과 단점에 대해 이야기해줬다.

"왜 관둔 거예요?"

나는 재수를 하고 싶었지만 하지 못했던 일, 성적에 맞춰 들어간 학과 공부가 맞지 않아 괴로웠지만 쫓기듯이 취직을 해야 했던 일 같은 것들을 이야기했다.

"근데 다른 곳도 아니고 왜 대학으로 다시 온 거예요?"

그 학생이 내게 다시 물었다. 그 학생 옆에 앉아 있던 그녀도 궁금하다는 듯 나를 쳐다봤다. 따로 몇 번 이야기를 하면서도 그녀는 내게 그 질문을 하지 않았었다.

"대학원 가고 싶어서요."

나는 내 대답에 그녀의 얼굴에서 미소가 사라지는 모습을 봤다.

"오래 생각한 건가요?"

그녀가 장난기 없는 얼굴로 내게 물었다.

"네."

나는 그렇게 말하고 그 짧은 순간, 그녀가 내 말에 긍정적으로 반응해주기를 기대했다.

"바로 결정해야 할 일은 아니니까, 희원씨."

그녀는 그렇게 말하고 잠시 망설이다 말을 이었다.

"공부는 대학원 아닌 곳에서도 할 수 있는 거, 희원씨도 알죠."

그때 내 표정이 어떠했는지 나는 모른다. 그러나 그녀의 말에 한동안 침묵이 흐르고, 다른 학생들이 그 상황을 불편해했던 것은 분명하다. 나는 당혹감을 숨기지 못했을 것이다. 그때 나는 그녀가 나를 공부할 능력이 부족한 사람으로 판단했다고 생각했다. 다른 사람들이 내 미래에 대해 비관적으로 말하는 건 괜찮았다. 그렇지만 내가 공부하고 싶은 분야의 선생님이자 선배인 그녀의 입에서 나온 그 말은 나를 슬프게 했다. 다른 학생들의 꿈은 응원해줬으면서 왜 나에게만 이렇게 회의적으로 반응하는 것일까. 나는 가라앉은 마음을 모른 체해가며 자리에 앉아 있는 내내 아무렇지 않은 척하려 노력했다. 그렇지만 내가 원하는 만큼 능숙하게 감정을 감추지는 못했던 것 같다.

우리는 닭갈빗집에서 나와 뿔뿔이 흩어졌다. 나는 걷고 싶어서, 시청역 쪽으로 가겠다고 했다. 그녀는 자기도 그쪽으로 가야 한다고 말하고는 내 곁에 다가왔다. 우리는 인파로 북적이는 종로 거리를 헤치며 걸었다. 분식 냄새, 튀김 기름 냄새가 섞인 겨울 밤공기 냄새가 났다. 별말 없이 걷다보니 어느새 보신각 앞까지 다다랐다.

그녀는 내게 시간이 있느냐고 물었다. 나는 아까 그녀의 말에 상처받았다는 걸 들키고 싶지 않아서 태연히 웃으며 시간이 있다고 답했다. 우리는 길을 건너 카페에 들어갔다. 사람들로 가득차서 호프집이라고 해도 믿을 정도로 시끄러웠다. 우리는 겨우 남아 있는 한 테이블에 앉았다.

"희원씨, 아까는 내가……"

그녀는 망설이다 말을 이었다.

"나도 뒤늦게 대학원 갔던 거 알죠. 책에 썼으니까."

"네."

그녀는 나를 한참 바라보다가 입을 열었다.

"지금 내가 무슨 말을 하든, 희원씨 입장에서는 받아들이기가 힘들 테니까. 가봐요. 그리고 아니라는 생각이 들면 바로 나와요."

"저, 큰 환상 없어요. 이십대 초반도 아니고, 직장생활도 했어요."

나는 그녀가 나를 세상 물정 모르는 순진한 사람으로 보는 것이 싫어서, 내가 그런 사람이 아니라는 걸 보여주기 위해 애썼다.

"그래요, 그래요, 희원씨."

그녀는 내 마음을 이해한다는 듯 나를 보고 희미하게 웃었다. 나는 대화의 주제를 돌리기 위해 내가 그녀의 수업에서 얼마나 많은 영향을 받았는지 이야기했다.

"편안한 수업은 아니었지."

그녀는 그렇게 말하고 장난스럽게 웃었다. 무슨 뜻인지 알잖아, 하는 표정이었다. 그 순간, 무슨 이유였는지 나는 그녀에게 토를 달던 학생들에 대해 말하고 싶은 욕구를 느꼈다.

"선생님은 저희한테 과분했죠. 무례한 애들, 선생님이 젊은 여자 강사가 아니었다면 그렇게 하지 않았을 거예요."

"글쎄."

그녀는 엷게 웃으며 말을 흐렸다.

"선생님이 정교수였다고 해도 그러지 못했을 거고요."

거기까지 말했을 때, 나는 그녀의 얼굴에 숨겨지지 않는 어떤 감정이 떠오르고 있음을 알아차렸다. 그런 식으로 그녀의 자존심을 건드려서는 안 됐다고, 나는 내 말을 끝내는 동시에 깨달았다.

그녀는 시선을 탁자에 두고 자세를 여러 번 고쳐 앉았다. 내가 앞에 있다는 걸 잊은 것처럼 침묵했는데, 내 말에 대해 곰곰이 생각하는 것처럼 보였다. 한참의 시간이 흐르고 그녀는 고개를 들어 나를 봤다.

"정말 그렇게 생각하나요."

그녀가 작은 목소리로 물었다. 나는 고개를 끄덕였다.

"기분 나쁘셨다면 죄송해요."

"아니에요. 나는 단지……"

그녀는 망설이다 말을 이었다.

"희원씨가 앞으로 겪을 일들을 그런 식으로만 생각하지 않았으면 좋겠어서."

그녀의 말이 내게는 자격지심이나 피해의식을 갖지 말라는 충고로 들렸다. 그런 식의 생각이 얼마나 어리고 미성숙한 것인지 왜 모르느냐는 채근으로 들렸다. 나는 내가 그런 어린애가 아니라고 항변하고 싶었지만 어떻게 말해야 하는지 알 수 없어서 그녀의 말에 그다지 타격을 입지 않았다는 듯이 선선히 고개를 끄덕였다.

우리는 차 한 잔을 다 마시고 밖으로 나왔다. 조금 더 쌀쌀해진 거리를 걷다가 그녀는 버스 정류장 앞에 멈춰 섰다.

"나는 여기서 가요."

그녀가 말했다.

"가시는 것만 보고 갈게요."

나는 그녀 곁에 선 채 가방 안에서 지갑을 찾는 그녀의 모습을 바라보았다. 그녀는 가방에서 지갑을 꺼내고 나를 보더니 입을 열었다.

"아까 희원씨가 했던 말, 내가 여자 강사여서 그랬다는 말 있잖아."

"네."

"나도 모르는 거 아니야. 난 희원씨가……"

그녀는 거기까지 말하고 망설이다가 긴 숨을 뱉었다. 흰 입김이 찬 공기 안으로 퍼져나갔다. 그녀가 기다리던 버스가 정류장에 도착했다.

나는 그때 그녀가 무슨 말을 하려던 것인지 종종 상상해보곤 했다. 나도 모르는 거 아니야. 난 희원씨가 세상 탓하면서 해소되지도 않을 억울함 느끼는 것 바라지 않아. 나도 모르는 거 아니야. 난 희원씨가 어린 여자라는 이유로 무례하게 대하는 사람들, 그냥 무시해버렸으면 좋겠어. 나도 모르는 거 아니야. 난 희원씨가 상처의 원인을 헤집으면서 스스로를 더 괴롭게 하지 않았으면 좋겠어.

하지만 시간이 지날수록, 그다음 문장이 어떻게 완성되었을지는 그렇게 중요한 일이 아니라는 생각이 들었다. 그것이 어떤 문장이든, 그녀는 내가 자신보다는 나은 경험을 하기를, 자신이 겪었던 일을 겪지 않기를 바랐을 것이다. 그리고 그것이 그녀의 자존심이자 힘이었으리라는 생각도 한다. 자신의 조건을 탓하지 않고, 자신이 겪는 부당함을 인지하면서도 인정은 하지 않으려는 마음 같은 것 말이다. 그 마음이 그녀를 지켜주었는지도 모른다. 비록 동의할 수 없지만, 이해할 수는 있는 마음이라고 지금의 나는 생각한다.

대학원을 다니면서, 논문을 쓰면서 나는 종종 그녀를 떠올렸다. 그녀가 더 자주 생각났던 건 강의를 시작하고부터였다. 나는 그녀가 진행했던 수업과 나의 수업을 견주어보았고, 그녀가 그녀의 위치에서 경험했을 감정들을 조금 더 가까이 느낄 수 있었다. 구 년 전 어느 날, 나는 그녀에게 그녀가 여자 강사이기 때문에 겪어야 했던 무례를 이야기했었다. 마치 내게는 그런 일이 아주 멀고 무관하기만 할 것처럼.

시외버스를 타고 강의를 다녀와 피로를 억누르며 책을 펼칠 때, 강사 평가서를 읽으며 내가 누군가에게는 한시도 견딜 수 없는 형편없는 강사임을 확인할 때, 무례한 학생에게 감정적으로 대응하고 후회할 때, 이미 짜인 커리큘럼 안에서 나조차도 지루함을 느끼며 형식적인 강의를 할 때, 성과를 위해 억지로 논문을 쓸 때, 학회 간사로 일하며 교수들에게 전화를 하고 메일을 보내느라 하루가 다 갈 때, 무너지지 않으려고, 아니, 무너지지 않은 것처럼 보이려고 안간힘을 쓸 때, 현관문을 열기 전까지 울어서는 안 된다고 참으며 집으로 걸어갈 때에도, 나는 어딘가에 있을 그녀에게 묻고 싶었다. 그녀는 어떻게 그 시간을 지나왔는지, 지금 어떻게 살고 있는지.

어느 순간부터 나는 그녀의 이름으로 나온 글이나 번역서를 찾을 수 없었다. 구 년 전의 내 눈에는 누구보다도 똑똑하고 강해 보였던 그녀가 어디에도 자리잡지 못하고, 글이나 공부와 무관한 사람으로 살아간다는 사실이 때로는 나를 얼어붙게 한다. 나는 나아갈 수 있을까. 사라지지 않을 수 있을까. 머물렀던 흔적조차 남기지 않고 떠난, 떠나게 된 숱한 사람들처럼 나 또한 그렇게 사라질까. 이 질문에 나는 온전한 긍정도, 온전한 부정도 할 수 없다. 나는 불안하지 않았던 시간을 기억하지 못한다.

그녀가 공부하는 사람이 되기로 마음먹었던 순간에 대해 쓴 글을 나는 아직도 기억한다. 퇴근해 책상 앞에 앉아 책에 밑줄을 긋고 자신의 생각을 정리하는 순간에 투명 망토를 두른 것 같았다고 그녀는 썼다. 세상에서 사라지는 기분이었다고. 그녀는 이미 세상에서 사라져버린 사람들과, 그 사람들의 머릿속에서 그려진 세상이 자신이 살고 있는 세상보다도 언제나 더 가깝게 느껴졌다고 썼다. 그럴 때면 벌어진 상처로 빛이 들어오는 기분이었다고, 그 빛으로 보이는 것들이 있다고 했다. '더 가보고 싶었다.' 그녀는 그렇게 썼다. 나는 그녀의 문장에 밑줄을 긋고, 그녀의 언어가 나의 마음을 설명해주는 경험을 했다.

나도, 더 가보고 싶었던 것뿐이었다.

어쩌면 그때의 나는 막연하게나마 그녀를 따라가고 싶었던 것 같다. 나와 닮은 누군가가 등불을 들고 내 앞에서 걸어주고, 내가 발을 디딜 곳이 허공이 아니라는 사실만이라도 알려주기를 바랐는지 모른다. 어디로 가는지 모르지만, 적어도 사라지지 않고 계속 나아갈 수 있다는 걸 알려주는 빛, 그런 빛을 좇고 싶었는지 모른다. 그리고 나는 그 빛을 다른 사람이 아닌 그녀에게서 보고 싶었다. 그 빛이 사라진 후, 나는 아직 더듬거리며 내가 어디까지 왔는지 어림해보곤 한다. 그리고 어디로 가게 될 것인지도. 나는 그녀가 갔던 곳까지는 온 걸까. 아직 다다르지 않았나.

내가 그렇게 생각하는 동안에도 그토록 조급하게 사람들을 몰아내고 건물을 부수었던 자리는 공터로 남아 있었다. 내가 늦깎이 대학생에서 대학원생으로, 시간강사로 나아가는 동안, 빛나던 젊은 강사였던 그녀가 더이상 내가 찾을 수 없는 사람이 되어버리는 동안에도 그곳은 여전히 빈터였다. 나는 이제 그곳을 피해 지나가지 않는다. 건물을 부수고 사람들을 내쫓느라 그렇게도 분주하고 그렇게도 가혹했던 마음이 어디로 가지 않고 여전히 이곳에 머무르고 있다는 사실을 바라보면서.

선생님.

어느 날 퇴근하던 길, 나는 그녀를 마음속으로 부르고 긴 숨을 내쉬었다. 나의 숨은 흰 수증기가 되어 공중에서 흩어졌다. 나는 그때 내가 겨울의 한가운데에 있다는 사실을 알았다. 겨울은 사람의 숨이 눈으로 보이는 유일한 계절이니까. 언젠가 내게 하고 싶은 말을 참으며 긴 숨을 내쉬던 그녀의 모습이 눈앞에 보일 것처럼 떠올랐다.

그 모습이 흩어지지 않도록 어둠 속에서, 나는 잠시 눈을 감았다.

못

당신과 정윤은 대학 도서관 입구에서 마주쳤다. 당신은 졸업생에게 발급되는 도서관 출입증을 어떻게 얻을 수 있는지 문의하고 있었고, 정윤은 책을 빌려 도서관을 나오는 중이었다.

해진아, 정윤이 당신의 이름을 불렀다. 당신은 그녀를 멍하니 바라보다 언니, 하고 답했다.

둘은 도서관 앞 벤치에 앉았다. 5월의 햇볕이 뜨겁게 느껴지는 정오 즈음이었다.

이게 얼마 만이지?

언니 결혼식 때 본 게 마지막이지.

그게 마지막이었나.

당신은 고개를 끄덕이고, 눈앞에 보이는 커다란 건물을 가리키며 딴청을 피웠다.

언니, 저 자리에 뭐 있었지?

모르겠어.

정윤의 목소리가 조금 달라졌다고 당신은 생각했다. 정윤은 망설이며 모르겠어, 같은 말을 하는 사람이 아니었다. 그녀의 목소리는 차갑고 맑은 물 같았다. 목소리 자체도 그랬지만 그보다는 목소리에 담긴 결기가 차갑고 시원하게 느껴졌다. 자신에 가득찬, 자기 자신을 온전히 믿는 사람만이 낼 수 있는 목소리라고 그때의 당신은 생각했다. 정윤이 조리 있게 자신의 생각을 말로 풀어내는 모습을 볼 때, 당신은 매혹되었으나 동시에 옅은 거부감을 느끼기도 했다.

당신은 고개를 돌려 정윤을 바라봤다. 드문드문 새치가 섞인 단발머리에 코팅이 벗어진 검정색 뿔테안경, 검은 투피스 바지 정장, 반질반질한 가죽 크로스백 위에 가지런히 얹은 손. 당신은 정윤의 손에서 시선을 멈췄다. 힘줄이 튀어나오고 손가락 마디마디가 굵은, 주름이 진 커다란 손. 작은 몸집과 어울리지 않는 그 손을 바라보다 당신은 입을 열었다.

언닌 그대로다.

정윤의 얼굴에 미소 비슷한 것이 떠오르다가 사라졌다.

너도 그래.

그렇게 말하고 둘은 서로를 바라보며 멋쩍게 웃었다.

그대로라는 말이 거짓인 것만은 아니었다. 그대로라고 말하는 것은 그 많은 변화 속에서도 여전히 예전의 당신이 존재한다고, 그 사실이 내 눈에 보인다고 서로에게 일러주는 일에 가까웠다. 정윤은 또래보다 나이가 더 들어 보였다. 새치를 염색하지 않은데다 얼굴에 화장기가 없어서 그렇게 느껴지는 것인지도 몰랐지만, 얼굴에 밴 피로가 그런 인상을 강하게 하는 것 같았다. 그런데도 당신의 눈에는 그때의 정윤이 보였다. 당신이 학생회관 쪽으로 걸어가고 있으면 편집실 창문에서 '이해진이!' 부르며 유난스럽게 손을 흔들던 스물하나 정윤의 모습이. 술을 마시고 나면 막대 아이스크림을 꼭 두 개씩 사다가 크게 베어 물고는 맛있게 씹어 삼키던 모습이. 언닌 이도 안 시리나 눈도 안 시리나, 보는 내가 눈이 시리네, 그렇게 매번 잔소리하던 그때의 자기 모습도 기억났다.

당신은 정윤을 그녀의 글을 통해 먼저 알았다. 1996년 가을, 당신은 도서관 앞에 쌓인 교지를 집어들었다가 한참을 푹 빠져 읽게 되었다. 여러 글들 중에서도 당신의 마음을 잡아끈 건 사학과생 정윤의 글이었다. 당신은 그 글을 몇 번이나 읽었다. 그 글의 제목은 'A여자대학교에서의 집단 폭력, 일부 학생들의 문제인가'였다.

해마다 있던 일이었지만 1996년 그해는 유독 폭력의 수위가 높았다. 오백여 명에 달하는 당신의 학교 학생들이 고무장갑을 끼고 호루라기를 불며 대동제가 진행중이던 A여대 광장을 점거했다.

그들은 무리를 지어 기차놀이 대형을 하고는 A여대 학생들을 향해 달려갔다. A여대의 많은 학생들이 이 과정에서 머리채를 잡히고 주먹으로 가격당했다.

정윤의 글은 취재에 기반하고 있었다. 당신의 학교 학생들이 정확히 어떤 행동을 했고, 어떤 피해가 발생했으며, 이런 집단 폭력이 매해 반복되는 이유가 무엇인지 정윤은 건조한 문장으로 진술했다. 그들의 행동이 왜 치기 어린 '놀이'나 '장난'이 아닌지에 대해서. 정윤의 논리에는 막힘이 없었고 차근차근한 설명은 집요했다.

그 글을 읽고 당신은 과거의 자신을 바라봤다. 남자 선배들이 그 사건을 영웅담으로, 농담으로 이야기할 때 그저 미친놈들의 헛소리라고 생각했던 과거의 자신을. 그저 듣기 싫고, 피하고만 싶어서 못 들은 척했던 그때의 자신을. 정윤의 글을 읽은 당신은 그 글을 읽기 전의 당신이 아니었다.

당신은 그런 글을 쓰고 싶었다. 한번 읽고 나면 읽기 전의 자신으로는 되돌아갈 수 없는 글을, 그 누구도 논리로 반박할 수 없는 단단하고 강한 글을, 첫번째 문장이라는 벽을 부수고 앞으로 나아갈 수 있는 글을, 그래서 이미 쓴 문장이 앞으로 올 문장의 벽이 될 수 없는 글을, 언제나 마음 깊은 곳에 잠겨 있는 당신의 느낌과 생각을 언어로 변화시켜 누군가와 이어질 수 있는 글을.

편집부 면접이 있던 날, 당신은 선배 부원들이 묻는 질문에 어렵지 않게 대답할 수 있었다. 그러나 주제가 주어진 작문 시험에서 당신은 문장을 썼다 지우고, 다시 썼다 지우고를 반복했다. 당신은 첫 문장을 쓰고 머뭇거리다 두번째 문장을 쓰지 못하는 사람이었다. 그때의 당신은 글을 쓰는 법을 알지 못했다.

길게 쓸 필요 없어요. 자기 생각만 분명하게 쓰면 돼요.

편집부 소파에 앉아 신문을 읽던 정윤이 작은 목소리로 당신에게 얘기했다.

길게 쓸 필요가 없다는 말에 당신은 메모한 단어들을 단순하게 문장으로 풀어 적는 식으로 글을 썼다. 두 단락 정도 되는 글로, 다 쓰고 보니 글자보다 지우개 가루가 더 많았다. 그날, 편집부 테이블에 둘러앉아 면접을 보고 글을 쓴 지원자는 다섯 명이었다.

합격 전화를 받고, 당신은 수습위원으로 처음 편집회의에 참관했다. 세 사람이 합격했는데 한 명은 마지막에 마음을 바꿔 오지 않았다고 했다. 그래서 합격한 사람이 당신과 희영, 1학년 2학기에 들어선 두 사람이었다. 당신은 그녀를 기억했다. 면접날 당신의 맞은편에 앉아서 망설이지 않고 검은색 플러스펜으로 글을 쓰던 평온한 얼굴을. 지우개로 문장을 지우며 당신은 잠시 그녀를 바라봤다. 꼿꼿하게 앉아 글을 쓰는 모습이 자연스러워 보였다.

그날, 그 첫 회의 때 선배들이 얼마나 크게 느껴졌는지 당신은 기억하고 있다. 고작 한두 살밖에 차이 나지 않았지만 그들이 회의에서 의견을 주고받는 모습은 당신의 작은 마음을 압도했다. 그들은 어떤 주제로 글을 쓸지를 두고 끝없이 토론했다. 그날뿐만이 아니었다. 그들은 일주일에 두 번은 편집회의와 정세 토론을 하고, 한 번은 사회과학서 읽기 세미나를, 한 번은 수습위원을 대상으로 세미나를 했다. 일주일에 네 번을 만나면서도 당신은 그들의 토론에 끼어들지 못하고 머뭇대고 망설이다 해진도 생각하는 거 있으면 얘기해봐요, 라는 말에 겨우 입을 뗐다. 그래도 당신은 그곳이 좋았다. 지겹고 힘든 일들만 있었다고 기억하던 때도 있었지만 시간이 더 지나고 나니 당신이 그곳을 얼마나 좋아했는지 알 수 있었다. 당신은 그곳을 떠나지 못했으니까. 포기할 수가 없던 부분이 있었으니까.

정윤은 수습 세미나의 간사였다. 정치와 사회에 관련된 소논문을 모아 자료집을 만들고 한 학기 동안 그 자료집으로 세미나를 진행했다. 정윤은 잘 들어주는 사람이었다. 말을 끊지 않고, 충분히 들은 뒤에 자기 의견을 이야기했다.

희영과 당신은 매주 주제 도서에 대해 한 장씩 발제문을 써와 서로의 앞에서 소리 내어 읽었다. 당신이 요약을 하는 식이었다면, 희영은 자신이 독서를 하며 느낀 문제의식을 중심으로 글을 썼다. 고작 한 장짜리 발제문인데도 희영의 글은 날카롭고 유려했다. 어디에서도 보지 못한 개성이 있었다. 그때의 당신은 차마 질투조차 하지 못한 채로, 영원히 희영과 같은 글을 쓰지 못할 것이라는 절망감을 느꼈다.

정윤은 당신이 써간 글을 자주 칭찬했다. 텍스트의 내용을 잘 파악하여 정리했고 접근이 신중하다고 했다. 반대로 그녀는 희영의 글에 대해서는 완곡하게나마 매번 비판했다. 이 주장에 대한 객관적인 근거가 뭐죠? 상대를 설득하지 못하는 글은 강요가 될 수밖에 없어요. 논리의 비약이 잦아요. 그때마다 희영은 정윤의 조언을 노트에 메모했다.

셋은 세미나를 끝내고 같이 밥을 먹기도 하고 술을 마시기도 했다. 당신은 부모와 함께 살았고, 정윤은 학교 앞에서 자취를 했고, 희영은 고향인 J시에서 지원하는 기숙사에 살았다. 늦은 밤이면 당신은 막차를 타기 위해 일어섰지만, 희영은 외박계를 쓰고 정윤과 시간을 더 보내다 정윤의 집에서 자곤 했다.

정윤은 자기감정을 철저하게 숨기지 못했다. 희영에 대한 호감, 그녀가 쓴 글에 대한 애정, 희영에게 잘 보이고 싶은 마음, 희영과 함께할 때의 기쁨 같은 것들을 제대로 감추지 못해서 당신을 외롭게 했다. 정윤은 공평하고 사려 깊은 사람이었기에 그런 감정을 노골적으로 드러낸 적은 없었다. 그러나 당신 눈에 보였으므로, 당신은 언제나 그런 공기를 읽는 사람이었으므로, 당신은 느낄 수 있었다.

수습 세미나가 끝날 무렵 방학이 되었고, 교지 출간 일자가 잡했다. 개강 후 출간을 하는 일정이었기에 편집부원들은 방학 동안 몰아서 작업을 하기로 했다. 책의 큰 뼈대를 만들고, 인터뷰와 기사 등 각 꼭지의 담당자를 정했다.

당신은 반공주의 꼭지의 한 글을 맡았다. 공교육 내에서 반공주의 교육이 어떻게 이루어져왔는지를 분석하는 글이었다. 반공주의 관련 책을 출판한 학자와의 인터뷰에도 선배를 따라 함께 가기로 했다. 쓰고 싶었던 주제는 따로 있었지만, 어떻게 풀어나가야 하는지 잘 알지 못했기 때문에 그 주제로 쓰고 싶다고 끝까지 주장하지 못했다. 그리고 이상하게도, 아무리 떠올리려고 해도 당신은 당신이 그때 무엇을 쓰고자 했는지 기억하지 못한다.

희영은 몇 년 전 B대학교 대학원에서 일어난 교수 성희롱 사건을 분석하는 글을 쓰겠다고 했다. 그녀는 관련 자료들을 가져와 글의 개요를 설명하며 다른 부원들을 설득하고자 했다. 당신을 포함해 부원 열 명의 의견은 반으로 갈렸다.

지면이 한정되어 있기 때문에 더 중요한 주제를 다루어야 한다는 것이 그 주제를 반대하는 사람들의 의견이었다. 김영삼 정권 말기의 정치, 학생운동의 분열과 쇠퇴, 공권력 남용 같은 문제에 대해 쓸 지면도 모자란다는 말이었다. 찬반이 반으로 갈렸지만, 반대쪽 목소리에 더 힘이 실려 있다고 당신은 생각했다. 그때까지 침묵하던 정윤이 입을 열기 전까지는 그랬다.

우리 좀 솔직해지죠. 지면이 모자란 거 아니잖아요. 어차피 몇

장 더 인쇄한다고 예산이 주는 것도 아닌데, 왜 지면 문제를 이야기하는지 모르겠어요. 이 주제 자체가 거슬리는 거 아닌가요.

우리는 시류를 읽어야 해.

그렇게 말한 건 용욱이었다. 용욱은 예비역 복학생으로 사회학과 2학년이었다. 그는 세계가 급변하고 있는데 개인의 윤리 문제를 다룰 지면은 없다고 했다. 타락한 개인의 윤리는 개인의 문제일 뿐, 그것을 정치와 사회의 흐름을 읽어야 하는 지면에서 굳이다룰 필요는 없다는 요지의 말이었다.

이건 일개 여성 문제가 아니라 대학원 사회의 기형적인 권력구조에 관한 문제입니다.

정윤은 용욱의 말에 그렇게 답했다.

지금의 당신은 생각한다. 그런 말에는 언제나 힘이 있었다고. 이건 여성 문제가 아니다, 더 큰 억압의 문제다, 라는 식의 논리는 언제나 강했고 다수를 설복할 수 있었다. 정윤이 자신의 말을 진심으로 믿었는지는 알 수 없는 일이었다. 그러나 그렇게라도 하지 않으면 논의조차 될 수 없었던 이야기들을 정윤은 수면으로 올려놓고자 노력했다. 정윤이 그렇게 주장하지 않았더라면 희영의 주제는 회의를 통과하지 못했을 것이다.

당신이 쓴 글이 책에 실려 출판된다는 사실만으로도 당신은 움츠러들었다. 방학 내내 당신은 회의가 없는 날에도 자료를 모으고

몫 57

생각을 정리했다. 본격적으로 글을 쓰기 시작한 뒤로는 밥 먹고 자는 시간을 제외하고는 글쓰기에 매달렸다. 문장과 문장이 유기적으로 연결되기를, 모든 단락이 제 역할을 다하기를, 당신이 하고 싶은 말이 온전하게 전달될 수 있기를 당신은 바랐다.

초고를 소리 내어 읽는 회의 시간에 당신은 선배들로부터 단정하고 성실한 글을 써왔다는 평가를 받았다. 기존의 논의들을 잘 정리해 친절하게 설명했다고.

그렇지만……

정윤이 입을 열었다.

자기 생각이 잘 보이지 않아요. 해진의 목소리가 무엇인지 모르겠어요. 자기 목소리를 넣어서 글을 다시 써야 합니다.

충분히 의견을 개진했다고 생각했기에 당신은 당황했다. 여기서 어떻게 더 자신의 목소리를 넣어야 하는지 알 수 없어서.

어떻게 해야 하는 거죠?

당신은 선배들에게 물었다.

제 생각을 얼마나 더 넣어야 한다는 거죠?

당신은 선배들의 조언을 종이에 빼곡하게 받아 적었다.

열 명의 부원 모두 자신이 준비해온 원고를 소리 내어 읽고 논의해야 했기에 그날 회의는 열다섯 시간으로 예정돼 있었다. 아침 아홉시에 모여 회의를 하고, 점심을 먹고 회의를 하고, 저녁을 먹고 다시 회의를 해서 밤 열두시에 끝내는 것이 계획이었다. 마지막 순서였던 희영은 밤 열한시가 되어서야 자신의 글을 낭독할 수 있었다. 오래된 라디에이터에서 더운 기가 조금 나오기는 했지만 창틈으로 찬바람이 새어들어와서 당신은 담요를 뒤집어쓴 채 그 시간이 지나기를 기다렸다.

당신은 아직도 그날 밤을 기억한다. 희영이 써온 긴 글을 처음 읽고 받았던 충격을. 담요를 뒤집어쓰고 앉아 차갑게 언 발의 감각을 느끼며 그녀의 글을 읽던, 스물에서 스물하나가 되어가던 당신의 모습을 기억한다.

희영이 글의 마지막 문장을 읽었을 때, 편집실은 고요했다. 낭독이 끝났는데도 편집실을 채운 팽팽한 분위기가 흐트러지지 않았다. 아마 다른 사람 모두 알고 있었으리라고 지금의 당신은 생각한다. 희영에게는 타고난 관찰력과 자기 생각을 끝까지 끌어가는 용기, 그리고 그것을 뒷받침해주는 지력이 있었다.

희영이 가진 장점들의 상당수는 노력으로 얻을 수 있는 것이었지만, 몇 가지는 그렇지 않았다. 그녀는 타인의 상처에 대해 깊이 공감했고, 상처의 조건에 대한 직관을 지니고 있었다. 글쓰기에서는 빛날 수 있으나 삶에서는 쓸모없고 도리어 해가 되는 재능이었다.

글쓰는 일을 직업으로 삼고 나서 당신은 정말로 글을 써야 하는 사람들은 모두 떠나고 쓸 줄 모르는 당신만 남아 글을 쓰고 있다고 생각하곤 했다. 그렇게 생각하던 나날이 길었다.

*

저기, 연극부 건물이 있지 않았었나…… 집처럼 생겨서. 저 앞
쪽으로 길이 나 있고 양쪽엔 나무들이 있었던 것 같은데.

정윤이 손차양으로 햇빛을 가리고 눈을 찌푸리며 앞의 건물을
바라봤다. 그렇게 열심히 바라보면 예전 모습이 눈앞에 나타나기
라도 한다는 듯이.

맞다. 그랬던 것 같아. 지붕도 있는 작은 건물이었던 것 같은데.

어. 아마 그랬을 거야.

정윤의 결혼식을 마지막으로 당신은 그녀에게 한 번도 연락하
지 않았다. 결혼식 날 당신은 정윤과 끝까지 웃으며 이야기했다.
단정한 드레스를 입은 정윤의 옆에서 사진을 찍고, 대화하고, 돌
아선 뒤 그것으로 끝이었다. 정윤 또한 미국으로 떠난 후 당신에
게 연락하지 않았다.

정윤은 용욱과 결혼하고 그의 유학을 위해 미국으로 갔다. 그때
느꼈던 실망감을 당신은 희미하게 떠올렸다. 왜 용욱이었을까. 둘
중 누군가 공부를 더 해야 한다면 그건 정윤이었다. 그런데 왜 정
윤은 본인의 석사과정조차 마치지 않고 학업까지 포기한 채로 그
의 뒷바라지를 위해 미국에 갔을까. 당신은 그때 실망을 넘어 배

신감을 느꼈다.

당신과 정윤은 한참 동안 말없이 건물을 바라보았다.

네가 쓴 기사들, 인터넷으로 따라 읽었어.

정윤이 입을 열었다.

기사마다 네 메일 주소가 나오니까, 메일 보내볼까 생각도 했었
는데……

왜 그런 생각을 했느냐고 당신은 묻지 않았다.

내가 보낸 메일…… 받았던 거지?

당신의 물음에 정윤은 가만히 고개를 끄덕였다.

당신의 글이 실린 첫 교지가 나오고, 당신은 편집부 사람들과 가
까워졌다. 편집실은 학교에서 가장 편안한 공간이 됐다. 공강 시
간이면 편집실에 가서 부원들과 시간을 보냈고 같이 점심을 먹었
다. 회의 시간에는 서로 경어를 썼지만 평소에는 서로 친근하게
반말을 했다. 2학년이 되면서 새로운 수습위원들이 들어왔고, 고
학번 선배들은 활동을 정리했으며, 희영은 수습 세미나의 간사가
됐다. 당신은 더이상 겉돌지 않았다. 그 공간에 받아들여지고 그
들의 일부가 된 느낌이 당신은 좋았다.

편집부 일이 학교생활의 중심이 되다보니 다른 일들은 다 뒷전
으로 밀려났다. 당신은 리포트를 제출하거나 시험은 봤지만 수업
에 잘 들어가지 않았고 전공인 언어학 수업을 들을 때는 자주 졸

왔다. 반면 사회학과생인 희영은 결석을 하지 않았고 공부도 열심히 해서 당신과 편집부원들의 놀림을 받곤 했다. 고등학생이냐고, 다시 대학 갈 거냐고.

희영은 편집부 일이 없는 날에는 고등학생 과외를 다녔다. 사람들은 고액 과외가 분명하다고 이야기했다. 교육 기회 불평등에 기여하는 사교육 시장에서 일하는 대학생이라니. 그 사실을 대놓고 비판하는 선배들도 있었다. 걔가 부족한 애도 아니잖아. 희영이 걔, 가만 보면 욕심이 너무 많아. 희영이 지닌 특성들은 좋게 말해 현실적인 것으로, 나쁘게 말해 속물적인 것으로 해석되곤 했다. 깔끔한 옷차림에 좋은 구두를 신고 옅은 화장을 한, 가까이 다가가면 좋은 향기가 나던 희영의 모습을 당신은 지금도 그려볼 수 있다. 다들 담배를 피우던 회의 시간에 가끔 기침을 하던 비흡연자 그녀의 얼굴을.

그녀는 편집부 사람들에게 온전히 섞여들지 못했다.

그즈음 정윤과 용욱이 만나기 시작했다. 초여름날의 술자리에서 용욱은 정윤의 어깨에 손을 얹고 편집부원들에게 말했다.

난 정윤이를 존경해.

그의 말에 다들 감탄했고, 얼마 안 돼 놀리기 시작했다. 편집부에서도 연애를 할 수 있다니. 말도 안 돼. 그렇게 말하는 사람들 곁에서 당신은 순진한 즐거움을 느꼈다. 희영과 함께 지하철을 타고 집으로 돌아가는 길에 당신은 희영에게 말했다.

정윤 언니랑 용욱이 형 보기 좋아. 잘 어울리고.

당신은 동의를 구하듯이 희영을 바라봤다. 희영은 못 들은 척 무릎 위의 일간지에 시선을 뒀다.

안 그래? 아까 형이 정윤 언니 존경한다고 말하는 거 봤지.

왜 그런 말 하는지 모르겠더라.

희영은 그 말을 하며 당신을 바라봤다.

그렇게 과장하는 거, 난 잘 모르겠어. 정윤 언니가 왜 그 선배 만나는지도 모르겠고.

당신은 입을 다물고 희영의 감정을 이해해보려고 노력했다. 편집부에서 가장 가까웠던 정윤을 빼앗긴 심정일지, 회의 시간마다 희영의 주장에 사사건건 반대하는 용욱에 대한 거부감일지. 어쩌면 희영은 그때 알고 있었는지도 모른다고 지금의 당신은 생각한다. 정윤을 존경한다고 말하면서도 속으로는 정윤에게 열등감을 느끼고, 정윤이 자신보다 더 돋보이는 것을 경계했던 용욱의 마음을 꿰뚫어보았는지도 모른다고.

당신은 지나가는 말로라도 희영에게 칭찬을 한 적이 없었다. 희영의 통찰력, 글쓰기 능력, 절제력을 갖고 자기 삶을 운영하는 능력에 대해서. 희영이 얼마나 특별한 사람인지, 어떤 의미에서 강한 사람인지 이야기해야 했던 사람은 당신이었는데도. 당신에게 그럴 자격이 없다는 생각 때문이었을까, 입을 열어 말을 하는 순간 당신의 초라함이 더 분명해지리라는 두려움 때문이었을까.

그러나 돌이켜보면, 희영은 언제나 당신의 인정을 바랐는지도 모른다. 함께 글쓰기를 시작한 친구의 인정을. 모두가 느끼고 있었던 희영의 재능에 대해서 희영 자신은 한 번도 확신한 적이 없었다. 분명한 논리로 자기 의견을 관철시켜가던 희영의 강한 얼굴 뒤로 자신은 글을 쓸 자격도 재주도 없다는 괴로움이 자리하고 있는 줄 그때의 당신은 알지 못했다. 나는 말했어야 했어. 당신은 그 생각으로부터 벗어날 수가 없다. 조금의 의심도 없이 자기 확신으로 가득찬 인터뷰이들을 만날 때마다 당신은 희영을 생각했다.

이번 주제 같이 준비해볼래?

희영은 두번째 교지에서 아내 폭력 문제를 다루고 싶다고 했다.

법이 없어. 남편이 아내를 때려도 법적으로 처벌할 근거가 없어.

그 당시 대한민국에는 존속에 대한 폭행죄는 있었으나 비속 및 아내에 대한 폭행죄는 없었다. 희영은 가정폭력방지법 제정 운동에 대한 글과 쉼터 활동가들을 인터뷰한 글, 그리고 아내 폭력 문제가 한국사회에서 은폐되는 사회적 맥락을 분석하는 글을 쓰고자 한다고 했다.

너랑 같이 취재 다니면서 자료도 수집하고 의논도 했으면 좋겠어. 너도 뜻이 있다면.

희영이 당신을 믿고 선택해줬다는 생각에 당신은 행복했다. 당신과 희영은 편집부의 주제 선정 회의에 앞서 같이 공부를 했다. '매맞아 죽은 여자들을 위한 위령제'에도 함께 갔다. 참석자 무리의 맨 끝에 서서 바닥을 바라보던 당신을 향해 희영은 자기 손을 건넸다. 위령제가 끝날 때까지 당신과 희영은 손을 잡고 있었다. 희영의 손은 차갑고 부드러웠고, 당신은 그 손을 놓고 싶지 않았다.

주제 선정 회의에서 당신은 예전처럼 입을 다물고 있지 않았다. 희영은 저번에도 여성 문제 다루지 않았어요? 관심사를 좀 넓혀도 될 것 같은데. 한 선배의 지적에 당신은 이 사안이 얼마나 중요한지, 왜 이 지면에서 다루어야 하는지 설득하려 노력했다. 그때 당신은 몸이 뜨거워지는 경험을 했다. 써야 하니까 쓰는 것이 아니라 쓰고 싶어서 쓰는 마음, 마음을 다해서 쓰고 싶다는 마음이 불처럼 당신 몸을 휘감고 아프게 하는 느낌을 받았다. 그런 마음으로 사람들을 설득하려 노력한 것은 처음이었다. 아내 폭력 문제가 회의에서 통과된 후 당신과 희영은 쉼터와 여성의전화를 찾아가고, 가정폭력방지법 제정 추진 범국민운동본부의 관계자와 인터뷰를 하고, 남편에게 살해당했거나 폭력에서 벗어나기 위해 남편을 살해한 여성들의 사례를 수집했다.

그 과정에서 스물한 살의 당신은 화가 났다. 여자가 맞아서라도 가족은 지켜져야만 하는 것이라는 가족주의에, 살려달라고 공권력의 보호를 청했던 수많은 여자들이 결국 살해당해야 했다는 사실에 대해서. 당신은 걷다가도, 밥을 먹다가도, 잠을 자다가도 깨어 분노에 휩싸였다. 분노는 배출될 수 없는 독처럼 하루하루 당신 몸에 쌓여갔다. 당신은 당신의 분노가 무엇 하나 바꾸지 못하고, 그저 당신 자신의 행복을 깨뜨리고 있다는 생각에 슬픔을 느꼈다. 가까운 사람들을 대할 때, 심지어 당신 자신을 대할 때 당신은 예전보다 더 엄격하고 까다로운 사람이 됐다. 쉽게 짜증을 냈고, 작은 일에도 화를 냈다. 아무것도 바꾸지 못하면서 자기 분노 속에 갇혀 있을 뿐이라고 당신은 생각했다. 그건 당신이 바라는 바가 아니었다.

당신은 1991년부터 시작된 가정폭력방지법 제정 운동의 역사를 정리하는 일을 맡았다. 그건 공론화된, 맞아 죽은 여자들의 역사를 정리하는 일에서부터 시작됐다. 장기간 폭행이 지속되어 살기 위해 남편을 죽여야 했던 여자들도 있었다. 당신은 그 여자들의 이야기를 종이에 적다가 땀처럼 솟는 눈물을 몇 번이나 닦아내야 했다. 당신은 울면서 글을 썼다. 마음이, 당신과 아무런 관계도 없는 사람들의 마음에 붙을 수 있다는 것을 당신은 그때 알았다. 글을 다 쓰고 회의에 들어간 당신은 소리 내어 글을 읽다가 몇 번이나 목이 메어 낭독을 중단해야 했다.

남편에게 계속 맞았다고 해서 남편을 죽일 권리가 있는 건 아니지 않나요. 그게 어떻게 정당방위가 되는 거죠? 경찰을 부르든지 이혼을 하면 되지 사람을 죽일 것까진 없잖아요.

남자 선배 하나가 그렇게 지적했을 때, 당신은 되도록 감정적으로 반응하지 않으려고 노력했다.

다른 선배가 말을 이었다.

결론적으로는 쌍방 폭력이죠. 살인이라는 폭력이 용인되어서는 안 되죠.

그때, 가만히 듣고 있던 정윤이 입을 열었다.

심정적으로 이해가 안 되는 건 아닌데, 다수의 공감을 이끌어 내기 위해서는 남편을 살해한 여자들의 이야기는 빼는 게 좋을 것 같아요. 그걸 빼고도 충분히 법률적인 모순을 지적할 수 있으니까. 굳이……

희영이 정윤의 말을 끊었다.

아니요. 남편을 죽여야만 아내가 살 수 있는 사회구조의 잔인함에 대해 이야기하는 거예요. 그러니 그 부분이 빠져서는 안 되고요. 왜 여자들이 경찰을 불러도, 이혼을 하고 싶어도 그 폭력에서 벗어날 수 없는지 제가 다음 글에서 분석했으니 읽어보세요.

희영은 감정의 동요 없이 자신이 써온 글을 소리 내어 읽었다. 명확한 주장과 그를 받쳐주는 논리적인 근거로 짜인 단단한 글이었다. 같이 공부하며 준비했지만, 당신은 당신 역시 오래도록 남자들의 시선으로 살아왔다는 것을 희영의 글을 읽으며 깨달았다. 이사를 하다 실수로 그 글이 실린 교지를 잃어버리기 전까지, 당신은 자주 그 글을 읽었다. 글을 쓰다 막히거나 글쓰기가 질리고 어떤 의미도 없다고 느껴질 때, 희영의 글을 읽으면 환기되는 무언가가 있었다. 당신은 희영의 글에서 힘을 받았다.

조판을 하러 충무로에 있는 인쇄소에 간 날, 당신은 희영에게 말했다. 이기적인 생각일지도 모르지만 차라리 이런 일을 몰랐던 때로 돌아갔으면 좋겠다고. 하지만 이제 세상은 그럭저럭 잘 굴러가는 곳이라고 생각했던 시절로 돌아갈 수가 없게 되어버렸다고. 당신은 희영처럼 강한 사람이 아니어서, 화가 나서, 그러나 무력해서 속이 부식되고 있는 것 같다고 말했다.

당신의 이야기를 다 듣고 희영이 입을 열었다.

넌 내가 강하다고 생각했네.

희영은 창가에 서서 당신을 바라봤다.

선배들은 우리가 책임감이 있어야 한다고 말하지만, 난 해진이네 행복이 더 중요하다고 생각해. 자길 괴롭히면서까지 해야 할 일 같은 건 없는 것 같아. 그래도……

희영은 잠시 침묵하다 말을 이었다.

난 이번에 너랑 같이 작업하면서 좋았어. 너한테 의지도 많이 했고. 난 네 글 좋아하니까, 계속 읽고 싶어. 점점 더 잘 쓰잖아. 한 학기만 더 해보는 건 어때.

그때 당신은 어떤 대답을 했을까. 어떤 이유로 당신은 그곳을 떠나지 못했을까. 당신은 남는 것을 선택했다. 계속 남아 새로운 글을 쓰기로 결심했다. 그때의 선택이 당신의 삶을 여기까지 이끌고 올 줄 모른 채로.

*

2학년 가을 학기가 시작되고 당신은 편집부원들과 함께 학내와 학외에서 열리는 집회를 따라다녔다. 네가 운동권이 될까봐 두려웠었어. 당신의 아버지는 그렇게 말했었다. 그런 거 안 하고 학교생활 해서 좋다. 당신은 그의 안도한 표정을 기억한다. 그의 말이 맞았다. 당신은 어떤 학생운동 진영에도 속하지 않았으니까. 그러나 당신 또한 집회의 참가자였다. 비록 집회의 중심이 아니라 맨 마지막 줄, 가장자리에 서 있었더라도.

잊을 수 없는 장면.

당신과 희영은 미군에게 살해당한 어느 기지촌 여성의 오 주기 추모 집회에 갔다. 그곳에 모인 사람들은 주한미군의 범죄를 성토하고, 그 범죄에 대해 미국에 제대로 항의조차 하지 못하는 정권을 규탄했다.

그곳에서 당신과 희영은 미군에게 살해당한 여성의 시신 사진이 실린 유인물을 봤다. 처음에는 무슨 사진인지 이해할 수 없었다. 자세히 보고서야 당신은 그 이미지가 죽은 여자의 시신이라는 것을 알아차렸다. 참혹하게 살해당한 사람의 몸. 그 사진 아래, 이 년 전 전국여대생대표자협의회에서 쓴 글이 짤막하게 실려 있었다.

'그는 우리 조국의 모습입니다! 조국의 자궁에는 미국의 문화 콜라병이 깊숙이 꽂혔고 조국의 머리는 시퍼렇게 피멍이 들어 있

으며 조국의 온 산천은 이러한 모든 것을 감추려는 듯 희뿌연 세
제가 뿌려져 있습니다.'

당신은 내용을 확인하자마자 급히 유인물을 접어서 가방에 넣
었다. 희영도 그렇게 했다. 그렇게 접어서라도 그 사람의 몸을 가
려주고 싶어서. 맨 앞쪽에서는 미군 범죄를 규탄하는 발언이 이어
지고 있었다. 그녀는 우리의 누이였습니다!

그때 당신과 희영의 뒤쪽에서 누군가 소리쳤다. 범죄는 모국에
서! 그러자 누군가 조금 작은 소리로 따라 외쳤다. 강간은 미국에서!

당신과 희영은 서로의 얼굴을 봤다. 몇몇이 그 구호를 산발적
으로 외치는 동안 당신은 몸을 돌려 누군지 모를 사람들에게 말했
다. 구호 중단하세요. 구호 중단하세요. 그러나 당신의 말을 진지
하게 들어주는 사람은 없었다. 마치 한국어를 모르는 사람들에게
한국어로 말을 하고 있는 것처럼, 당신은 인파 속에서 허우적대면
서 말했다. 구호 중단하세요.

한참이 지나고 나서야 희영은 이야기했다. 그 구호보다도, 주변
에서 옅게 퍼지던 웃음소리가 더 기억에 남는다고. 강간이라는 말
이 집회에 활기를 주던 그 순간을 잊을 수는 없을 것 같다고.

당신은 얼음장 같은 희영의 손을 잡고 인파를 빠져나왔다.

희영은 그 집회에서의 일을 잊지 못한다고 했다. 집에 돌아와 사
진이 담긴 유인물을 쓰레기통에 버리면서, 마음의 깊은 바닥에 금

이 간 느낌이었다고. 그날의 일을 복기하며 그 가을을 지나왔다고 했다.

그러나 희영이 기지촌 여성 문제를 회의 테이블에 올렸을 때, 당신은 그녀가 너무 멀리 갔다고 생각했다. 굵직한 정치사회 의제들이 많았던 1997년 겨울, 희영이 들고 온 문제는 시의성이 떨어져 당장 다뤄야 할 주제처럼 보이지 않았다. 다른 부원들의 생각도 당신과 비슷했다. 왜 우리가 1992년에 일어난 미군 범죄에 대해 이야기해야 하는지 이해할 수 없다는 게 대부분의 의견이었다.

92년 사건에 대해서만 쓰겠다는 게 아닙니다.

희영은 박정희 정권 때 활성화된 기지촌이 지금까지 어떻게 운영되었는지, 92년 사건을 반미 진영에서 어떻게 해석했는지 비판적으로 바라보고 싶다고 했다.

그 문제를 왜 지금 다뤄야 하는 거죠?

용욱이 물었다.

아직도 그곳에 사람이 사니까요.

이미 끝난 일을 지금 같은 시국에 이야기하는 게 무슨 의미가 있을지 모르겠네.

제 말은……

희영이 잠시 망설이다 말을 이었다.

그렇게 멸시하고 인간 취급도 안 하던 사람을 민족의 누이라고 부르는 거, 그걸 해석하고 싶어요. 가해자가 미국인이 아니라 한국인이었어도 그렇게 사람들이 분노했을까 싶고……

머뭇대며 말하는 희영의 모습을 보며 당신은 그녀가 평소와 다르다는 생각을 했다. 그날, 희영은 다른 사람들을 논리로 설득하지 못했다.

희영의 말에는 사건의 인과관계에 대한 고려가 없어요. 피해자가 왜 그렇게 잔혹하게 살해당했는데. 가해자가 미군이었기 때문이죠. 어떤 짓을 해도 한국에서 제대로 처벌받지 않는다는 걸 아니까 그런 범죄를 저지른 거죠. 대한민국이 미국의 식민지라는 걸 그보다 더 잘 보여준 사건이 있었어요? 그거 말고 다른 설명이 필요해요? 그 사건에?

후배 몇몇이 용욱의 주장에 동의한다는 듯 덧붙여 발언했다. 침묵하던 정윤도 말을 더했다.

우리는 구조적인 모순을 이야기하지 않으면 안 돼요. 기지촌 사건은 민족 모순, 계급 모순 아래에서 배태된 문제죠. 거대한 구조를 봐야 해요. 왜 그 사람이 그때 거기서 살해당했는지, 구조적인 틀을 놓치고 보면 안 되죠.

언닌 정말 그렇게 믿어요?

희영이 입을 열었다.

주한미군이 철수하면 그런 일이 없어질 거라고, 통일 조국이 되면 그런 일이 일어나지 않을 거라고, 여자들이 맞고, 강간당하고, 죽임당하는 일이 없어질 거라고 믿어요, 언니?

논리에 모순이 있네.

정윤이 말했다.

민족 주권과 빈곤의 문제를 여성 문제로 축소해서 보려는 겁니까?

당신은 어떤 말을 해야 할지 알지 못한 채로 희영과 정윤을 번갈아 바라보기만 했다.

언니는 여성 문제가 그렇게 작은 문제라고 생각해요? 전 그분이 살아 있을 때나 돌아가시고 난 뒤나 사람들에게 이용만 당했다고 생각해요. 민족의 누이 운운하면서 자기들이 하고 싶은 말 하려고 그렇게 처참한 시체 사진을 사용한 거고……

정윤이 희영의 말을 끊었다.

여성 문제요? 본인이 돌아가신 분과 같은 여자라고 생각해요? 그건 오만한 생각 아닌가. 너무 다른 입장 아닌가. 희영은 그런 삶을 경험한 적이 없고, 앞으로도 마찬가지일 거예요. 그런 삶에 대해 모르면서 어떻게 그렇게 말할 수 있어요. 희영이 그렇게 가난해본 적 있어요? 몸을 팔아야 할 만큼? 대학 교육까지 받고 좋은 옷 입고 좋은 신발 신으면서 희영이 같은 여자랍시고 그 문제에 대해 이야기할 수 있다고 생각해요?

감정적인 토론은 지양합시다.

용욱이 끼어들었다.

그때 당신은 정윤이 넘어서는 안 될 선을 넘었다고 생각했다. 그렇게까지 격양되어 해야 할 말이었을까. 희영의 계급성을 지적하면서 인신공격을 하듯 해야 할 말이었을까. 그렇지만 당신은 정윤의 말에 공감하기도 했다. 우리가 기지촌 여성 문제에 대해 무슨 말을 할 수 있나. 희영은 왜 그 문제를 끌고 왔나. 조금 더 가까운 사회문제를, 혹은 더 중요한 문제를 이야기해야 하는 것 아닌가. 당신은 희영을 이해할 수 없었다.

희영은 차분한 표정으로 정윤의 말을 끝까지 들었다. 정윤의 말에 어떻게 반박할지 궁금했지만 희영은 알겠다는 대답만 하고 말을 잇지 않았다.

그다음 회의 자리에서 희영은 처음으로, 자신이 쓰고자 했던 주제를 자기 손으로 폐기했다.

*

그다음 학기가 되었을 때, 3학년이 된 희영, 4학년이 된 정윤과 용욱이 편집부를 떠났다. 언제나 그만두고 싶다고 생각했던 사람은 당신이었지만, 당신은 졸업반이 될 때까지 그곳을 떠나지 못했다. 희영과 정윤과 함께 책을 만들었던 마지막 시간을 당신은 좋게 기억했다. 언제나 그랬듯이 어느 정도의 갈등과 논쟁이 있었고 실망과 낙담이 있었지만, 그들의 글을 읽는 기쁨이 그보다 더 컸다. 그런 사람들과 함께 활동한다는 사실 자체가 만족스럽기도 했다.

이 년 가까이 편집부 일을 하면서 당신은 예전처럼 더디게 글을 쓰지 않았다. 덩어리 같은 막연한 생각을 언어로 풀어낼 때, 어렴풋하게 떠오른 문장들을 당신의 목소리로 종이 위에 적어나갈 때, 당신은 더이상 사람들 앞에서 우물쭈물하는 겁쟁이가 아니었다. 골똘히 한 생각을 써내려간 글 속에서 당신은 당신 나름의 힘을 느낄 수 있었다. 당신은 그런 순간들이 당신에게 준 경이와 행복을 계속해서 경험하고 싶었다. 그토록 나약해 보이는 당신 안에도 누군가의 마음을 건드리고 흔들 수 있는 힘이 있다는 것을 글로 보여주고 싶었다. 당신도, 아무것도 아닌 사람처럼 보이는 당신도, 감정이 있고 생각이 있는 사람이라는 것을 그런 식으로라도 증명하고 싶었다.

글쓰는 일이 쉬웠다면, 타고난 재주가 있어 공들이지 않고도 잘할 수 있는 일이었다면 당신은 쉽게 흥미를 잃어버렸을지도 모른다. 어렵고, 괴롭고, 지치고, 부끄러워 때때로 스스로에 대한 모멸감밖에 느낄 수 없는 일, 그러나 그것을 극복하게 하는 것 또한 글쓰기라는 사실에 당신은 마음을 빼앗겼다. 글쓰기로 자기 한계를 인지하면서도 다시 글을 써 그 한계를 조금이나마 넘을 수 있다는 행복, 당신은 그것을 알기 전의 사람으로 돌아갈 수 없었다.

희영이 왜 더는 정윤을 보지 않기로 마음먹었는지 당신은 아직도 확실히 이해하지 못한다.

편집부를 나갔지만 희영은 당신과도, 다른 편집부 후배들과도 자주 만나서 시간을 보냈다. 그렇지만 정윤이 참석하는 자리에는 모습을 보이지 않았다. 어느 모임에서는 정윤이 온다는 말을 듣고 황급히 일어나기도 했다. 왜 정윤 언니 피해? 라고 물으면 희영은 그냥 그렇게 되어버렸다고 말했다. 그러고는 나 정윤 언니 미워하는 거 아니야, 많이 좋아해, 그런데도 힘들어서 그런 거니까 네가 좀 이해해줘, 라고 이해할 수 없는 말을 했다.

정윤은 냉소로 대응했다. 나 이제 희영이 신경 안 써, 아무 의미 없어, 그런 애, 라고 말했다.

두 사람의 관계가 신경 쓰이지 않은 것은 아니지만 둘 사이에 끼어들기에 당신의 삶은 바빴다. 당신은 1, 2학년 때의 성적을 보완하기 위해 수업을 열심히 들어야 했고, 편집부 일을 하면서 언론사 취업 준비도 시작했다. 글을 쓰면 희영에게 보여주곤 했다. 희영은 같이 글을 쓸 때 그랬던 것처럼 빨간색 플러스펜으로 당신의 원고에 수정 사항을 체크했다.

정윤과 희영은 같은 학기에 졸업을 했다. 정윤은 한 학기 휴학을 했고, 희영은 조기졸업을 해서였다. 정윤은 모두의 예상대로 사학과 대학원에 진학했다. 그리고 희영은 조용히 기지촌 활동가의 삶을 시작했다. 대학교 내내 그렇게 가까웠으면서도 희영은 자신의 계획에 대해 당신에게 이야기한 적이 없었다.

예전부터 생각했던 거야.

일을 시작한 희영이 당신에게 말했다.

기지촌 활동가들이 만든 소식지를 읽으며 마음이 끌렸다고, 자신이 있어야 할 곳이 그곳이라는 생각을 했다고 말하는 희영의 얼굴을 당신은 아무렇지 않게 바라볼 수가 없었다. 당신은 희영이 아까웠다. 희영의 재주가, 희영의 능력이 그런 활동으로 낭비되리라는 생각에서 자유로울 수가 없었다.

그해 겨울이 시작될 무렵, 희영은 당신을 자신의 집으로 초대했다. 오후 다섯시밖에 안 됐는데도 사위가 점점 어두워지고 있었다. 지하철역 출구로 나가니 맞은편 길가에 희영이 쪼그려앉아 있었다. 처음 보는 초록색 파카에 벙벙하고 기다란 면 치마를 입고 털신을 신고 있었다. 그렇게 낯선 곳에서 오랜만에 보는 친구의 모습이 어색하기도 하고 반갑기도 하고 대책 없이 벅차기도 해서, 당신은 신호가 바뀌기를 기다리며 종종거렸다. 신호가 바뀌기도 전에 희영이 고개를 들어 당신을 봤다. 그때 희영이 얼마나 행복해 보였는지 당신은 아직도 기억하고 있다. 그녀는 팔을 휘휘 돌리면서 허공에 큰 원을 그렸다.

길을 건넌 당신은 희영과 함께 그녀가 자주 간다는 만두 가게에 갔다.

여한 없이 시키자. 남은 건 싸가면 되니까.

당신의 허기를 읽은 것처럼 희영은 메뉴판에 있는 메뉴를 하나하나 시키기 시작했다. 고기만두, 김치만두, 라면, 꽈배기, 찐빵…… 당신과 희영은 삼발이 의자에 앉아 호호 입김을 불며 그 많은 음식을 허겁지겁 다 먹었다. 먹느라 별다른 이야기도 하지 못한 채로, 이거 맛있다, 이것도 먹어봐, 단무지 더 먹을래? 이런 말만 주고받으면서.

가게를 나와 희영의 집으로 가는 길은 어두웠다. 걸으면 걸을수록 공간이 더 넓어지는 느낌이었다.

높은 건물이 없지. 밤에 정말 어둡다.

당신과 희영 앞으로 기다란 그림자가 졌다.

희영의 집은 벽돌로 지은 삼층짜리 다세대주택의 꼭대기 층이었다. 신발을 벗고 장판에 발을 디디니 발바닥이 델 것처럼 뜨거웠다.

너 온다고 방을 데워놓는다는 게 이렇게 됐네.

희영은 창문을 열고 요를 펴놓은 다음 그 위에 앉으라고 권했다. 요는 차가웠다. 요에 앉아 둘러보니 방은 별다른 세간 없이 단정했다. 방 하나에 거실 하나로, 혼자 살기에 적당한 크기였다.

그곳에 앉아 당신과 희영은 그간 하지 못했던 이야기들을 나눴다. 당신은 당신의 불안에 대해 이야기했다. 신문사나 잡지사에 취직하고 싶지만 그럴 수 있을지 모르겠다는 이야기, IMF로 인해 취업하기가 너무 어려워졌다는 이야기, 당신의 아버지가 구조조정을 당한 이야기 같은 것들을.

희영도 자신의 이야기를 했다. 식단을 짜고 장을 봐와서 식당에서 음식을 하고 언니들과 함께 나눠 먹는 이야기, 언니들의 아이들을 맡아 봐주는 이야기, 쉼터의 세탁기가 고장나서 고쳤던 이야기, 언니들의 고충을 들어주는 이야기 같은 것들을. 임금이 제때 들어오지 않아 어려움을 겪었던 일도, 휴일에 틈틈이 아르바이트를 해야 하는 일도 이야기했다.

당신은 희영의 표정을 살피며 조심스럽게 입을 열었다.

난 네가 글쓰는 일을 하면 좋겠다고 생각했어.

희영은 웃으려다 실패한 표정으로 당신을 봤다.

네 재능을 살리는 쪽으로 사회운동도 할 수 있을 것 같은데.

이젠 잘 모르겠어……

희영이 거기까지 말하고 안경을 고쳐 썼다.

글이라는 게 그렇게 대단한 건지 모르겠어. 정말 그런가…… 내가 여기서 언니들이랑 밥하고 청소하고 애들 보는 일보다 글쓰는 게 더 숭고한 일인가, 그렇게 대단한 일인가, 누가 물으면 난 잘 모르겠다고 답할 것 같아.

희영은 열어놓은 창가를 바라보며 말을 이었다.

나는 그런 사람이 되기 싫었어. 읽고 쓰는 것만으로 나는 어느 정도 내 몫을 했다, 하고 부채감 털어버리고 사는 사람들 있잖아. 부정의를 비판하는 것만으로 자신이 정의롭다는 느낌을 얻고 영영 자신이 옳다고 생각하며 사는 사람들. 편집부 할 때, 나는 어느 정도는 그런 사람이었던 것 같아. 내가 그랬다는 거야. 다른 사람들은 달랐겠지만.

희영은 거기까지 말하고 당신을 부드럽게 바라봤다.

정윤 언니가 그랬지. 나는 이 문제로 글을 쓸 수 없다고. 어쩌면 그 말이 맞는지도 몰라. 가끔씩 언니들의 마음이 너무 가깝게 다가와서 내가 언니들의 마음을 알 것 같다는 생각이 들면 정윤 언니의 말을 생각해. 죽었다 깨어나도 나는 모른다고. 착각하지 말자고.

그 집에서 하룻밤을 자고 집으로 돌아가는 길에 당신은 희영의 여린 얼굴을 떠올렸다. 그건 사랑을 하는 사람의 얼굴이었다. 외로운 사랑을 하는 사람의 얼굴이었다.

*

서른아홉의 희영은 혼자가 아니었다. 그녀가 사랑하는 사람의 손을 잡고 임종했다는 말을 들었을 때 당신은 슬픔의 와중에도 작은 안도를 느꼈다.

당신이 잠도 별로 자지 못한 채로 경찰서를 오가며 취재를 하던 신입 기자 시절, 희영은 몇 번 전화를 걸어서 해진아…… 부르고 아무 말도 하지 않았다. 그냥, 네 목소리 듣고 싶어서……라고 말을 끄는 희영의 목소리. 생각해보면 삼 분도 되지 않는 통화였지만 어쩐지 그때의 당신은 그녀와의 통화가 내키지 않았다. 표를 내지 않으려 했지만, 희영은 당신의 마음을 읽은 듯 더이상 전화하지 않았다. 돌아보니 그때가 희영이 기지촌 활동을 한 지 삼 년이 되었을 무렵, 그러니까 그 일을 그만두기 직전이었다. 정윤과 용욱이 결혼을 하고 미국으로 간 지도 일 년이 다 되어가는 시기였다.

희영은 그때의 일에 대해서 당신에게 아무것도 설명하지 않았다. 가끔 고립감이 들었어, 라고 한 번 말했을 뿐이었다.

희영은 식품회사 총무과에서 오래 일했다. 가끔 만날 때면 당신이 좋아하는 맛의 카레 가루를 가져오기도 했다. 그 시간 동안 당신은 사회부에서 문화부로, 다시 사회부로, 정치부로 이동하며 글을 써왔다. 희영이 당신의 글을 읽었다는 내색을 한 적은 없었다. 더이상 글을 쓰지 않는 사람의 입장에서 당신의 글에 대해 왈가왈부할 수 없다는 듯이. 그러나 희영의 목소리는 당신과 함께하며 당신을 깨우고, 다독이고, 당신의 확신을 의심하게 했다.

초년 기자 시절, 취재를 위해 갔던 집회에서 사람들이 〈Fucking USA〉를 부를 때 당신은 희영에게 말하고 싶었다. 희생자들의 억울한 죽음을 추모하기 위해 모인 사람들의 입에서 나오던 그 노랫소리에 귀를 막고 싶었다고, 그러나 그런 생각을 아무에게도 말할 수가 없어 벌을 받듯 그곳에 서서 노래를 듣고 있었다고, 희영의 차가운 손을 잡고 그곳을 빠져나가고 싶었다고. 당신은 애도하고 싶었다. 어린 죽음들 앞에서 그렇게 흥겹게 노래하고 싶지 않았다. 그 마음을 이해해줄 사람은 희영밖에 없으리라고 당신은 생각했다.

희영은 자신의 병과 삼 년을 싸웠다. 자기가 아프다는 걸 사람들에게 알리지 말라고 했지만, 마지막에 가서는 컴퓨터로 짧게 타이핑한 문장들을 당신에게 보냈다. 그 문장들을 대학 시절의 사람들에게 대신 보내달라고 부탁하면서. 다만 자신이 죽은 후에 그렇게 해야 한다고 단서를 달았다. 혹시라도 사람들이 자신을 찾아오는 게 죽기보다 싫다고, 농담하면서.

희영의 바람대로 당신은 희영의 장례를 치르고 사람들에게 메일을 썼다. 그 사람들 중에는 정윤도 있었다. '정윤 언니에게 전해줘.' 희영은 당신에게 보내는 메일에 그렇게 썼다.

'언니, 내가 언니에게 관대하지 못했던 것을 용서해요. 그렇게 사랑하고 싶었으면서 사랑하는 방법을 몰랐던 거, 편지들에 답하지 않았던 거 미안해. 아주 오래 보고 싶었어요. 잘 지내요.'

그러나 정윤은 메일을 읽고, 당신에게 답하지 않았다.

정윤은 무슨 말을 하려는 듯이 여러 번 망설이다가 입을 열었다.

졸업하기 직전에, 저기 저 연극부 건물 앞에서 희영이를 본 적이 있었어. 마주보고 걸어와서 서로 피할 새도 없이. 좁은 길이었잖아, 저기가.

정윤은 마치 그 자리가 보이는 것처럼 앞을 가리켰다.

너, 졸업하고 활동한다고? 물었더니 그렇다고 말하면서 나를 보는데 편안해 보였어. 내가 희영이를 봤던 어떤 때보다도. 그 얼굴이 잊히질 않아. 희영이를 생각하면 그때 얼굴이 가장 먼저 떠올라.

5월의 정오가 지나가고 있었다. 당신은 정윤의 흔들리는 어깨를 한 손으로 잡고 그녀 쪽으로 다가가 앉았다. 무엇이 지나가고, 무엇이 그대로인지 아직은 알 수 없다고 생각하면서. 그녀가 당신의 품에 기댈 수 있도록, 당신은 정윤에게 조금 더 가까이 다가갔다.

일 년

처음 사흘은 날이 맑았다. 창밖으로 멀리 고가도로와 그 위를 달리는 자동차가 보였다. 고가도로 앞으로 아파트와 상가 건물, 다세대주택, 가지만 남은 나무들이 있었고 가끔 새들이 푸른 하늘을 무리 지어 날았다. 그녀는 피와 진물을 받아내는 주머니를 몸에 달고 링거를 맞으며 병실 침대에 누워 그 풍경을 바라봤다. 겨울이었다.

사흘 뒤부터 그녀는 바퀴가 달린 링거 지지대를 끌고 병동 복도를 걸었다. 누워만 있으면 회복이 더디다는 의사의 말을 듣고부터였다. 그녀는 천천히 걷다, 중간에 휴게실 의자에 앉아서 텔레비전을 봤다. 텔레비전을 건성으로 보면서 환자와 보호자, 방문객들의 이런저런 이야기를 듣기도 했다.

종종 문병을 오는 사람들도 있었다. 멀리 사는 이모가 입원 때부터 수술 직후까지 곁에 있어줬고, 그후로 간간이 아는 사람들이 찾아왔다. 그녀와 별다른 정이 없는 큰아버지 부부가 찾아와 통성기도를 해주고 찬송가를 불러줬다. 회사 동료들 몇몇이 찾아와서 안부를 묻기도 했다.

그녀에게 그런 방문들은 뜻밖의 일이었다. 사람들은 다정했고, 그녀가 겪은 고통을 위로했다. 그녀는 잠시였지만 그들에게 정성껏 받아들여지는 경험을 했다. 그 느낌은 수술 후 그녀의 혈관을 흐르던 모르핀처럼 부드럽고 달았고, 그녀는 덜 아플 수 있었다. 그들이 한때 누구보다도 그녀를 아프게 한 사람들이라는 사실을 잊은 건 아니었지만.

그녀가 다희를 만난 건 수술한 지 일주일이 지나서였다. 팔층 복도를 걷고 있을 때, 검은색 트레이닝복 차림의 여자가 맞은편에서 걸어왔다. 어느 정도 거리가 가까워지고서야 그녀는 그 여자가 다희라는 걸 알아볼 수 있었다. 다희는 시선을 돌리지 않고 그녀 쪽으로 걸어왔다.

선배.

다희씨.

여긴 왜……

다희는 놀란 표정으로 그녀를 바라봤다.

수술받았어요. 다희씨는 왜……

엄마가 입원해서요.

다희는 화장기 없는 얼굴에 부스스하게 머리를 묶고 슬리퍼를 신고 있었다.

어디 잠시 앉을까요? 다희가 물었다.

그럴까요?

둘은 휴게실로 천천히 걸어갔다. 텔레비전에서는 저녁 뉴스가 흘러나왔고, 몇몇 사람들이 작은 목소리로 이야기를 나누고 있었다. 우연히라도 다희를 다시 볼 수 없으리라고 생각했기에 그녀는 당혹한 채로, 휴게실 의자에 앉았다. 조도가 낮은 휴게실에서 다희는 어머니의 상황에 대해 말했다. 어머니가 유방암 수술을 앞두고 있어서 오늘 입원했다는 이야기였다.

그러는 사이 복도의 조명이 몇 개 더 꺼졌다. 그녀는 어떤 말도 하지 못하고 슬리퍼를 신은 다희의 발에 시선을 뒀다.

그녀도 자신의 상태에 대해 이야기했다. 병을 알게 되고, 수술을 받고, 회복하는 과정을 짧게 정리해 말했다. 다희는 중간중간 네, 그렇죠, 그랬어요? 라고 응답했다. 오랜만에 만났지만 다희와 대화하는 동안 그녀는 익숙한 편안함을 느꼈다.

그녀의 말이 끝나고, 둘은 서로의 얼굴을 물끄러미 바라봤다. 조금 어두운 조명 아래로 다희의 긴 눈썹이 보였다. 다희가 말할 때면 이리저리로 움직이던 눈썹. 미간을 찌푸리며 웃는 다희의 얼굴 위로 긴 눈썹이 곡선을 그렸다.

*

그녀가 다희를 만난 건 스물일곱, 지금으로부터 팔 년 전 겨울이었다. 그녀는 삼 년 차 사원이었고, 다희는 일 년 계약 인턴이었다.

풍력발전기 공사가 막바지에 다다른 무렵이었다. 공사 시일이 빠듯해 현장에서 늘 여러 문제가 발생했다. 현장감독이 따로 있었지만 현장에 어떤 문제가 있는지 본사 직원이 직접 가서 확인하고 본사에 보고하는 일이 필요했다.

다희가 인턴으로 입사하기 몇 달 전부터 그녀는 그 일을 했다. 매일 공사장에 들러 그날 발생한 문제와 민원을 파악했고 팀장에게 상황을 보고했다. 현장에만 머물 때도 있었지만 일주일에 몇 번은 본사에 가서 직접 보고하고 회의에 참석해야 했다. 이런 번거롭고 고된 일을 선호하는 사람은 없어서 그녀가 일을 맡기 전에도 여러 번 담당자가 바뀌었다. 그런 일에 그녀가 지원했을 때 사람들은 놀라면서도 안도하는 눈치였다.

그녀는 자주 늦은 시간까지 일했다. 혼자서 하기에는 많은 양의 일이었지만, 그렇게라도 자기 존재를 사람들에게 증명하고 싶은 마음이 컸던 시기였다.

일을 끝내고 운전해서 집으로 갈 때면 스물일곱밖에 되지 않은 자신이 다 늙어버린 노파 같았다. 입사하기 전의 삶은 아주 멀게만 느껴졌고, 그때의 자신은 온전한 남처럼 기억됐다. 잠을 줄여가며 공부하고 그 많은 시험에 통과해서, 그렇게 노력해서 도착한 곳이 간척지 공사장, 자신에게 소리치는 사람들 앞이었다. 아무것도 없는 간척지 위에서 커다란 풍력발전기 세 대만이 그녀를 내려다보고 있었다.

간척지를 오갈 때, 그녀는 인안대교를 건너야 했다.

대교 양옆으로 넓은 바다가 펼쳐져 있었고 멀리 작은 섬들의 군락이 보였다. 대교 바닥이 잘 포장되어 있어서 그 위를 달릴 때면 바퀴가 바닥에 부드럽게 닿으며 미끄러지듯 나아갔다. 그녀는 그 느낌이 좋았다. 바람이 많이 부는 날이면 차체가 심하게 흔들리기도 하고, 가끔은 공중에 걸린 기다란 길을 달리고 있다는 생각에 겁이 나기도 했지만.

일몰 전후의 대교는 아름다웠다. 대교에 달린 전구와 중간중간 세워진 가로등의 불빛이 때로는 붉은빛으로, 때로는 보랏빛으로 물든 하늘 아래에 길을 냈다. 해가 완전히 지고 멀리 이어진 대교를 볼 때면 자동차들이 허공 위를 달리는 것 같았다. 하늘을 나는 자동차. 어릴 때 그녀는 하늘을 나는 자동차가 발명될 미래에 대해 들었다. 그때 그녀는 하늘은 구름과 새의 집이 되어야 한다고, 그렇게 어지러운 장소가 되어서는 안 된다고 생각했다. 이제 그녀는 완성된 풍력발전기가 그 많은 이점에도 불구하고 하늘을 나는 새들에게는 피할 수 없는 도살 기계가 되리라는 것을 알았다.

인안대교를 건널 때면 그녀는 늘 그런 생각 속으로 빠져들었다. 반쯤은 몽롱하고 반쯤은 또렷한 정신이 이리저리 섞이며 그녀가 마주한 현실에서 그녀를 몰아냈다.

다희는 인턴 생활 한 달 만에 그녀의 어시스턴트로 일을 시작했다. 중국어에 능통해서 중국인 기술자와 협력업체 직원들을 지원하기 위해 현장에 파견됐다. 그러나 다희는 운전을 하지 못했고, 공사장까지 이동할 수 있는 대중교통이 있는 것도 아니었다. 조수석에 인턴을 태우고 달리는 시간이 온전한 쉼이 될 수 없으리라는 생각에 그녀는 카풀을 하기로 결정하고서도 마음이 무거웠다.

카풀을 한 첫날, 숱이 많은 단발머리를 잘 정돈한 다희는 재질이 좋은 얇은 코트를 입고 깨끗한 구두를 신고 있었다. 마치 전에도 타던 차를 타는 것처럼 자연스레 올라타고는 검은색 백팩을 무릎에 얹었다.

고마워요, 선배님. 제가 운전을 배웠어야 하는데.

그러고는 백팩에서 귤을 꺼내 껍질을 까기 시작했다. 차내에 금세 귤 향기가 퍼져나갔다. 다희는 그릇 모양으로 벗긴 껍질 위에 귤 알맹이를 하나하나 올려 그녀에게 건넸다. 그녀는 몇 개를 집어 입에 넣고, 괜찮으니 더는 주지 않아도 된다고 말했다. 다희는 백팩에서 계속 귤을 꺼내 먹으며 인턴 교육을 받을 때의 일이나 그녀와 같이 일을 하게 된 사정 등 이런저런 이야기를 했다. 회사 밥이 맛있다는 이야기도 했다. 그건 꽤나 특이한 경험이었다. 아무리 낯가림이 없고 사교적인 성격이라 하더라도 회사 선배와 처음으로 단둘이 있는 자리에서, 그렇게 귤을 까먹으며 허물없이 대할 수 있는 사람이 몇이나 될까. 그런 다희를 보며 그녀는 입사 초기의 자기 모습을 떠올렸다. 회사 사람들에게 애써 최선을 다하려 했던 자신의 모습을, 그뒤의 낙담을.

그렇게 입고 가면 추울 거예요. 허허벌판에 바람도 많이 불어서.

저 중학교 때 중국 선양에서 지내서, 웬만하면 추위 안 타요.

그래도 바람은 달라요. 머리 울리고 아파요.

그럼 어쩌죠.

저기, 차 뒷좌석에 얇은 침낭 있어요. 이따 힘들면 저거라도 둘러요.

바람이 유난히 많이 부는 날이었다. 현장에 도착해 그녀는 양모로 뜬 털모자를 쓰고, 다희는 파란색 얇은 침낭을 어깨에 두르고 차에서 내렸다.

아무것도 없는 간척지와 커다란 풍력발전기는 언제나 그녀를 압도했다. 그곳에서는 모든 것이 다 살아 있는 존재들 같았다. 땅도, 발전기도, 바람도 그랬다. 바람이 심하게 부는 날에는 그 소리가 사람 목소리로 들렸고, 퇴근하고서도 환청으로 들리곤 했다. 하얀 발전기는 바람개비를 높이 든, 흰옷을 입은 사람처럼 보였다.

다희는 별말 없이 발전기를 올려다봤다. 흥미 있는 대상을 유심히 관찰하는 얼굴이었다. 1호기부터 3호기까지 둘러보는 내내 마찬가지였다. 그녀는 처음 본 현장 관계자들과도 자연스럽게 이야기를 나눴다. 다희는 사람들을 지나치게 의식하지 않으면서 사람들 사이로 잘 섞여 들어갔다. 큰 눈에 감정이 그대로 비쳤고, 말할 때면 긴 눈썹이 쉴새없이 움직였다. 짧은 시간에도 여러 표정을 지었고, 웃음소리가 아이 같았다.

그런 모습을 보고 있자 다희와 처음 대화를 나누었을 때가 떠올랐다. 새로 들어온 인턴들과 함께 가볍게 맥주를 마시는 자리였는데 다희의 얼굴이며 목이 온통 울긋불긋했다.

억지로 안 마셔도 돼요.

그녀의 말에 다희는 유쾌하게 웃었다. 그 자리에서 그녀는 다희가 자신과 같은 나이라는 것, 오래 방송국 피디 시험을 준비했으나 잘 되지 않아서 작년에 포기했다는 말을 들었다. 그후로도 여러 기업에 원서를 냈지만, 끝까지 통과한 건 이 기업의 인턴 자리밖에 없었다는 사실도 알게 됐다.

그런 정보를 사람들 앞에서 스스럼없이 이야기하는 다희를 보면서 그녀는 다희가 솔직하지만 아직 미숙하여 경솔한 행동을 하고 있다고 생각했다. 이런 곳에서 상대에게 미리 자기가 지닌 패를 보일 필요는 없었다. 다희는 인턴 중에서도 나이가 가장 많았고, 여자였다. 그런 경솔한 행동이 득이 될 리 없는 위치였다. 술을 마셔 나른해진 얼굴로 말하는 다희의 모습이 그녀의 눈에는 불안해 보였다.

그러나 다희와 같이 일하게 되면서 그녀는 다희에 대한 우려가 기우였다는 걸 조용히 깨달았다. 다희의 솔직함은 사람들에게 흠만 잡힐 경솔함이 아니었다. 솔직하되 스스로를 낮추는 식으로 다른 사람을 대하지 않았다. 실수를 해도 자신이 잘못한 부분에 대해 깨끗하게 사과할 뿐, 자학하듯 자신을 깎아내리지 않았다. 매사에 눈치를 보고 저자세로 일관해온 그녀에게 다희의 그런 태도는 그녀 자신을 돌아보게 했다. 누구보다도 앞장서서 스스로를 질책하고 과도하게 몰아세우던 자기의 모습을. 그리고 이상하게도 다희와 함께 있으면 그녀는 자신을 조금이나마 편안하게 받아들일 수 있었다.

*

사거리에서 우회전을 하면 농협이 나왔고, 다희는 언제나 그 앞에 서 있었다. 조수석에 앉아 가만히 귤을 까서 그녀에게 건넸다. 맑은 날에도, 눈이 오는 날에도, 비가 오는 날에도 다희는 귤을 먹는 게 무슨 의식이라도 되는 것처럼 매일 그 일을 반복했다.

집에서 귤 농사 지어요?

엄마 친구가 지으세요. 십 년 전인가 제주도로 내려가셨거든요.

다희는 한 손으로 귤을 주무르면서 말을 이었다.

이거 노지 귤이에요. 보면 흠이 많고 껍질도 두껍고 예쁘지도
않고, 맛도…… 솔직히 말하면 신맛이 강하잖아요. 처음에는 맛
도 없다고 생각했어요. 근데 먹다보니까 다른 귤이 맛없어지더라
고요. 손바닥 대보세요.

다희가 귤 몇 점을 그녀의 손바닥 위에 올려놓았다.

아무것도 먹고 싶지 않을 때가 있었는데, 그때 그 이모가 제 자
취방으로 귤 상자를 보낸 거예요. 냉장고도 없는데. 난감해서 방
한쪽에 귤 상자를 뒀다가 할 수 없이 하나씩 먹었어요. 왜 이런 걸
보냈느냐고 혼자 막 화를 내면서요.

그래서요?

그렇게 며칠을 귤만 먹었는데, 귤이 이런 맛인 줄은 몰랐어요.
한 상자를 다 먹고 나서는 입맛이 돌더라고요. 그 이모도 참, 제가
자기 친조카도 아니고 친구 딸일 뿐인데 그렇게 마음을 써요.

다희씨 어머니랑 가까우신가봐요.

젊었을 때 같이 일했대요. 각자 결혼하고는 떨어져 살아서 실제
로는 자주 본 사이도 아닌데, 그 마음이 뭘까 궁금했어요.

다희는 어머니와 그 이모가 어떻게 관계를 이어왔는지 이야기
했다.

그날 이후로 이야기는 여러 갈래로 뻗어나갔고, 그녀는 라디오
를 듣듯이 다희의 이야기에 자연스레 귀를 기울였다. 그녀는 다희

의 할머니에 대해, 부모님에 대해, 다희의 중국 생활과 다희가 만났던 사람들에 대해, 그리고 다희와 함께한 동물들에 대해서도 알게 됐다. 돌이켜보면 다희는 타고난 이야기꾼이었다. 분명 슬프고 외로웠을 법한 일조차도 그녀는 가볍고 웃기는 이야기로 전했다.

다희씨 참 웃겨요. 그녀가 말했다.

다들 처음에는 그렇게 말해요. 너 참 재밌다, 웃긴다.

다희는 조금 작아진 목소리로 말을 이었다. 소리가 작아지자 목소리 자체가 다르게 들렸다.

그러다가, 실망하는 거죠. 전 언제나 사람들의 기대만큼 밝은 사람이 아니었으니까. 아, 너 이런 애였니? 이러고 가버리는 거예요. 아주 어릴 때부터.

그렇게 말하고 다희는 힘없이 웃었다.

그래서 사람을 좋아하게 되면, 잃고 싶지 않으니까 무리를 하게 돼요. 좋은 모습만 보이고 싶어서.

다희의 목소리에 실린 감정이 그녀의 마음에도 가까이 느껴졌다.

그랬더니 이런 사람도 있었어요. 다희 너는 깊이가 없어, 얕아, 그래서 좀 질려.

침묵 속에서 자동차가 지면을 달리는 소리가 들렸다. 그녀는 그 순간 다희가 직장 동료로서의 선을 넘었다고 생각했다.

선배 차에 타면 저도 모르게 이런 말이 나와서…… 다희가 말했다.

아니에요.

죄송해요.

괜찮으니 마음놓아요. 전 좋아요, 이렇게 얘기하는 거.

그렇게 말하면서도 그녀는 자기 마음을 의심했다. 괜찮다고 했지만 정말 괜찮은지, 좋다고 말했지만 좋기만 한지 확신할 수 없었다. 자신에게 경계를 허물어준 다희에게 고마움을 느끼면서도 숨김없이 스스로를 드러내는 다희의 마음에 어떻게 대응해야 할지 알 수 없었다.

그녀는 침묵 속에서 시내를 통과해 서쪽으로 차를 몰았다. 아파트 단지와 상가들을 지나 고속도로를 타고 이동했다. 중간중간 터널이 있었고 마지막 터널을 지나면 인안대교가 나왔다. 인안대교를 건너 본사 건물을 지나 더 서쪽으로 가면 간척지가 보였다.

그녀와 다희는 발전기가 시험 가동될 때 그 첫 모습을 함께 지켜보았다. 둘은 가까이 서서 발전기가 움직이는 모습을 바라봤다. 발전기에 달린 발광체에서 붉은빛이 나왔고, 날개가 돌아가는 소리와 바람소리가 섞여 일정한 리듬을 지닌 목소리가 울리는 것 같았다. 그 소리는 마음을 압도하면서 두렵게 다가왔지만, 한편으로는 시원하고 자유로운 느낌을 주기도 했다.

그날, 집으로 돌아가면서 다희는 커다란 기계가 주는 안도감이 있다고 그녀에게 말했다. 기계는 감정이 없고, 그래서 기쁨도 슬품도 불안도 느끼지 않고, 변덕을 부리지도 않고, 누굴 속이지도 않고, 자기 모습을 감추거나 매번 바꾸지 않으면서도 훼손되지 않는 단단한 존재라고. 그래서 발전기를 보고 있을 때면 알 수 없는 안도감이 든다고 말했다.

다희는 어느 일 년 사이 사랑하는 이들을 여럿 잃었다고 말을 이었다. 피디 시험을 준비한 지 이 년이 됐을 때의 일이라고 했다. 그런 일을 겪으면서도 애써 참으면서 스터디에도 나가고 공부도 하고, 그러다 집에 와 혼자 울었다는 이야기였다.

그때 기억은 좀 나요? 그녀가 물었다.

아뇨, 그냥 드문드문. 언론고시 스터디를 할 때였는데 스터디에 빠지려면 불참 사유를 말해야 해서 일이 생길 때마다 솔직하게 얘기했어요.

거기까지 말하고 다희는 고개를 숙인 채로 말을 잇지 못했다. 잠시 침묵하다 다희가 다시 입을 열었다.

처음에는 스터디 사람들도 저를 위로해줬어요. 안됐다고. 그러다 그해 겨울에 저랑 삼 년을 같이 산 고양이가 죽었을 때, 사람들이 그러는 거예요. 다희씨, 어떻게 다희씨 주변에는 이런 일들이 이렇게 잦아요? 어떻게 매번 누가 죽어요?

다희가 가방에서 휴지를 꺼내 코를 풀었다.

공채 시즌이어서 다들 예민해졌을 때였어요. 스터디원이 빠지면 모두가 피해를 보는 구조였으니까요. 제가 스터디에 빠지고 싶어서 거짓말을 하는 거라고 생각했나봐요. 사람들 앞에서 슬픈 티를 내지 않으려고 그렇게 노력했었는데, 사람들은 그런 모습을 보고 제가 의심스러웠나봐요.

다희씨.

다희는 그녀 쪽을 보고 웃었다.

이렇게 말하니 좋네요.

다희는 귤껍질을 벗겨서 그녀의 손에 귤 몇 점을 올렸다. 귤은 아주 시고 차가웠다. 귤을 천천히 다 먹고, 그녀는 자기도 모르게 입을 열었다.

저도…… 작년에 할머니가 돌아가셨어요.

거기까지 말하고 그녀는 입을 다물었다. 왜 이런 이야기를 여기서 한 거지, 라는 생각이 들었고, 고작 그 한마디를 했을 뿐인데 눈물이 나와 놀랐다. 그녀는 눈물을 참으면서 한참을 더 운전했다.

저를 키워주신 분이었거든요. 저도 다희씨처럼, 회사에서는 웃다가 이 차 안에서 많이 울었어요.

그 말을 하고 그녀는 한동안 말을 이을 수 없었다.

외할머니라고 휴가가 하루밖에 안 나온 것도, 부모상이 아니니까 아무렇지 않을 거라고 사람들이 짐작하는 것도 마음에 남았어요.

선배.

다희가 그녀의 팔에 손을 얹었다.

그날 차 안에서 다희에게 한 이야기들은 오래도록 밖으로 나가기를 바랐던 것처럼 그녀 안에서 아우성치며 그녀를 밀어붙였다. 이미 정리한 시간이기에 그녀는 정제된 언어로 이야기했지만, 몸은 다른 말을 하고 있었다. 땀이 났고, 심장이 빠르게 뛰었고, 머리가 아팠고, 때로는 그때처럼 눈물이 고이기도 했다.

그렇게 매일 두 시간 남짓 달리는 차 안에서 서로의 이야기에 집중하는 동안 그녀와 다희는 선후배도, 친구도, 애인도, 우연히 지나치는 사람도 아니었다. 둘은 차에서 내려 일터로 가면 동료가 되었다가, 다시 차에 올라타면 서로의 이야기에 몰두하는, 알 수 없는 사이가 되었다.

유일하게 대화가 끊기는 순간은 인안대교를 건널 때였다. 자동차가 인안대교에 진입하면 둘은 아무 말도 나누지 않았다. 이야기를 하다가도 멈추거나 대교가 보일 무렵이면 대화를 마무리하는 식이었다. 자동차가 인안대교를 지날 때, 다희는 오른쪽 창으로 고개를 돌려 바깥을 유심히 바라봤다. 매일 보는 풍경인데도 마치 처음 보는 사람처럼 바다와 작은 섬들을, 밝은 하늘을, 일몰을, 어둠을 물끄러미 바라봤다.

그 시간을 지나며 그녀의 마음은 두 갈래로 갈렸다. 공과 사를 구분해야 한다는, 자신이 어리석은 행동을 하고 있다는 마음과 다희와 계속 그렇게 이야기를 나누고 싶다는 마음이었다.

다희와 이야기할 때면 따뜻한 바닷물에 들어가 수영하는 기분이 들었다. 몸에 부드럽게 감기는 물처럼 모든 것이 자연스러웠다. 다희와 만나고 그녀는 지금껏 자신이 해온 대화가 사실은 서로를 향한 독백일 뿐이었다는 걸 깨달았다. 시간을 메우기 위해, 혹은 최소한의 사회적인 관계를 위해, 자신을 방어하기 위해 했던 말들이 어른이 되고 나서 그녀가 나눈 대화의 전부였으니까. 그제야 그녀는 아무 소리도 들리지 않는 조용한 자기 방에서 온전히 혼자가 되기를 바랐던 마음, 그 누구의 목소리도 듣기 싫었던 마음 안에도 사람과 이야기를 나누고 싶은 마음이 있었다는 걸 알게 됐다.

할머니는 어떤 분이셨어요? 다희가 물었다.

음…… 초등학교 2학년 때 소풍 가서 보물찾기를 했는데, 제가 찾은 쪽지에 2단 필통이 적혀 있었어요. 그래서 그걸 받았는데 어떤 남자애가 자기 필통이랑 바꾸자는 거예요. 싫다니까 저를 발로 차고는 필통을 뺏어갔죠. 버스 타고 학교에 도착했는데 할머니가 기다리고 있었어요. 할머니한테 가서 일렀어요. 쟤가 나 때리고 내 거 가져갔다고. 그랬더니 할머니가 그 남자애랑 그 남자애 엄마한테 막 걸어가는 거예요.

그래서요?

처음엔 좋게 말했죠. 그런데 남자애 엄마가 자기 아들이 그랬을 리가 없다고 그래요. 할머니가 거짓말하지 말라고, 흥분해서 소리를 질렀어요. 당신 아들 가방 열어봐라, 거기 필통 두 개 있다, 뺏어간 필통은 이러이러하게 생겼다, 이러면서. 가방을 열어보니 그

필통이 나왔어요. 남자애 엄마가 저한테 필통을 돌려주고 떠나면서, 어쩜 노인네가 저렇게 못되게 늙었대? 그러더라고요. 벌레 보듯이 쳐다보면서. 그랬더니 할머니가 이러는 거예요.

뭐라고 하셨는데요?

너 같은 사람들 때문에 이렇게 늙었다, 왜! 이…… 씨발년아.

그 말을 하고 그녀는 작게 웃었다.

그때 할머니 모습이 잊히질 않아요. 말로 일격을 가하고 싶으면서도 겁먹은 게 제 눈에는 보였거든요. 씨발년아, 라고 할 때는 목소리가 작아지면서 꼭 울 것 같았어요. 욕도 못하는 사람이 최대치의 욕을 한 거죠. 할머니를 생각하면 그 기억이 자주 떠올라요. 저를 지키려는 매 순간순간이 무서웠을 것 같고, 용기를 냈어야 했을 것 같고. 세상 소심한 사람이 막, 씨발년이라는 말도 해야 했고.

선배.

……

말해줘서 고마워요.

*

발전소 개소식은 오전 열한시, 멀리 풍력발전기가 보이는 야외 행사장에서 열릴 예정이었다. 음향 시설과 연단, 의자들을 실은 트럭이 도착한 건 아홉시쯤이었다. 맑은 하루가 되리라는 일기예

보와 달리 바람이 심하게 불었고 하늘에는 짙은 구름이 끼어 있었다. 접이식 의자를 펴서 세워놓으면 금세 넘어졌다. 만약 비라도 내린다면 진행에 어려움이 있을 것이었다. 하지만 별다른 방법이 없어서 그녀와 직원들은 의자가 쓰러지면 다시 펴서 세워두면서 바람이 잦아들기를 바랐다.

그녀는 몇 주 전부터 팀원들, 그리고 인턴들과 함께 개소식을 준비했다. 장소를 섭외하고, 초대장을 만들어 보내고, 보도자료를 쓰고, 플래카드와 홍보물을 만들고, 전문 통역사와 사진작가, 영상작가를 섭외했다. 손님들용 관광버스와 야외 행사에 필요한 비품들도 준비했다.

행사 시간이 가까워지자 시장과 고위직 공무원, 시의원, 회사 임원들이 들어섰고 신문사와 방송사 기자들도 나타났다. 정장을 입은 남자들이 일렬로 나란히 서 있는 동안 인턴들이 테이프 커팅식에 쓰일 봉을 양쪽에 설치했다. 봉에 달린 오색 리본이 일자로 펴진 순간, 치마 정장을 입은 가장 어린 여자 인턴 둘이 양쪽에서 스테인리스 쟁반을 들고 걸어와 모두에게 가위를 나눠줬다.

그 모습을 보면서 그녀는 자신의 신입 시절을 떠올렸다. 여기 여직원들 중에 막내가 누구지? 새로운 신입사원이 들어오기 전까지 그녀는 행사 때마다 꽃다발을 전달하는 역할을 담당했고, 사람들은 그런 일을 하는 신입을 '꽃순이'라고 불렀다. 그럴 때면 그녀는 자신의 감정을 드러내지 않기 위해 애썼다. 어른스럽지 못하거나 서투르다는 말을 듣고 싶지 않아서였다.

열한시에 시작해서 열두시에 끝나야 했을 행사가 열두시 반에도 끝나지 않았다. 주요 임원들이 차례로 나와서 감상을 말했는데, 대체로 얘기가 길어졌다. 마이크가 잘 되지 않을 때면 이거 왜 이래? 라고 직원들이 있는 쪽을 보고 반말을 하기도 했다. 그녀는 쩔쩔매는 직원들 사이에 서서 바람을 맞고 있었다.

직원들에게 소리치거나 반말을 섞어 쓰는 사람들을 그녀는 자주 보았다. 그러나 그만큼이나 그녀를 피로하게 한 건 그런 사람들의 입에서 나오는 무의미하고 진부한 말들이었다. 현재 자신이 얼마나 중요한 위치에 있는지 자랑하는 말들. 자기가 느끼는 감정을 다 드러낼 수 있고 자기가 하고 싶은 말은 생각나는 대로 다 할 수 있는, 자기 특권을 과시하는 사람들.

호텔로 이동해서 오찬이 이어졌다. 직원들은 행사장 뒷정리를 하는 팀과 호텔 레스토랑에서 손님들을 의전하는 팀으로 나뉘었다. 그녀는 뒷정리를 하고 뒤늦게 호텔로 이동했다. 레스토랑 입구에 도착했을 때 그녀는 다희와 김상무가 나란히 서서 이야기하는 모습을 봤다. 가까이 걸어가니 김상무는 사람 좋은 미소를 지으면서 다희에게 자기가 한 말을 중국어로 통역해보라고 지시하고 있었다. 문장은 죄다 불편한 유머였다. 그녀는 김상무에게 다가가 행사장 정리를 마쳤다고 보고했다.

여기 다희씨, 지수씨 팀 인턴이죠?

네.

아주 재미있는 친구네. 우리 여자 인턴 중에 나이가 가장 많지,
아마?

다희는 고개를 끄덕였다.

간절히 원해야 하는 거예요. 대충대충 해선 안 돼.

알겠습니다.

다희는 김상무 앞에서 과도하게 상냥히 굴었다. 그런 말을 해줘
서 진심으로 고맙다는 듯이 연기하고 있었다. 그렇게라도 인사권
자에게 좋은 이미지를 주려고 애쓰는 다희의 모습이 그녀는 불편
했다. 그렇게까지 해야 하나, 라는 마음이었다.

그럼 수고들 해요.

김상무가 자리를 떠나고, 그녀와 다희는 행사장에서 남은 생수
를 챙겨 창가로 갔다.

김상무님 말, 너무 신경쓰지 말아요. 그녀가 말했다.

아무렇지도 않아요. 다희가 웃으며 답했다.

다희는 창밖을 보며 립스틱이 지워져 테두리만 남은 입술을 손
가락으로 만졌다. 창밖으로 멀리 수평선이 보였다.

팀 선배들이 하는 얘기 들었어요. 김상무님이 선배 예뻐한다는
말요.

다희가 무슨 뜻으로 그 말을 하는지 알 수 없어 그녀는 마음이
가라앉았다.

사람들이 또 무슨 얘기 했는데요.

선배 일 잘하고 똑부러진다고, 그래서 어른들도 좋아한다고요.

그녀는 멀리 보이는 작은 섬들의 무리에 시선을 둔 채 사람들이 자신과 김상무를 두고 어떤 태도로 이야기했을지 어림해봤다. 그 정도는 괜찮다고 생각하면서.

온종일 이어진 행사 탓에 피곤했는지 다희는 평소와는 다르게 집으로 가는 차에서 별다른 말을 하지 않았다. 바람이 거세게 불어서 길가 나무들의 가지가 한쪽으로 기울어졌고 쓰레기가 공중에 날렸다.

저…… 아까 한 말 있잖아요. 다희가 침묵을 깨고 말했다.

무슨 말요.

사람들이 뒤에서 선배 얘기했다는 거, 정말 생각 없이 한 말이었어요.

그게 뭐가 어때서요.

그녀는 대수롭지 않다는 듯 말했다. 잠시 망설이던 다희가 입을 열었다.

선배랑 김상무님은 전혀 다른 사람이에요.

알아요.

같은 인턴들도 그렇고 선배들도 다 선배 좋은 사람이라고 해요.

다행이네요.

자동차가 인안대교에 진입하자 다희는 고개를 돌려 어둠 속에서 점점이 보이는 작은 빛들을 바라봤다. 그녀는 멀리까지 이어진 대교의 불빛에 시선을 두고 '좋은 사람'이라는 말을 생각했다.

은근한 따돌림이 있었을 때도 동료들은 그녀에게 친절했다. 아침이면 밝은 얼굴로 인사를 했고, 엘리베이터나 화장실에서 만나면 반가운 내색을 했다. 점심을 같이 먹으러 가자고 하기도 했다. 공적인 일에서 그녀를 배제한 적도 없었다.

그런데도 몇몇 분명한 순간들이 있었다. 모두가 받은 동료의 청첩장을 받지 못했을 때, 탕비실에 들어서는 순간 공기가 미묘하게 달라질 때, 아주 사소한 주제라도 그녀와는 사적인 대화를 이어가지 않으려는 기미가 느껴질 때, 어떤 말도 없었지만 그녀와 함께 있어서 버겁고 불편하다는 분위기가 감돌 때, 우리의 세계에 온전히 소속될 수 없는 당신을 나는 안타깝게 여기지만 도울 생각은 없다는 표정으로 그녀를 바라보는 사람들의 얼굴을 볼 때.

그녀는 그런 상황에 체념한 채로, 그 모든 일이 지나가기만을 바랐다. 고통스러웠지만 살아졌고, 그녀는 살아진다는 것이 무엇인지 알고 있었다. 살아진다. 그러다보면 사라진다. 고통이, 견디는 시간이 사라진다. 어느 순간 그녀는 더이상 겉돌지 않았고, 그들의 세계에 나름대로 진입했다. 모든 건 변하고 사람들은 변덕스러우니까. 그러나 그후에도 그녀는 잠들지 못하거나 질이 낮은 잠을 끊어 자며 아침을 맞았다. 가끔씩 스스로에게 벌을 주듯 폭음을 하고는 환한 대낮의 사무실에서 사람들과 웃으며 대화했다.

인안대교를 다 건널 무렵 비가 내리기 시작해서 그녀는 와이퍼를 켰다.

다희씨에게 따로 얘기한 적은 없지만, 내가 회사에서 좀 겉돌았어요. 많이 서툴렀어요, 사람들 사이에서.

다희는 고개를 돌려 그녀를 봤다.

내가 뭘 잘못했지…… 오래 생각했어요. 많이 나아졌지만 지금도 그런 생각 해요.

왜 선배 잘못일 거라고 단정해요? 다른 사람들이 나빠서일 수도 있지.

그런가요.

입사 초, 그녀는 자신을 받아주지 않는 회사 사람들을 어두운 마음으로 바라봤다. 좋은 사람들에게 거절당하고 있다는 생각은 고통이었으므로, 그녀는 차라리 나쁘고 냉혹한 인간들이 자신을 무시하고 있다고 여기는 편을 택했다. 그들이 자신을 거절하는 것이 아니라, 자신이 그들을 거부할 이유를 발견하는 쪽이 덜 아팠으니까. 그들은 가치 없는 인간들이어야 했다. 네가 뭐라고 날 무시해? 그녀는 회사 사람들의 얼굴, 목소리, 몸짓, 혹은 그들의 존재 자체에서 그들을 혐오할 수밖에 없는 혐의를 발견해냈다. 자기 속이 얼마나 망가졌는지도 모르는 채로 그녀는 그 일을 매일 반복했다.

입사한 지 일 년 정도 됐을 때, 엘리베이터에서 김상무를 만난 적이 있었다. 그는 그녀가 자신과 같은 대학을 나왔다는 걸 알고 있다면서 다정한 말투로 말을 걸었다.

지수씨 같은 신입은 억울할 거야. 고졸 특채들이랑 같이 신입이라는 이름으로 묶여 들어왔으니.

그는 다 이해한다는 표정으로 그녀에게 웃어 보였다.

겉으로야 같은 입사 동기지만 다 형식적인 거고, 우린 걔네 후배로 생각 안 해. 그러니까 걱정 마요.

그가 내리고, 그녀는 엘리베이터 거울에 비친 자신의 얼굴을 봤다. 예전이었다면 김상무의 그런 말에 억지로라도 웃지 못했을 것이었다. 그러나 그가 그 말을 했을 때 그녀는 분명 안도했고, 그런 식으로라도 자기 존재를 인정해주는 그에게 친근감을 느꼈다. 차별하는 사람의 입장에 설 수 있게 한 그의 말에 위로를 받았다. 거울에서 그녀가 본 건 기쁨과 안도가 스민 진짜 웃음이었다.

어쩌면 사람들은 자신의 그런 추한 가능성을 알아보았는지도 몰랐다. 난 그런 사람이 아니야. 내가 이렇게 된 건 다 당신들 탓이야. 그렇게 말하고 싶었지만, 그런 생각은 자기 자신조차 설득할 수 없었다.

그때의 자신의 모습을 그녀는 다희에게 말하지 못했다.

*

발전소가 문을 열고부터 그녀와 다희는 다른 일을 맡게 됐다. 가을이 시작될 무렵이었다. 그녀는 발전소 관련 자료집을 펴내는 일을 맡았고, 다희는 에너지 박람회 준비팀에 보조로 참여했다.

다희는 사양했지만, 그녀는 개소식 후로도 다희를 태우고 출퇴근을 했다. 차에 올라탄 다희는 먹기 좋은 크기로 잘라온 과일이나 떡, 견과류, 빵 같은 것을 그녀의 손바닥 위에 올려줬다.

그 무렵 다희는 주말이면 도서관에 가서 시험 준비를 했다. 회사는 인턴 기간이 끝날 때쯤 자체 시험을 통해 인턴의 삼분의 일을 신입사원으로 채용할 예정이었다. 세 명 중 한 명이에요. 다희는 종종 농담처럼 그 말을 하곤 했다. 세 명 중 한 명. 떨어질 확률이 더 높지만 희망을 갖게 하는 조건이었다. 그녀는 다희가 그 셋중 하나가 되기를 빌었다.

다희가 자신처럼 삼 년 전 이 회사에 지원했더라면 힘들지 않게 합격할 수 있었을 것이다. 그러나 다희는 더 어려운 선택을 했고, 그사이 취업 조건은 더 까다로워졌다. 다희는 지난 삼 년 동안 무리할 정도로 최선을 다했지만 그 시간은 그녀가 상황 판단을 잘하지 못했다는 인상만을 남길 것이었다. 별다른 실패 없이, 매번 똑똑한 선택을 하여 기업에서 요구하는 것을 최대한 빨리 갖추어도 좋은 일자리를 얻기 어려운 세상이었다. 자신이 어느 정도의 부담

감으로 시험을 준비하고 있는지 다희는 구체적으로 이야기하지 않았다.

집으로 돌아가던 어느 날, 터널을 지나며 다희가 말했다.

어릴 때는 터널 지날 때 숨을 참았어요.

왜요?

숨을 참고 터널 다 지나면 소원이 이뤄진다고 해서요.

무슨 소원 빌었어요?

다 잊어버렸어요.

그녀는 고개를 돌려 잠시 다희를 바라보았다. 터널 조명이 다희의 얼굴을 스치며 얼룩을 내고 있었다.

숨 참느라 힘들었던 것만 기억나고 억울하네요.

지금은요?

이제는 저를 위해 빌지 않아요. 바라는 건 있지만, 누군가에게 빌지는 않아요.

터널을 빠져나갈 무렵 다희가 말을 이었다.

선배가 행복하길 바라요. 그리고 건강하길.

고맙다고 말하고 그녀는 앞을 바라보며 운전했다. 자신 또한 다희가 그렇기를 바란다는 말을 할 수가 없어서 입을 다문 채로. 다시 고개를 돌려보니, 다희는 잠에 빠져 있었다.

다희가 일하는 박람회 준비팀의 총책임자는 충동적인 사람이었다. 매번 마지막 순간에 결정을 번복했고, 개입하지 않아야 할 일까지 개입해서 잘 마무리된 일을 엉클어놓았다. 수습은 인턴들의 몫이었다. 그녀는 책임자가 인턴들의 불안한 상황을 이용하고 있다고 생각했다.

사람이라면 누구나 할 수 있는 실수에도 다희는 예전과 다르게 초조해했다. 다희는 좋게 말해서 신중해졌지만, 어떻게 보면 계속되는 체념 속에서 자기 빛을 잃어가고 있었다. 가끔 멍한 표정으로 사람들 속에 서 있는 다희의 모습을 그녀는 멀리서 바라보곤 했다. 분위기를 맞추려고 따라 웃고 고개를 끄덕이기는 했지만, 다희라는 사람의 껍데기만 남아 있는 것처럼 보였다.

그런 다희에게 그녀는 무리하지 말라는 말을 자주 했다. 일을 융통성 있게 해야지, 다른 사람들 일까지 떠맡아서 할 필요는 없다고, 그러다보면 그렇게 일하는 게 고마운 일이 아니라 당연한 일이 되는 거라고. 몇 번 그런 이야기를 했을 때 다희가 웃으며 말했다.

선밴 인턴이었던 적 없죠.

장난스러운 말투에 숨겨진 진심이 느껴졌다. 그 말을 하고 다희는 창밖을 내다보는 척 고개를 돌렸다.

다희가 자주 야근을 하면서 그녀는 집에 혼자 돌아가는 날이 많아졌다. 다희는 같은 팀 인턴들과 빠른 속도로 친해졌고, 야근이 없는 날에도 같이 어울리곤 했다. 출근은 그녀와 매일 함께했지만 차에서 자주 졸았다. 그 무렵부터 그녀는 다희에게 회사에 관한 일이라면 사소한 불만도 털어놓지 않았다. 불안해 보이는 다희를 볼 때면, 그녀는 자신의 위치에 옅은 죄책감을 느꼈다.

그녀의 팀 사람들은 인턴들이 없을 때면 그들에 대해 이야기하곤 했다. 아직 일해본 경험이 없어서 오히려 일을 만드는 경우도 많고, 일을 습득하는 속도도 느리다는 얘기였다. 그런 불만들은 '그래도 우리가 인턴을 챙겨야 한다'는 시혜적인 말로 끝나곤 했다. '우리'가 그들을 도와야 하고 이끌어야 한다는 식이었다. 팀 사람들은 그녀에게 다희와의 관계에 대해 묻기도 했다. 어차피 떠날 확률이 더 높은 사람에게 왜 그렇게 잘해주느냐고. 그녀는 그저 통근하는 경로가 비슷해서 같이 차를 타고 다니는 거라고 답했다. 공채 출신의 정규직 사원과 친밀하게 지냈더라면 그런 질문을 받을 일도 없었으리라고 생각하면서.

박람회가 이틀 남은 날에도 다희는 야근을 했다. 박람회 팸플릿에 오자가 발견되어서 스티커 작업을 해야 한다고 했다. 최종 파일을 인쇄소에 보낸 사람이 다희였기에 그 일은 다희의 책임이 됐다. 원고를 수정한다고 마지막에 손을 대 오자를 만든 팀장은 그 책임을 전부 다희에게 돌리고 퇴근했다. 인턴 몇이 남아서 오백 장의 팸플릿에 스티커를 붙여야 했다.

다희를 데려다주고 싶었고, 자신도 처리해야 할 일이 있어서 그녀는 사무실에 남아 일을 하며 다희를 기다렸다. 오늘은 집 앞까

지 데려다줘야겠다고 생각하며. 다희는 열한시쯤 일을 끝내고 그
녀의 자리로 왔다.

선배.

다희는 미간을 찌푸리며 웃는 특유의 얼굴로 그녀에게 다가왔다.

이렇게 기다릴 필요 없었는데. 고마워요.

나도 할일 있었어요.

더 늦게 끝날 수도 있었는데, 그럼 제가 너무 미안해지잖아요.

다희는 진심으로 난감하다는 표정을 지었다.

다른 인턴들 보기에도 좀 그래요. 제가 무슨 특별 대우 받는 것
처럼.

알았어요. 앞으론 그냥 갈게요.

대수롭지 않게 말하고 웃으며 사무실을 나왔지만 씁쓸한 마음
을 숨길 수가 없었다. 그녀는 다희에게 서운함을 느끼지 않기 위
해 노력했다. 서운하다는 감정에는 폭력적인 데가 있었으니까. 넌
내 뜻대로 반응해야 해, 라는 마음. 서운함은 원망보다는 옅고 미
움보다는 직접적이지 않지만, 그런 감정들과 아주 가까이 붙어 있
었다. 그녀는 다희에게 그런 마음을 품고 싶지 않았다.

자동차는 어둠 속을 천천히 달렸다.

선밴 안 피곤해요?

다희가 그녀의 손바닥 위에 초콜릿을 올려놓았다. 민트 맛이 나
는 다크초콜릿이었다.

이제 한 달 뒤면 인턴이 끝나요.

그렇죠.

오늘 야근하면서…… 내년 이맘때쯤에 제가 어디 있을지 생각
했어요.

다희는 그렇게 말하고 백팩에 얼굴을 기댔다.

인턴 셋이 작업을 했는데, 내년에 우리 셋 중 둘은 여기 없겠
지…… 그런 생각이 들면서 아, 그 하나가 내가 되어야 한다고 정
말 간절하게 생각하게 됐어요.

누구나 그럴 거예요. 그녀가 답했다.

선배.

네.

가끔은…… 제가 커다란 스노볼 위를 기어다니는 달팽이 같아
요. 스노볼 안에는 예쁜 집도 있고, 웃고 있는 사람들도 있고, 선
물 꾸러미도 있고, 다들 행복해 보이는데 저는 그걸 계속 바라보
면서 들어가지는 못해요. 들어갈 방법도 없는 것 같고.

그녀는 어떻게 답해야 할지 몰라 망설이다 입을 열었다.

다희씨는 합격하겠지만, 아니더라도 더 좋은 곳에 갈 수 있다고
생각해요.

그 말을 뱉었을 때, 그녀는 뭔가가 잘못되었다는 것을 느꼈다.
변명을 하고 싶어 망설이는 동안 다희가 말했다.

선배는 빈말 안 하는 사람이라고 생각했어요.

빈말 아니에요.

저한텐 그렇게 들렸어요.

그랬다면 미안해요.

그렇게 말하면서도 그녀는 다희의 반응이 심하다고 생각했다. 무책임한 말이긴 하지만, 행운을 빌어주고, 조금 마음을 놓으라고 해준 말인데 그렇게까지 딱딱하게 반응할 필요는 없는 것 아닌가. 아무리 그래도 늦은 시간까지 기다려서 집까지 태워다주는 자신에게 그런 식으로 말해선 안 되는 것 아닌가.

있잖아요, 선배.

그녀를 부르는 다희의 목소리가 떨렸다. 다희는 한참을 망설이다 말을 이었다.

며칠 전에 선배가 다른 선배들이랑 제 얘기 하는 거 들었어요.

언제요?

다희는 그녀의 질문에 대답하지 않았다. 그녀는 자신이 언제 다희의 이야기를 했는지 제대로 기억나지 않았다.

저는요, 선배. 우리가 그냥 가는 방향이 같아서 같이 통근했다고만 생각하진 않았어요.

그제야 그녀는 사람들의 말에 대답하던 자기 모습이 떠올랐다. 방향이 같아서 같이 다니는 것뿐이에요. 네? 아니에요. 별 사이 아니에요. 그러게요, 언론고시가 워낙 어렵다고들 하잖아요. 그런가요? 나이가 많아서 아무래도 불리한 부분은 있겠죠. 그래요? 그

친구가 워낙 어른들한테 싹싹하잖아요. 그저 다른 사람들의 말에 형식적으로 답한 것뿐이었지만, 다희가 오해해서 들었다면 달라지는 이야기였다.

다희씨, 전……

이해해요. 여긴 회사잖아요. 제가 선배 입장이었어도 그렇게 말했을 거예요.

다희는 손등으로 눈물을 닦아내고 있었다. 당신에게 상처를 주고 싶지 않았어요. 내가 왜 그 사람들에게 우리 이야기를 해요. 그렇게 말하고 싶었지만 목이 따끔거릴 뿐, 그녀는 입 밖에 내지 못했다. 사실 그녀는 그날 사람들에게 다른 식으로 말할 수도 있었으니까. 다희씨랑은 말이 잘 통해서 친해졌어요. 아, 다희씨 없는 데서 다희씨 이야기하고 싶진 않은데요. 그렇게 말하면 따라붙을 질문이 귀찮고, 어색해질 공기가 두려워 그렇게 말하지 못했던 것이었으니까.

그녀가 망설이는 동안 자동차가 마지막 터널을 빠져나왔다. 그날 그녀는 다희에게 미안하다는 말밖에는 하지 못했다. 적극적으로 상황을 설명하는 것이 다희의 상처를 덜어내는 방법이었을까 뒤늦게 생각해보기도 했지만, 변명으로 들릴 말을 하느니 깨끗하게 사과하는 편이 나았으리라는 판단은 달라지지 않았다. 다희의 상처를 자기 관점으로 다희에게 설명하고 싶지 않았다.

내가 다희씨를 어떻게 생각하는지는 다희씨가 제일 잘 알 거예요.

그녀는 다희의 집 근처에 와서 그렇게 말했다.

괜찮아요. 제가 오늘 피곤해서……

다희는 미소 지으며 그렇게 말하고 차에서 내렸다. 서운하다, 어떻게 내게 그럴 수 있나, 상처받았다, 예전의 다희라면 그렇게 말했으리라는 걸 그녀는 알았다. 애정이 상처로 돌아올 때 사람은 상대에게 따져 묻곤 하니까. 그러나 어떤 기대도, 미련도 없는 사람은 자신을 보호하기 위해 마음을 걸어 잠근다. 다희에게 그녀는 더는 기대할 것이 없는 사람이었다.

다희와 함께 출근하던 마지막 한 달 동안, 둘은 그날 일을 입에 올리지 않고 아무 일도 없었던 것처럼 웃으며 대화했다. 그것이 그녀는 슬펐는데, 다희도 그런 마음이었는지는 알 수 없었다.

다희가 마지막으로 출근하던 날, 그녀는 다희를 집까지 데려다 줬다. 둘은 다른 날과 다를 것 없다는 듯이 능청을 떨며 대화했다. 그녀는 다희에게 시험 잘 보라고, 계속 카풀을 할 수 있으면 좋겠다고 말했고, 다희도 그럴 수 있으면 좋겠다고 대답했다.

그래도…… 오늘이 마지막일 수 있어요, 우리 카풀. 다희가 말했다.

그래요.

선배.

네.

우린 말이 참 잘 통했어요.

그녀는 고개를 끄덕였다.

선배가 저 아껴준 거 알아요. 전 선배한테 아무것도 해준 것도 없는데.

다희씨는…… 그녀는 머뭇거리면서 말을 골랐다. 저는…… 다희씨 좋아하면서 다른 사람들도 조금은 좋아하게 됐어요. 그건 아무것도 아닌 게 아니에요.

그 말을 할 때 자동차가 인안대교에 들어섰다. 그곳에서, 둘은 언제나처럼 아무 말도 하지 않았다. 그러나 문득 그녀는 말하고 싶었다. 다희에게 하지 못했던 말을.

다희의 눈썹. 다희가 얘기할 때면 자유자재로 움직이는 눈썹을 보면서, 사람에게 눈썹이라는 게 있었구나, 눈썹이라는 게 꼭 마음과 통하는 것 같다는 생각을 했었다고. 그리고 사실 그녀는 귤을 좋아하지 않았다는 말도. 그렇게 껍질을 까서 하나하나 손바닥에 올려주던 마음이 고마워서 그 말을 끝까지 할 수 없었고, 결국엔 귤을 좋아하게 되었다는 말도. 다희가 더 깊은 이야기를 할까 한편으로는 두려웠다는 말도. 사람들은 때로 누군가에게 진심을 털어놓고는 상대가 자신의 진심을 들었다는 이유 때문에 상대를 증오하기도 하니까. 애초에 그녀는 깊은 이야기를 할수록 서로 가까워진다는 것을 믿지 않았다는 말도. 그렇지만 다희가 그녀로 하여금 말하게 했고, 그 사실을 잊을 수 없을 것 같다는 말도. 그리고 무엇보다도, 자신에게서 멀어지지 말라고 말하고 싶었다는 사실도. 하지만 그녀는 그중 어떤 말도 하지 못했다.

인안대교를 지날 무렵, 가는 눈발이 차창에 내렸다. 둘은 아무 말도 없이 앉은 채 조금씩 굵어지는 눈발을 쳐다보고 있었다.

첫눈이네요. 그녀가 말했다.

인안대교를 건너자 눈발이 굵어져 시야가 온통 환했다. 눈이 많이 내려 차들이 천천히 주행했고 시내에 도착했을 때는 우산을 쓴 사람들이 거리에 가득했다. 그녀는 조심스럽게 집 근처에 차를 댔다.

그럼 저 가볼게요. 조심히 들어가세요.

다희는 문을 열고 거리로 나갔다. 백팩을 메고 분주한 걸음으로 걸어가는 다희를 그녀는 환한 눈발이 내리는 어둠 속에서 물끄러미 바라봤다. 다희는 끝까지 뒤를 돌아보지 않았다.

*

병원에서 우연히 만난 후로 다희는 몇 번 그녀를 보러 병실에 찾아왔다. 삼십 분을 머물다 가기도 하고, 가끔은 오 분을 앉아 있다 가기도 했다.

선배.

침대 커튼 밖에서 다희가 그녀를 불렀다. 해가 질 무렵이었다.

들어가도 돼요?

들어와요.

다희에게서 차갑고 신선한 겨울 냄새가 났다. 다희는 보조 침대에 걸터앉았다. 치마 정장에 검은 구두를 신고 머리를 하나로 묶은 채였다. 예전에는 숱이 많아 고민이라고 했던 다희의 정수리 부분이 조금 비어 있었다. 직장에서 바로 온 것 같았다. 그녀는 몸을 일으켜 앉아 다희에게 티슈를 건넸다.

주스 마실래요? 토마토주스하고 오렌지주스 있어요.

다희는 고개를 저었다.

그럼 물은요?

그녀는 컵에 물을 따라 다희에게 줬다. 다희는 단숨에 물 한 잔을 마시고는 티슈로 얼굴을 닦고 코를 풀었다. 둘은 아무 말 없이 한참을 그렇게 앉아 있었다. 창밖에서 앰뷸런스의 사이렌소리가 들려왔다.

많이 아팠나요. 다희가 작은 목소리로 물었다.

수술한 지 꽤 돼서, 이젠 괜찮아요.

남 얘기하듯 말하는 건 여전하네요. 이런 일에도 선밴 그저 담담하기만 해요.

그런가요.

이런 일에도 아프다고 안 하면 선밴 언제 아프다고 해요?

모른다는 말을 하려는데 말이 잘 나오지 않아서 그녀는 입을 다물었다.

사람들은 그녀가 곧 나으리라고, 회복되리라고 이야기해주었다. 괜찮아질 거라고, 다 지나갈 거라고 이야기했다. 그녀 자신도 스스로에게 그렇게 이야기했다. 조금만 참아. 의사 말대로 해. 다 끝날 거야. 어느 누구도 자신에게 아프냐고 물어보지 않아서였을까. 그래서 자기 자신에게도 아프냐고 묻지 못한 것이었을까.

많이 아팠나요. 다희가 다시 물었다.

그녀는 다희를 보며 고개를 끄덕였다.

다희는 자리에서 일어나 그녀의 팔에 가만히 자기 손을 올려놓았다. 그런 다희를 보며, 그녀는 왜 자신이 팔 년이 지난 지금까지도 그때의 일들을 떠올리곤 하는지 어렴풋이 이해할 수 있었다. 다희와 주고받던 이야기들 속에서만 제 모습을 드러내던 마음이 있었으니까. 아무리 누추한 마음이라 하더라도 서로를 마주볼 때면 더는 누추한 채로만 남지 않았으니까. 그때, 둘의 이야기들은 서로를 비췄다. 다희에게도 그 시간이 조금이나마 빛이 되어주었기를 그녀는 잠잠히 바랐다.

*

그녀가 퇴원하기 전날에도 다희는 그녀를 찾아와 곁에 머무르다 갔지만, 다희도 그녀도 서로의 연락처를 묻지 않았다. 그녀는 다희의 삶에서 비켜나 있었고, 다희 또한 그녀에게 그랬다. 퇴원하던 날은 눈이 많이 내렸다. 집에 돌아온 그녀는 안방 창가에 서서 내리는 눈을 오래도록 바라보았다. 창에 달라붙은 눈은 금세 작은 물방울이 되었지만 바닥까지 내려간 눈은 지상의 사물들을 흰빛으로 덮었다. 사라지는 것은 없었다.

그녀는 여전히 그녀인 채로 살아 있었다.

답신

1

오랜만에 펜을 들어 너에게 편지를 써.

막상 글을 쓰려고 하니 무슨 이야기를 해야 할지 모르겠네.

네 나이 때는 하루에 꼭 한 쪽이나 두 쪽의 일기를 써야 잠들 수 있었어. 그러다 나이가 들면서 길이가 점점 줄어들었고 요즘에는 그날 어떤 음식을 먹었는지, 어떤 손님을 만났는지 같은 내용을 짧게 메모하는 수준이야. 오늘이 어제와 다르고 또 내일과도 다를 거라는 근거를 적어두는 거지. 기록하지 않으면 하루하루가 같은 날이, 하나의 덩어리가 되어 한꺼번에 사라져버릴 것 같은 두려움이 있거든. 아마 수감 생활을 하면서부터 그런 마음이 들었던 것 같아. 나는 그때 그 어느 때보다도 많은 글을 썼어.

　넌 지금 어디에서 어떻게 살아가고 있을까. 가끔은 너에게 미련이 생기다가도 네가 나를 완전히 잊어버릴 수 있는 나이에 나와 헤어져서 다행이라는 생각이 들어. 상처가 나도 금방 회복할 수 있는, 살아온 모든 시간을 망각 속에 던져버릴 수 있는 나이에 너는 나를 떠나보냈구나.

　나도 네 살 무렵에 헤어진 엄마에 대한 기억이 전혀 없어. 언니가 해주는 말을 통해 엄마가 어떤 사람이었는지, 우리가 엄마와 어떤 시간을 보냈는지 추측할 뿐이었지. 어린 시절 언니는 엄마와 다시 만날 날을 희망하고 있었어. 그 기대가 꺾이고 꺾여 더는 꺾일 게 남지 않게 되자 언니는 엄마가 애초에 존재하지 않았던 사람이라는 듯이 말하곤 했어. 엄마에 대해서라면 아무것도 기억나지 않는다면서. 그건 내가 처음으로 알아차린 다른 사람의 거짓말이었지. 언니의 그런 거짓말을 들을 때면 마음이 아팠지만 한편으로는 엄마에 대한 기억이 남아 있는 언니가, 나보다 삼 년을 더 엄마와 보낸 언니가 솔직히 부럽기도 했던 것 같아.

　아주 오랜 시간 나는 우리를 두고 떠난 엄마를 미워했어. 파렴치한에 뻔뻔하고 양심도 없는 사악한 인간이라며 저주했던 시절도 있었지. 그때는 모든 문제의 원인을 엄마에게 돌리는 게 내 인생을 가장 합리적으로 감당하는 방법이었던 것 같아. 나는 내게 벌어진 많은 일들을 모두 그 이유로 쉽게 설명할 수 있었어.

수감 생활을 하면서도 엄마에 대한 증오는 쉽게 떨쳐지지 않았지. 그 마음 때문에 오래 힘들었던 것 같다. 그렇게 시간이 지나고 엄마가 우리를 떠났던 나이보다 더 나이가 들어서야 나는 엄마를 엄마가 아닌 한 사람으로 바라볼 수 있었어. 우리를 떠났을 때 엄마는 고작 스물일곱이었거든. 그리고 다른 삶을 원했지. 안전해지기를 원했고.

나는 이제 나보다 한참 어린 여자애를 바라보듯이 내 마음속 엄마를 바라봐. 어리고, 슬프고, 고립되고, 힘이 되어줄 사람 하나 없는, 자기편 하나 없는 어린 사람을 봐.

엄마가 떠나고 우리는 고모할머니의 손에서 자랐어. 아빠는 전국 여기저기로 일을 하러 다녔고 짧게는 며칠, 길게는 일 년 동안 집을 비웠지. 언니와 나는 아빠를 좋아했어. 직접적으로 애정 표현을 하지는 못했지만 아빠의 주변에서 놀이를 하고 농담 따먹기를 하면서 아빠가 우리의 이야기를 듣는지, 우리를 보고 있는지 살폈지. 아빠가 우리를 재미있는 아이들, 귀여운 아이들로 봐주기를 바랐었나봐. 작은 관심이라도 보여주면 기쁠 것 같았지. 과장되게 웃기도 하고 재미있게 노는 척을 하면서 곁눈으로는 아빠가 어떤 반응을 보이는지 힐끔거렸어. 아빠가 가끔 피식 웃기라도 하면 마음이 둥글게 부풀어오르는 것 같았지.

고모할머니의 말에 따르면 언니는 아빠를 닮고 나는 엄마를 닮

왔대. 언니는 누가 봐도 아빠의 딸이었지. 이목구비가 닮은 정도가 아니라 그냥 아빠의 얼굴을 한 작은 여자아이처럼 보였으니까. 언니와 내가 아빠를 의식하지 않는 척하면서 놀 때 나는 언니가 아빠에게 어떤 모습으로 보이고 싶어하는지 느낄 수 있었어. 언니로서 동생과 잘 놀아주고, 명랑하고, 웃음이 많은 아이로 보이고 싶어한다고, 아빠가 자신을 좋아해주기를 바란다고.

아빠는 언니와 나에게 공평하게 무심했지. 우리에게 별다른 애정이 없었으니까. 그런데도 언니는 아빠가 나를 편애한다고 말하곤 했어. 언니가 왜 그런 생각을 하는지 나도 이해하지 못한 건 아니야. 아빠는 언니만을 지목해서 상처를 줬으니까.

어느 날인가 언니가 가수 흉내를 내면서 노래를 불렀어. 아빠의 관심을 끌어보려고 그런다는 걸 나는 알았지. 가만히 언니의 노래를 듣고 있는데 아빠가 그러는 거야. 천박하다고, 어디서 그렇게 천박하게 노래를 부르냐고. 언니는 그때 고작 열 살이었어. 나는 천박하다는 말의 뜻을 몰랐고, 언니도 정확히 알지는 못했을 거야. 하지만 그 말을 하는 아빠의 목소리와 표정에서 우리는 그 단어의 뜻을 가슴으로 이해했어.

미스코리아 대회 놀이를 했던 날도 떠올라. 우리는 발뒤꿈치를 들고 허리에 두 손을 얹고서 종이로 만든 왕관을 서로에게 씌워줬지. 그때 아빠가 언니의 이름을 불렀어. 화가 난 말투. 아빠가 언니를 손가락으로 가리키면서 말했지.

"네가 지금 무슨 짓을 하는지 알고 있냐? 부끄럽지도 않아? 그런 고급 창녀가 되고 싶은 거냐?"

그 말을 들은 언니의 얼굴이 붉어지던 모습을 기억해. 언니는 창녀라는 단어를 알았을까. 사전적인 의미를 몰랐더라도 언니는 마음으로 그 말의 뜻을 알았을 거야.

그때 나는 여덟 살밖에 안 됐지만 창녀라는 말을 들어본 적이 있었어. 언젠가 고모할머니와 목욕탕을 다녀오다가 골목에서 담배를 피우는 젊은 여자들을 봤었거든. 젊은 여자가 담배를 피우는 모습을 본 건 처음이어서 멀뚱히 바라보고 있으니까 고모할머니가 나보고 고개를 돌리라고 하더니 담배는 창녀들이나 피우는 거라고 말했어.

나는 모르는 단어를 물어보는 걸 즐겼지만 그때는 본능적으로 그 단어가 무슨 뜻인지 물어서는 안 된다는 생각이 들더라. 할머니가 그 말을 했을 때 내게 밀려오던 낯설고 두려운 느낌의 정체를 알고 싶지 않아서였어. 창녀라는 말이 내게서 아주 멀리 있으면서도 사실은 나와 관련된 말일 거라는 생각이 뇌리에서 사라지지 않았거든. 그러다 아빠가 언니에게 고급 창녀가 되고 싶냐는 말을 했을 때 나는 그 단어가 내게 한 발짝 더 다가오는 걸 느꼈고. 그 말과 연결된 나의 존재가 불편하고 불쾌하게 느껴졌어. 시간이 지나서 그런 감정을 수치심이라고 부른다는 걸 알게 됐지.

맞아. 아빠는 그런 식으로 언니만을 지명해서 상처를 줬어. 하지만 나도 상처받지 않았던 건 아니야. 나는 내 존재를 언니와 떨어뜨려서 생각해본 적이 없었으니까. 나는 아빠가 언니를 그런 식으로 벌줄 때 나 또한 벌주는 거라고 생각했어. 언니는 언니 개인이 아니라 우리의 대표였으니까.

아빠가 언니를 바라보던 눈빛이 기억나. 못마땅한 표정. 가끔은 묘하게 웃기도 했는데 그럴 때면 얇은 칼로 마음의 껍질이 벗겨지는 기분이 들었어. 말 그대로 아팠지. 그런데도 언니와 나는 우리가 달라지면 아빠의 태도가 달라질 거라고 꽤 오래 믿었던 것 같아. 그래서 아빠의 눈치를 살피며 호감을 얻으려고 노력했지.

고모할머니는 아빠 같은 사람이 없다고 했어. 우리를 위해 전국을 돌아다니며 돈을 버는데다 우리가 말썽을 부려도 절대 손찌검하지 않는다면서. 맞는 게 당연한데도 맞지 않으니 그것으로 감사하게 생각해야 한다는 거였어. 어린 시절에는 정말 그렇게 생각했던 것 같아. 아빠도 자신이 우리에게 최대치의 자애를 베풀었다고 생각했을 거야.

어느 순간부터 우리는 더이상 아빠의 관심을 받으려고 노력하지 않았어. 그래봤자 소용이 없다는 걸, 상처만 받을 뿐이라는 걸 알아버렸으니까. 우리는 떠들다가도 아빠가 집에 들어오면 입을 닫았어. 살얼음판 위를 걷듯이 조심히 행동했지.

아빠에게 우리가 원치 않던 짐이었다는 걸 이제는 잘 알아. 그 사실을 인정하지 못했을 때는, 심지어 인정하고 난 이후에도 나는 내가 무엇을 원하는지보다 다른 사람들이 내게 무엇을 원하는지 신경썼던 것 같네. 내가 뭘 좋아하는지도 잘 알지 못하면서 다른 사람들이 좋아하는 사람이 되기 위해서 애썼지. 어린 시절부터 오래도록 나에 대한 부정적인 반응을 느끼며 자라서인지 나에게는 내가 결코 타인에게 호감을 살 수 없는 사람, 멸시받을 만한 사람이라는 이상한 믿음이 있었거든. 그럴수록 나는 남들에게 더 맞춰줬고 남들이 나를 좋아하게 하려면 어떻게 해야 하는지 매번 고민했어. 그렇게 내가 뭘 좋아하는지, 뭘 싫어하는지도 모르는 채로 남들이 하자는 대로 끌려다니고 남들의 욕구를 충족시키느라 나의 욕구를 무시했지. 그때 내가 느꼈던 가장 큰 두려움은 다른 사람들이 내게 실망하는 거였어. 나는 절대로, 절대로, 누군가의 짐이 되고 싶지 않았어.

언니는 고등학교에 들어가고부터 방과후에 피자집 아르바이트를 시작했어. 피자집은 언니의 학교에서 버스로 이십 분을 가야 하는 번화가에 있었지. 가끔 나는 흰 블라우스에 검은 치마를 입고 일하는 언니의 모습을 멀리서 훔쳐보곤 했어. 언니는 밝게 웃으면서 다른 아르바이트생들과 이야기를 했어. 손님들에게 메뉴판을 건네고 주문을 받는 모습도 환해 보였지. 그때 내 눈에 언니는 이미 어른이었어.

일을 마친 언니가 피자를 챙겨와서 고모할머니와 셋이 함께 나누어 먹던 밤들이 기억나. 언니는 그렇게 번 돈으로 내게 버스 회수권을 사주고 매점에서 빵을 사 먹으라고 용돈을 줬어. 아침에 일찍 일어나 나와 자신의 도시락을 싸기도 했지.

다음해 겨울에 언니가 사준 오리털 파카를 입고서야 나는 내가 추위를 심하게 타는 편이 아니라 단지 그전에 충분히 따뜻한 옷을 입지 못했을 뿐이라는 걸 알았어.

언니는 언제부터 그를 만났을까. 그는 늘 우리집 골목 앞 큰길에서 언니를 내려줬어. 검은색 세단이었지. 평범한 차였지만 번호판에 적힌 숫자가 단순해서 알아보는 게 어렵지 않았어. 어느 날 인도를 걷는데 누군가 차에서 내리는 거야. 고개를 돌리니까 조수석 문을 열고 나오는 언니와 함께 운전석에 앉아 언니를 올려다보는 남자의 얼굴이 보였어. 내가 처음 그를 본 순간이었지.

나와 마주친 언니는 안절부절못했어. 묻지도 않았는데 하굣길에 우연히 만난 교련 선생님이 데려다준 거라고 말하더라. 집으로 가는 내내 나는 아무 말도 하지 않고 땅만 보면서 걸었어.

"너 왜 그래?"

집에 도착했을 때 언니가 물었어.

"아니야."

나는 조용히 대답하고 화장실로 들어가서 한참 동안 나가지 않았어. 머리가 뜨겁고 입이 말라서 찬물로 세수를 하고 손에 물을 받아서 몇 번이나 마셨지. 그런데도 열기가 식지 않더라.

언니는 투명한 사람이었어. 뭐든 잘 숨기지 못했지. 거짓말에 서툴렀어. 언니가 내게 거짓말을 하면 나는 늘 빤히 알아볼 수 있었어. 나는 언니보다 약고 눈치가 빨랐거든. 화장실에 가만히 앉아 나는 아무리 적게 잡아도 삼십대로 보이던 그 남자의 얼굴을 떠올렸어. 그 이후로도 나는 그 차가 큰길에 서고 언니가 내리는 모습을 여러 번 봤다.

어른이 된 지금, 길을 걷다 교복을 입고 지나가는 여자아이들을 보면 놀라운 마음이 들어. 어떻게 저렇게 어린 아이들을 이용할 수 있지? 그저 지켜줘야 할 아이들일 뿐이잖아. 하지만 어렸을 때의 나는 그렇게 생각하지 않았어. 대체 얼마나 까졌으면 자기 선생이랑 놀아? 미쳤어? 더러워. 난 그게 다 여자애들의 잘못이라고 생각했지. 얼빠지고 정신이 나가고 멍청해서 그런 짓을 하고 다닌다고 믿었어. 언니는 그런 사람이 되어서는 안 됐어. 아닐 거야. 언니는 그런 사람이 아닐 거야. 나 자신을 열심히 설득하려 했지만 언니는 자신을 숨기는 일에 서툴렀고 나는 그런 언니에게 분노를 느꼈어. 이럴 거면 제대로 숨기기라도 해. 마음속으로 소리쳤지.

언니는 고등학교에 들어갈 때만 해도 장학생으로 대학에 가서 은행원이 될 거라고 말했었어. 언니는 수학을 잘했고 꼼꼼했으니까 나도 당연히 언니가 은행원이 되리라고 믿었지. 언니가 고3에 올라가던 겨울이었어. 내가 언니도 내년에는 대학생이 되겠다고 말했더니 고개를 젓더라.

"시간 낭비야."

"아니야, 언니는 대학에 가서 은행원이 될 거야."

내가 두려움을 누르면서 그렇게 말하자 언니가 답했어.

"은행원은 아무나 되는 줄 알아? 난 그만큼 똑똑하지 않아."

"아니야, 언니는 똑똑해."

나는 가슴이 뜨겁게 녹아내리는 걸 느끼면서 말했어.

고등학교를 졸업한 언니는 백화점 의류 매장에 취직했고 나는 고등학생이 되었지. 그 겨울에 키가 많이 자랐어. 언니도 키가 큰 편이었지만 그즈음에는 내가 언니보다 더 커졌지. 나도 언니처럼 아르바이트를 하고 싶었는데 언니가 말렸어. 돈이야 나중에 벌면 되니까 돈 걱정하지 말고 학생 시절을 보내기를 바란다면서. 나는 언니가 주는 돈으로 생활했고 항상 언니에게 빚진 마음으로 지냈지.

언니가 여전히 그 남자를 만난다는 걸 알고 있었어. 언니가 졸업하고 그는 다른 학교로 전근을 갔지만 그의 정보를 알아내는 건 어렵지 않았거든. 그는 언니보다 열다섯 살이 더 많았어. 학생들에게 잘하고 평판이 좋은 교사라고 하더라. 조금 혼란스러웠지만 그에 관한 소문은 늘 그랬어. 나쁜 말이 없었지.

언니는 스물하나가 되던 해에 임신했어. 언니가 임신 소식을 알렸을 때 아빠의 얼굴에 떠오르던 표정이 기억나. 내가 너 그럴 줄 알았다, 라는 희미한 미소. 차라리 화를 냈다면 나았을까. 언니는 그가 책임을 지겠다고 했다고, 그와 결혼할 거라고 말했어. 고모할머니는 언니의 등을 손바닥으로 내리치면서 여자애가 부끄러움도 모른다고, 동네 사람 창피해서 못살겠다고 말하다가 정말로 그 남자가 책임을 지는 게 사실이냐고 물었지. 그렇다고, 그 사람과 결혼할 거라고 확신을 담아 말하는 언니의 얼굴을 보고서야 고모할머니는 마음을 놓는 것 같았어.

얼마 뒤에 그가 집으로 인사를 왔어. 거실 형광등 아래에서 본 그의 모습이 아직도 기억나. 목이 늘어난 회색 니트에 베이지색 면바지 차림이었는데 허벅지가 가늘어서 바지통이 남더라. 학교를 다녀온 내가 신발을 벗고 거실에 들어섰을 때, 그에게 인사를 하기도 전에 그가 말했어.

"치마를 줄인 건가?"

그게 그가 내게 처음 건넨 말이었지.

"키가 자꾸 자라서 그래요."

언니가 대신 답했어. 치마는 무릎길이였고 언니가 새로 사준 지 얼마 되지 않은 거였어. 그는 내 다리에 시선을 고정했어. 내가 짧게 묵례를 하고 옷을 갈아입으려고 방으로 들어갈 때까지 그의 시선은 나에게서 떠나지 않았어.

그는 우리집을 구석구석 관찰했어. 가구와 벽지, 창틀을 둘러보고는 우리 가족을 뜯어봤어. 아빠와 고모할머니가 있는데도 거리낄 게 없다는 듯이 천연덕스럽게 농담을 하고 웃었지. 결혼 얘기가 나오면 은근슬쩍 자꾸 말을 돌렸어. 그런 그를 보고 고모할머니는 식에 앞서 혼인신고부터 하는 게 좋을 것 같다고 그를 설득했어.

알겠다고, 그는 어쩔 수 없다는 듯 답했어. 그러고는 아무것도 가진 것 없는 언니가 자기에게 몸만 오는 거라고 반복해서 말했지. 대학 졸업장도 없고 모아놓은 돈도 없는 언니를 책임지는 게 보통 일은 아니라고 강조했어. 아빠와 고모할머니는 별말 없이 그 말들을 그냥 듣고 있더라. 그 모습을 지켜보는 내 마음이 어땠을 것 같아? 나는 분노를 감추느라 겨우 숨만 쉬며 자리에 앉아 있었지. 내가 왜 그토록 화가 나는지 제대로 이해하지도 못한 채 말이야.

그가 돌아간 후 나는 방으로 바로 들어왔어. 따라 들어온 언니가 내 기분을 살피며 말했지.

"괜찮아?"

"뭐가?"

나는 아무렇지 않은 척 미소를 지으며 언니에게 되물었어. 언니는 변명하듯 말했어.

"선생님이 나한테 잘해줘."

그 말을 하는 언니의 얼굴을 보고 싶지 않아서 나는 서랍을 정리하는 척했지.

"나한테 이렇게 잘해준 사람은 없었어."

언니는 그렇게 말하고 방을 나갔어. 나는 언니의 목소리를 들으며 그 말에 조금의 거짓도 없다는 걸 이해했어. 나는 언니에게 그렇게 기대고 그렇게 의지했으면서 정작 언니에게 전혀 힘이 되어주지 못했구나, 언니의 허기진 마음을 조금도 채워주지 못했구나. 그런 생각을 했지만 고작 열여덟 살이었던 내가 뭘 할 수 있었겠니. 나는 내가 언니를 어떻게 도울 수 있는지 알지 못했어. 언니의 상처를 피부로 느끼면서도…… 그건 너무 무력한 기분이었지.

상견례 자리에서 그의 어머니는 자기 아들이 발목을 잡힌 것 같다며, 언니가 임신해서 어쩔 수는 없지만 정말 곤란하다고 하더라. 그의 어머니가 너무도 노골적으로 언니를 못마땅해하는데도, 그는 그 옆에서 고개를 끄덕이기만 할 뿐이었어.

나는 웬만한 일에는 감정을 완벽하게 숨길 수 있을 정도로 잘 참고 견디며 살아왔어. 참는 건 내 생존 방식이었지. 맞서 싸웠다가 결국 곤란해지는 사람은 내가 될 거라는 걸 알아서이기도 했고, 나를 어떻게 건드리든 반응하지 않고 마치 그런 일이 없었다는 듯이 무시하는 것이 자존심을 지키는 방법이라고 생각해서였던 것 같아. 그건 내가 언니를 보고 배운 것이기도 했지. 그저 참는 것.

그런 나였는데도 경멸조의 말을 듣는 언니의 모습을 보는 건 참기가 힘들었어. 더 솔직히 말하자면 그런 상황에 자기 자신을 몰아넣은 언니의 어리석음에 화가 났지. 그래, 언니를 비난할 수 없다고 애써 생각하면서도 내 마음은 그런 순간순간마다 언니를 원망했어.

언니는 결혼식을 앞두고 내게 목돈을 건넸어. 내 대학 입학금과 첫 학기 등록금, 그리고 고3 한 해 동안 쓸 수 있는 용돈이라면서. 아마 언니가 모은 돈의 전부였겠지. 얼마나 힘들게 모았는지 알았기에 선뜻 받을 수 없었지만 그 돈 없이 내 미래를 해결할 수 있으리라는 믿음이 없는 것도 사실이었어. 고등학교를 졸업하면 바로 일을 해서 돈을 갚겠다는 내게 언니는 그러지 않아도 된다고, 정 그러고 싶다면 대학을 졸업하고 갚으라고 했지.

언니는 결혼하고 우리집 근처에 있는, 그가 원래 살던 집으로 이사를 갔어. 작은 방 하나, 큰 방 하나에 거실이 있는 작은 아파트였지. 기억이 시작될 때부터 언니와 같은 요에서 잠들었었는데, 한쪽이 비어 있는 요를 손으로 쓸어보면서 나는 언니의 부재를 조금씩 받아들였던 것 같아.

언니와는 자주 만나지 않았어. 마음만 먹으면 갈 수 있는 거리에 언니가 있었지만, 그가 있을 때는 가고 싶지 않아서였지. 언니의 집 거실에는 작은 소파가 있었는데, 그가 고개를 숙여 소파 아래 공간을 보고는 다른 바닥처럼 광이 나도록 다시 닦으라고 말하던 게 기억나. 임신해서 무거운 몸으로 대걸레를 드는 언니를 막고서 내가 걸레질을 했지. 그날 이후로 나는 언니의 집에 가면 늘 언니가 하기 힘든 청소를 했어.

언니의 집은 언제나 추웠어. 한겨울에도 그가 난방비를 아끼겠다고 보일러를 꺼놓게 해서 언니는 집에서도 파카에 털모자를 쓰고 양말을 두 켤레 겹쳐 신어야 했어. 그가 퇴근을 해야 보일러를 켤 수 있다더라. 그 말을 처음 들었을 때 내 기분이 어땠을 것 같니. 나는 그와 말을 섞고 싶지 않았지만, 마주치기도 싫었지만 하루는 그가 퇴근할 때까지 기다렸다가 이렇게 말했어. 임신한 사람이 있는데 난방을 틀지 못하게 하는 건 잔인한 일이라고. 그는 어깨를 한 번 으쓱하더니 내가 안 보이는 것처럼 그냥 지나쳐 걸어가서는 텔레비전을 켰어. 그러더니 나를 보고 말하더라.

"처제, 치마 줄였어?"

그 말에 나는 홀린 듯이 교복 치마를 내려다봤어. 그사이 키가 또 자라서 치마가 무릎 선 위로 조금 올라와 있더라. 그는 아무 일도 없었다는 듯 텔레비전에 시선을 고정했어. 나는 분노에 떨며 다시 말했어. 보일러를 틀지 못하게 하는 건 잘못이라고, 언니는 임신중이라고. 그는 어떤 미동도 없이 텔레비전만 보았지.

"형부, 제 말 안 들려요?"

그에게 다가가는 나를 언니가 말렸어.

"그만하고 집으로 가."

언니는 눈빛으로 애원하고 있었어. 언니는 두려워하고 있었어. 언니의 눈을 보면서 언니를 도우려는 내 노력이 오히려 언니를 난처하게 한다는 걸 알았지. 나는 언니의 말대로 그 자리에서 물러날 수밖에 없었어.

며칠 후에 언니가 나를 불러서 우동을 사줬어. 나는 그날 일에 대해서는 아무것도 말하지 않았고 언니도 그랬지. 우리는 그날과 연관된 그 어떤 주제도 건드리지 않기 위해 조심하면서 대화를 이어갔어. 우동을 다 먹고 물로 입가심을 하는데 언니가 갑자기 이런 말을 하는 거야.

"너희 형부는 착한 사람이야."

나는 언니와 눈을 마주치지 않으려고 노력하면서 이만 일어나자고 했지.

"교사 월급이 많은 것도 아니고 나도 능력이 없으니까 돈을 아끼려고 그러는 거지, 형부 자체는 착한 사람이야."

언니는 내가 그 말을 믿는 것이 아주 중요한 일이라는 말투로 얘기했어.

"언니가 그렇게 생각하면 그런 거겠지."

나는 빈정대며 답했어.

"네가 형부한테 너무 딱딱하게 대한다는 생각은 안 해봤어?"

"언니, 그 사람은……"

"어른보고 그 사람이라니."

나는 하고 싶은 말을 삼키고 또 삼켰어. 아무리 내가 그에 대해 생각하는 바를 말한다고 하더라도 언니는 듣지 않을 게 뻔했으니까. 그저 우리의 사이만 껄끄럽게 할 뿐이라는 걸 알았으니까.

"아니야, 언니. 피곤하다. 이제 집에 갈게. 언니도 가."

나는 주머니에서 핫팩 두 개를 꺼내 언니에게 건넸어. 그리고 곧바로 집으로 뛰어갔지. 조금이라도 더 함께 있다가는 결국 언니에게 상처를 줄 것 같아서. 그날 이후에도 언니는 내게 그 말을 자주 했어. 너희 형부는 좋은 사람이야, 본성은 착한 사람이야, 나한테 잘해줘. 그럴 때면 나는 폭발할 것 같은 마음을 억누른 채로 고개를 끄덕였지만 차마 언니의 얼굴을 똑바로 바라볼 수는 없었어.

2

너는 5월의 따뜻하고 맑은 날 태어났어. 머리숱이 풍성해서 신생아실의 아이들 사이에서 너를 찾는 건 어려운 일이 아니었지. 너는 눈을 감고 내리 잠만 잤어. 무슨 꿈을 꾸고 있을까. 나는 신생아실 유리창에 붙어서 생각했지. 특별한 감동 같은 건 없었어. 그런데도 발길을 돌리고 싶지 않더라.

얼마 지나지 않아 너는 언니와 함께 집으로 왔고 쉴새없이 울어댔어. 어떻게 그렇게 작은 몸에서 그렇게 큰 소리가 날 수 있을까. 널 보면 많은 것들이 궁금해졌어.

네가 자면서 배냇짓을 할 때 나는 네 안에서 분주히 세워지고 있을 네 안의 세상이 궁금했고 그곳이 어떤 세상이든 소중하게 지켜져야 한다고 생각했어. 너는 무슨 힘으로 매일매일 자라나는 걸까. 어떻게 그토록 작은 네가 목을 가누고 몸을 뒤집는 걸까. 어떻게 너의 잇몸에서 작고 반투명한 유치가 돋아나는 걸까. 네가 그 부드러운 손으로 내 손가락을 꼭 붙잡았을 때, 나는 내가 너와 사랑에 빠졌다는 걸 알았지.

나에게도 자식이 있었다면 어땠을까 종종 생각해보곤 해. 분명 너를 향한 마음과는 전혀 다른 종류의 감정을 느꼈을 거야. 쉽게 짜증을 내고 까다로운 엄마가 되었을지도 모르겠어. 다른 사람의 삶을 오랜 시간, 어쩌면 죽을 때까지 책임져야 하는 일, 내가 좋아할 수 없는 내 모습을 자식에게서 문득문득 발견하게 되는 일을 내가 잘 감당해낼 수 있었을지 자신할 수 없어. 내가 내 아이를 얼마나 사랑하는지와 무관하게 무겁고 복잡한 관계가 될 수밖에 없었을 거야.

나는 너를 책임질 필요도 없었고, 두 시간에 한 번씩 일어나서 젖병을 물리고 우는 너를 달래고 기저귀를 갈아줄 의무도, 열이 나는 너를 업고 병원에 갈 의무도 없었지. 그저 언니에게 밥상을 차려주고 밀린 집안일을 돕고 너를 바라보기만 하면 됐어. 우리의 관계는 그래서 아주 단순했다. 나는 너를 좋아했고 너도 나를 좋아했지. 만나면 반갑고 헤어질 때는 아쉬운 사이었어. 네가 태어나고 나는 자주 가지 않았던 언니의 집을 빈번하게 드나들게 됐지.

해가 바뀌고 나는 집에서 지하철로 통학할 수 있는 대학의 호텔조리학과에 입학했어. 어릴 때부터 살림을 해서 칼을 쓰는 게 익숙하다고 생각했는데, 칼을 쥐는 법부터 새로 배워야 했지. 나는 수업을 잘 따라갔어. 학교에서 배운 요리를 집에서 만들어 고모할머니와 같이 먹었고 언니에게 가져다주기도 했지. 수업시간표를 월요일부터 목요일까지로 짜고 나머지 날에는 아르바이트를 했어. 출장 뷔페 전문점에서 채소를 다듬고 청소하는 일이었는데, 함께 일하는 사람들이 모두 인정할 정도로 일을 잘했어.

언니와 다르게 나는 체격도 좋고 체력도 좋은 편이야. 돈을 버는 데 내 타고난 조건이 큰 도움이 됐지. 나는 힘이 필요한 일에서도 밀리지 않았고, 섬세한 작업이나 정리정돈 같은 일도 흠잡을 데 없이 했어.

그러다 너의 첫번째 생일날이 되었어. 돌잔치는 그의 고향인 Y군에서 열렸지. 고모할머니와 나는 시외버스를 타고 Y군에 도착해서 커다란 뷔페식당의 룸으로 들어갔어. 둥그런 테이블이 여러 개있었는데 그의 일가친척이 그 많은 자리를 다 채웠더라. 우리는 그와 그의 어머니에게 인사를 했어. 다들 어느 정도의 예의를 갖추고 인사를 해줘서 이상한 감동을 받았던 기억이 나. 와줘서 고맙다, 반갑다 같은 형식적인 말이었을 뿐인데도 그랬어.

언니는 크림색 모직 원피스를 입고 짙은 화장을 했는데 전보다 말라 보였어. 모직 원피스는 두꺼웠고 언니는 계속 땀을 흘리고 있었지. 하얀 드레스에 하얀 타이츠를 신은 네가 그런 언니의 품에 안긴 채 울고 있었어. 구석에 있는 테이블에 앉아 그런 너와 언니를 바라보는데, 그 어느 때보다도 두 사람이 멀게 느껴졌던 게 떠오르네.

돌잔치가 시작되고 너는 겨우 울음을 그쳤지만 언니는 밝은 표정을 유지하는 데 실패했어. 나와 같은 테이블에 앉은 그의 친척들이 아기 엄마가 표정이 왜 저러냐, 여자는 수더분한 게 제일이다, 삐쩍 말라서 복이 없어 보인다, 다리가 굽었다…… 그런 말을 아무렇지 않게 하더라.

그래. 그때도 나는 참을 수밖에 없었어. 돌잡이에서 너는 명주실 타래를 잡았지. 그제야 언니의 얼굴에 자연스러운 미소가 퍼졌어. 너는 건강히 오래 살 거야. 나는 생각했어. 그것만큼 중요한 건 없으니까.

잔치가 끝나고 나는 시어머니와 이야기를 하고 있는 언니에게 다가갔어. 이제 가보겠다고 얘기하고, 언니의 시어머니에게도 오늘 고생 많으셨다고 공손하게 인사를 드렸지. 그리고 뒤돌아서 한 발자국이나 걸었을까. 나 들으라는 듯한 큰 목소리가 들렸어.

"니 동생 왜 저렇게 살쪘는데?"

나는 못 들은 척 룸을 빠져나왔어. 스무 살의 나는 사람들의 본격적인 악의에 대해 잘 몰랐지. 언니의 시어머니는 뒤에서 계속 나에 대해 말을 하는 것 같았는데, 빠르게 걸어나온 덕에 다행히 그 뒤의 말은 듣지 못했어. 그러면서도 한편으로는 언니가 나를 따라오지 않을까 기대했던 것 같아. 마음이 상한 건 아닌지 걱정된다, 그런 말 정도는 해줄 수 있지 않을까 하고. 하지만 홀을 나와서 뒤돌아봤을 때 언니는 아무 일도 없었다는 듯이 시어머니와 이야기하고 있더라. 마치 내가 보이지 않는 것처럼.

첫번째 학기에서 나는 좋은 성적을 받아 반액 장학금을 탈 수 있었어. 장학금을 받았다고 말하니 언니가 그러는 거야. 그러면 혹시 그 돈만큼만 미리 갚을 수 있느냐고. 나는 내가 모은 돈에 학자금 대출을 받은 돈을 합쳐 언니에게 건넸어. 돈 걱정하지 말고 취직하면 갚으라던 언니의 말은 진심이었지. 그랬던 언니가 내 눈치를 살피며 돈을 갚을 수 있냐고 묻는 모습을 보면서 나는 언니에게 금전적인 어려움이 있다는 걸 알아챌 수밖에 없었어.

얼마 지나지 않아서 언니의 집에 갔는데 분명 낚시를 간다고 했던 그가 거실에 앉아 있는 거야. 텔레비전을 켜지도 않은 채로 브라운관을 응시하면서 소파에 앉아 있더라. 내가 인사를 해도 그는 내 쪽을 보지 않았어. 언니와 네가 있을 안방 문을 열었는데 그곳에는 아무도 없었지. 어정쩡하게 서 있자 그가 나를 불렀어. 앞으로 가니 그가 주머니에서 뭔가를 꺼내 자기 손바닥에 올려놓고 나를 봤어. 고무줄로 돌돌 말아 묶은 만원짜리 다발이었어. 나는 이게 무슨 의미냐는 듯이 그를 바라봤지.

"처제, 이 돈이 뭐지?"

나는 고개를 저었어. 그가 뭘 물어보는 건지 이해조차 할 수가 없었어.

"이게 너네 언니 서랍에서 나왔는데……"

그 말을 하면서 그는 나를 보고 미소 지었어. 입으로만 짓는 미소. 그제야 나는 그가 나를 신문하고 있다는 걸 깨달았어. 그리고 그 돈뭉치가 내가 언니에게 갚은 돈의 일부이리라는 생각이 들었지. 그가 어디까지 알고 있는지, 언니도 이 상황을 알고 있는 건지, 알고 있다면 돈의 출처에 대해서 어떻게 말했을지 궁금했지만 내가 알 수 있는 건 아무것도 없었어. 나는 그래서 모른다고, 모르는 돈이라고 말했다.

"그래? 너네 언니 말은 다르던데."

그는 미소를 거두었지.

"언니가 뭐라고 했는데요?"

내가 말을 끝내기도 전에 그는 돈뭉치를 집어던졌어. 돈뭉치가 겨우 내 얼굴을 비켜갔지. 그 순간 나도 모르게 실소가 나오더라.

나는 조금 더 가까이 다가가서 그의 얼굴을 빤히 내려다봤어.

두피에 딱 붙은 가느다란 머리카락이며 푹 꺼진 이마, 툭 튀어나온 눈썹 뼈와 그 위에 듬성듬성 난 눈썹, 피로해 보이는 눈과 뾰족한 코, 연회색의 입술과 작은 턱을 봤지. 나는 그가 처음 우리집에 와서 우리를 뜯어보던 그 눈빛으로 그를 바라봤어. 희미한 미소를 지으면서.

"용건 있으면 알아먹게끔 똑바로 말하세요."

나는 다른 사람의 목소리를 듣듯이 낮고 갈라진 내 목소리를 들었어. 그는 어이없다는 듯 소리 내어 웃었지만 분명히 당황한 것처럼 보였어. 나는 그때껏 최대한 그를 만나지 않으려고 애썼고, 그가 신경을 긁더라도 참고 피했었지. 그도 언니가 내 약점이라는 걸 알았고. 하지만 그가 몰랐던 게 있었지. 그건 내가 단 한 번도 그를 두려워한 적이 없다는 사실이었어.

그는 자리에서 일어나 돈뭉치를 집어들고는 할말 끝났으니 집에서 나가라고 했어.

그 이후로 한동안 언니에게서 연락이 오지 않았어. 언니의 핸드폰으로 전화하니 없는 번호라는 안내가 나오더라. 걱정이 돼서 언니의 집으로 전화를 하자 언니가 받았어. 언니는 가정주부인 자신에게는 딱히 필요 없다는 생각이 들어서 핸드폰을 없앴다고 했지. 그렇게라도 생활비를 줄일 필요가 있다고 하면서. 우리는 아무 일도 없는 것처럼 평범한 대화를 했어. 그가 나를 신문하면서 날 겨냥하듯 돈뭉치를 집어던졌고, 나도 그에게 처음으로 맞섰다는 말

같은 건 하지 않았지. 언니를 걱정시키고 싶지 않았으니까. 언니도 내가 걱정할까봐 자기 상황을 솔직하게 이야기하지 않는 것 같았어. 하지만 그게 그때 우리가 솔직하지 않았던 이유의 전부는 아니었던 것 같아.

있는 일을 없는 일로 두는 것. 모른 척하는 것.

그게 우리의 힘으로 감당하기 어려운 상황을 대하는 우리의 오래된 습관이었던 거야. 그건 서로가 서로에게 결정적으로 힘이 되어줄 수 없다는 걸 인정하는 방식이기도 했지. 그렇게 자기 자신을 속이는 거야. 다 괜찮다고, 별일 아니라고, 들쑤셔봤자 문제만 더 커질 뿐이라고.

우리가 그렇게 서로에게 많은 것들을 감추느라 노력했던 그 시기에도 너는 하루가 다르게 자라났지. 두 돌이 되자 어른들이 하는 말을 따라 하고 네 생각을 문장으로 표현하기도 했어. 내가 너희 집에 가면 너는 두 팔을 위로 쭉 펴고 달려와서 내 다리에 매달렸어. 흥분해 소리를 지르면서. 내가 바닥에 앉아 팔을 활짝 벌리면 너는 내 품으로 쏙 들어와서 나를 안아줬어. 내 무릎에 앉아 나를 올려다보며 작은 손으로 내 얼굴을 만지던 너의 표정이 떠올라. 기운이 얼마나 좋은지 몸을 가만히 두지 못하고 여기저기 걸어다니면서 소리를 질렀지. 장난감들을 가지고 놀면서도 자꾸 뒤를 돌아서 내가 널 보고 있는지 확인했어. 내가 금방 사라질까봐 살피는 것처럼, 내가 너를 금방이라도 잊을까봐 염려하는 것처럼.

너에게 사랑한다는 말을 몇 번이나 했을까. 내가 네 이름을 부르고 사랑한다고 말하면, 너도 사랑한다고 내게 말해줬지. 우리는 작은 공을 주고받듯이 사랑한다는 말을 주고받았어.

"사랑해?"

"그럼, 사랑하지."

"언제까지?"

네가 궁금하다는 표정을 지으며 그렇게 물었어. 그런 너를 보며 나는 너의 세상에 어제와 오늘과 내일의 구분이 생겼다는 걸, 사람의 감정이 변할 수 있다는 사실이 자리잡았다는 걸 알았어. 뭐든 변하고 뭐든 사라질 수 있고 떠나갈 수 있다는 걸 어린 네가 자연스레 알게 되었다는 걸.

"영원히 사랑하지."

"영원히?"

"응, 영원히. 이모가 할머니가 되고 왕할머니가 되어서도 널 사랑할 거야."

영원하다는 말을 설명할 수 없어서 나는 그렇게 얘기했어. 너는 아직 죽음을 몰랐지. 그래서 영원하다는 건 죽음과 무관하다는 걸, 시간의 한계를 넘어서는 거라는 걸 설명할 수 없었어. 그런데도 너는 내 눈을 똑바로 바라보면서 그 말을 이해한다는 듯한 표정을 지었어. 그 이후로 그건 우리 둘이 만날 때마다 주고받는 또

다른 인사가 됐지.

사랑해.

언제까지?

영원히, 영원히.

너는 마치 작은 사탕을 입안에서 이리저리 굴리며 녹여 먹듯이 사랑이라는 말을, 영원이라는 말을 반복해서 말하기를 좋아했어. 너는 그 말이 무엇을 의미하는지 정확히 알고 있었고 나도 네가 그 말을 완전히 이해한다는 걸 알았지. 그리고 내가 너에게 영원히 사랑한다고 말했을 때, 나도 내가 무슨 말을 하는지 알았던 것 같아. 네가 어떤 사람으로 자라든지, 앞으로 나를 어떻게 대하든지, 네가 어떤 선택을 하든지 나는 너를 사랑하리라고 느꼈던 거야.

그즈음에도 언니는 나에게 그가 좋은 사람이라는 걸 증명하려고 노력했어. 내가 별다른 반응을 보이지 않으면 이렇게 말했지.

"너희 형부, 그래도 애한테는 잘해. 좋은 아빠야."

언니는 그가 너에게 어떤 행동과 말을 했는지 하나하나 이야기했어. 그래, 언니. 내가 그렇게 답할 때까지 언니는 그가 얼마나 좋은 아빠인지 설득하려 했지. 나도 언니의 말에 설득당하고 싶었어. 그가 너에게는 좋은 사람이고, 언니의 삶이 내가 느끼는 것처럼 그렇게 힘든 것만은 아니라고 생각하고 싶었으니까. 그편이 쉬웠으니까.

"그래, 언니."

나는 그렇게 대답하면서 언니의 말에 동의한다는 표정을 지었어.

3

대학 마지막 학기에 나는 호텔 식당으로 실습을 다녔어. 호텔에 가기 위해서는 버스를 갈아타야 했지. 그날은 오후에 실습이 있어서 정류장에서 버스를 기다리고 있었어. 도로 맞은편에 교복을 입은 여자아이가 서 있는 모습이 눈에 들어왔지. 마르고 키가 작아서 중학생으로 보였는데 고등학교 교복을 입고 있더라. 그가 일하는 학교의 교복이어서 한눈에 알아볼 수 있었어. 키가 작은 아이들은 앞으로 더 클 테니까 교복을 크게 맞춰 입잖아. 아이는 커 보이는 교복을 입고 커다란 책가방을 메고서 찻길에 눈길을 주고 있었어.

그때 검은색 세단 하나가 그애 앞에 섰고 그애는 좌우를 돌아보더니 조수석에 탔어. 차에는 내가 아는 번호판이 달려 있었지. 차창 안으로 그의 얼굴이 보였어. 순간이었지만 그가 아이의 얼굴을 쓰다듬는 모습을 나는 멍하니 바라봤어. 나는 가만히 서 있다가 그대로 버스를 타고 호텔로 갔어. 내가 헛것을 봤는지도 모른다고 생각하면서. 언니는 그가 최근 야간자율학습 감독을 맡았다고 했었어. 뭔가 다른 일이 있겠지. 그렇게 내 마음속 경고를 무시하며 일에 집중하려고 노력했어.

평일 오후 다섯시, 버스 정류장, 작고 마른 아이, 검은색 세단. 그 모습을 그날 이후 몇 번이나 목격했을까. 그렇게 몇 주가 지나고 나는 그 여자애 쪽 도로의 정류장에 앉아서 그를 기다렸어. 멀리서 검은색 세단이 다가왔고 여자애가 차를 향해 손짓했을 때 나는 천천히 그쪽으로 걸어갔지. 차가 멈추고 여자애가 조수석 문을 열자, 나는 그애가 차에 못 타도록 한 손으로는 그애의 팔을, 다른 한 손으로는 차문을 잡고서 그의 얼굴을 쳐다봤어. 그는 놀란 표정으로 나를 보면서 아무 말도 하지 못했어.

"형부 지금 뭐하는 거예요?"

그렇게 말하고 나는 고개를 돌려 여자애를 봤지. 그애는 목까지 얼룩덜룩하게 붉어진 채로 내게 팔을 잡히고서도 저항하지 않았지. 나는 그를 다시 바라봤어. 그는 여전히 놀란 얼굴로, 하지만 곧 태연한 표정을 연기하면서 입을 열었어.

"우리 반 애랑 상담할 게 있어서 그래."

그가 말을 끝내기도 전에 뒤에서 마을버스가 클랙슨을 울려댔어. 어쩔 수 없이 나는 차문을 닫았고 그는 내가 문을 닫자마자 자리를 떴어. 거리에는 나와, 내가 팔을 잡고 있는 그애만 남았지. 차가 시야에서 사라지자 정신이 들면서 내가 그애의 팔을 너무 세게 잡고 있다는 걸 알아챘어. 그애가 입술을 깨물고 있는 게 신체적인 아픔 때문이라는 생각이 들어서 손에 힘을 풀고 그애를 봤어. 키가 백오십오 센티는 될까. 작은 아이가 커다란 교복 재킷을 꼭 옷걸이처럼 걸치고 있는 것 같았지.

"팔 아팠지."

내 말에 그애는 고개를 끄덕였어. 군청색 교복 재킷에 그애의 이름이 노란색 자수로 박혀 있더라. 10월 말이었는데 스타킹도 신지 않은 맨다리였어. 우리는 한동안 별말 없이 마주서 있었지. 처음에는 당혹감으로 가득하던 얼굴이 곧 두려움으로 굳는 모습을 나는 지켜봤어. 그애는 어깨를 앞으로 말고서 떨고 있었어.

그애에게 따뜻한 국물을 먹으러 가자고 했어. 나란히 한참을 걸어서 콩나물국밥집에 갔지. 따뜻한 바닥에 앉아 국밥 두 그릇에 감자전을 시키고 한기가 물러가기를 기다렸어.

"언니……"

그애가 나를 조심스럽게 불렀어.

"학교에 신고하실 거죠."

그애는 둘러대거나 거짓말하지 않았지. 그래봤자 소용없다는 걸 아는 것 같았어. 내가 아무 대답도 하지 않자 그애가 다시 말하더라.

"엄마 아빠가 알면 안 돼요."

그애의 눈시울이 붉어졌어.

"그 사람, 다시는 학교 밖에서 만나지 마. 그 꼴 또 보이면 신고할 수밖에 없겠지."

그애는 한동안 침묵하다 입을 열었어.

"선생님이 걱정돼서 그래요. 선생님은 약한 사람인데 힘든 일이 많거든요. 혼자서는 버티기가 힘들고……"

그애는 거기까지 말하더니 입을 다물고 물병을 가만히 바라봤어.

"선생님처럼 저에게 잘해준 사람은 없었어요."

밥이 목으로 넘어가지 않아서 국물만 떠서 입에 넣었는데 아무 맛도 느껴지지 않았어.

"그 사람이 너한테 잘해주는데 왜 내가 학교에 알릴까봐 겁이 나니."

"다른 사람들은 이해하지 못하니까요."

"뭘 이해하지 못한다는 거야?"

그애는 물을 마시고 나를 가만히 바라봤어.

"저는 어린애가 아니에요."

그렇게 말하는 그애의 얼굴이 초등학생이라고 해도 믿을 수 있을 정도로 어려 보였어. 그 순간 누가 벽돌로 머리를 내리치는 것처럼 심한 두통이 시작됐지. 식은땀이 났어.

"넌 어린애야. 그 사람은 나쁜 어른이고. 내 나이만 돼도 알 거야. 아니, 넌 지금도 알아."

그애는 자기의 두 손바닥을 들여다보고 있었어. 가끔씩 눈을 깜빡이면서.

"너에겐 아무 잘못이 없어. 하지만 너를 계속 이런 식으로 대하는 건 너 자신에게 못할 짓이야. 너도 알잖아."

내가 말을 끝내기도 전에 그애는 두 손으로 얼굴을 가리고는 한참을 그렇게 있었어.

"선생님은요. 그럼 선생님은 어떡해요."

나는 가방에서 작은 앨범을 꺼내 그애에게 내밀었어. 네가 보고 싶을 때마다 펼쳐 볼 수 있도록 늘 갖고 다니는 포켓 앨범이었지. 열 장 정도 되는 사진 중에는 돌잔치 날 그가 너를 안고 찍은 사진도 있었어. 그애는 그 사진을 물끄러미 바라봤어.

"이 사람은 약하지 않아. 나이도 많고, 직업도 있고, 집도 있고, 가족도 있어. 걱정할 것 하나 없어. 너에게 뭐라고 거짓말했는지는 몰라도 이 사람, 너보다 백배, 천배는 더 힘이 있는 사람이야. 착각하지 마. 네가 끝내지 않으면 나는 신고할 수밖에 없어."

"신고는 안 돼요."

"너랑 그 사람을 같이 찍은 사진도 있어. 나한테 말해. 그만하겠다고."

그애는 한동안 가만히 있다가 곧 고개를 끄덕였어. 그만하겠다고, 다시는 그와 따로 만나지 않을 거라고. 우리는 음식을 반도 먹지 못하고 밖으로 나왔어.

그애를 아파트 단지까지 데려다주면서 나는 내가 어떻게 살아왔는지 숨김없이 이야기했어. 솔직한 감정을 전하면 뭔가가 통하지 않을까 내심 기대했던 것 같아. 내가 그애보다 잘났거나 현명

해서 충고하는 게 아니라고, 누군가의 작은 호의나 관심에도 마음이 활짝 열릴 정도로 정이 고프고 외로운 마음이 무엇인지 안다고 했지. 그런 이야기를 누군가에게 터놓은 건 처음이었어. 언니에게도 해본 적이 없었으니까. 어쩌면 나는 언니에게 하고 싶던 말을 그애에게 했는지도 몰라.

"언제든 연락해."

나는 연락처를 알려주고 단지 안으로 걸어가는 그애의 모습을 우두커니 바라봤어. 그리고 집에 와서 먹은 것을 다 토했지.

그래, 나는 그의 학교에 그 일을 신고하지 않았어. 내가 신고한다고 해도 그는 처벌받지 않을 거고, 그애만 타격받으리라는 걸 알았으니까. 교육청에 신고하더라도 달라지는 건 아무것도 없다고 생각했지. 매일 밤 나는 차가운 벽에 얼굴을 가까이 대고 누워서 눈을 뜬 채 생각했어. 난 어디까지 참을 수 있는 걸까.

그 이후로 한동안 언니네 집에 가지 않았어. 그를 더는 보고 싶지 않았고 언니를 볼 자신도 없어서였지. 가끔 언니가 전화를 하면 아무렇지 않게 받았지만 내가 먼저 연락하지는 않았어. 언니도 내가 달라졌다는 걸 모를 수는 없었을 거야. 너도 나와 언니 사이가 달라졌다는 걸 알아챘는지 오랜만에 언니네에 방문한 내게 왜 자주 놀러오지 않았냐고 물었어. 내가 사는 게 바빠서 그렇다고 답하니까 네가 나를 물끄러미 바라보더라. 꼭 오래 살아본 사람 같은 얼굴로 너는 내 얼굴을 들여다봤어. 나는 그후로도 그 얼굴을 오래도록 떠올렸어.

　너는 한참을 그러고 있다가 내 무릎 위로 올라와서 책을 읽어 달라고 했지. 무슨 일로 나를 바라봤는지 까먹었다는 듯 깔깔대며 웃고 나와 놀았어. 너는 커서 어떤 사람이 될까. 그렇게 생각하면서 어른이 된 너와 친구처럼 대화를 나누는 내 모습을 상상해보기도 했어.

　나는 어른이 된 너를 몰라. 너도 나를 모르지. 영화관에 가서 표를 사거나 편의점에서 물건을 살 때, 카페에 가서 음료를 주문할 때, 계산대에 서 있는 네 또래의 아르바이트생을 보면 그들이 너일지도 모른다는 생각이 들곤 해. 우리는 아무것도 모른 채 카드로 결제하실 건가요, 네, 카드는 이쪽에 꽂아주세요, 네, 봉투 필요하신가요, 아니요, 영수증 필요하신가요, 아니요, 주차 등록해드릴까요, 아니요, 안녕히 가세요, 안녕히 계세요, 서로의 눈도 마주치지 않고 인사를 하지. 만약 눈앞의 사람이 너라면, 네가 나를 몰라본대도 좋다고, 그런 식으로라도 이야기를 나누고 싶다고 생각했어.

　너는 지금 어디에 있을까. 어떤 모습으로, 무슨 일을 하며 살아갈까.

　대학을 졸업하고 나는 서울의 한 대형 호텔 레스토랑에 취직했어. 해산물 파트에서 일을 했지. 하루에 꼬박 열 시간씩 서서 온갖 종류의 해산물을 다듬었어. 그래도 배운 시간에 비해서는 손이 빠른 편이었는데 더 잘하고 싶은 욕심에 속도를 내다가 칼에 손이 베이기도 했어. 힘든 일이어서 여자애들은 오래 못 버틴다는 말을 들을 때마다 오기가 생겼거든. 퇴근 후에는 집 근처 초등학교 운동장에서 다섯 바퀴씩 뛰었어. 가슴이 답답한 날에는 열 바퀴도 뛰었지.

그때의 나는 술도 마시지 않았고 사람들과 어울려서 시간을 보내지도 않았어. 일하고 운동하고 집에서 쉬는 게 전부였어. 선배들은 그런 나를 보고 곰이라고 했지. 꾀부리지 않고 묵묵히 일하고 온순하다는 뜻으로 그렇게 부르는 거였어. 너는 곰이 어떤 동물인지 아니? 언젠가 곰이 나오는 다큐멘터리를 보고 나는 알았어. 곰은 사람을 무서워하는 동물이야. 서로 장난을 치며 느긋하게 시간을 보내다가도 사람의 그림자라도 보이면 두려워서 피해 다니는 동물이야.

내가 일하던 레스토랑은 호텔 맨 꼭대기 층에 있었어. 일을 마치고 복도로 나와서 서울의 야경을 멍하니 바라보던 날들이 떠올라. 그럴 때면 내가 아직 스물두 해밖에 살지 않았다는 사실이 믿기지 않았어. 벌써 백 년은 산 것 같은데, 이미 너무 오래 산 것처럼 지쳐버렸는데 아직도 스물둘이래. 밤하늘 아래의 불빛들이 반짝이면서 너는 앞으로도 살아야 해, 살아가야 해, 하고 낮게 합창하는 것 같았어. 더 알고 싶은 것도, 더 해보고 싶은 것도 없는데,

이젠 아무것도 궁금하지 않은데, 그런데도 살아야 한다고 자꾸만 누가 내 등을 떠미는 것 같았지.

그러던 어느 날 퇴근을 하고 버스에 탔는데 전화가 왔어.

"언니, 왜 그랬어요? 신고 안 한다고 했잖아요."

그애였어. 그애는 잠긴 목소리로, 분명한 분노를 담아서 내게 항의했어.

"엄마 아빠까지 학교에 불려갔어요. 이제 난 학교를 다닐 수도 없어. 조사 들어갔는데 선생님은 또 어떻게 해요. 가만있기로 했잖아요."

나는 신고한 적이 없다고 했지만 그애는 믿지 않았어. 그애는 무엇보다도 그를 걱정했지. 그 목소리를 들으며 나는 그애가 그와의 관계를 끊어내지 못했다는 걸 알았어. 이미 짐작했던 일이었지만. 나는 그애에게 반복해서 말했어. 나는 신고하지 않았다고, 그 사람과의 관계를 끊겠다던 네 약속을 믿고 있었다고. 그애는 거짓말하지 말라며 소리를 지르기 시작했어. 나는 핸드폰을 꺼버렸어.

버스에서 내려 집으로 가는데 골목 입구에 그가 서 있었어. 나는 그의 얼굴을 빤히 보고는 그대로 지나쳐 걸어갔지. 그리고 얼마 안 돼 앞으로 쓰러졌어. 그가 뒤에서 내 머리를 내리쳤다는 걸 이해하는 데는 시간이 조금 걸렸지. 일어나서 보니 그가 팔짱을 끼고서 나를 바라보고 있었어.

"너 꼴통이야?"

그가 물었지. 우두커니 서 있는데 눈에 눈물이 고였어. 그에게 맞았기 때문이 아니었어. 그런 건 일도 아니었으니까.

"언니도 이렇게 때렸니."

나는 나 자신에게 묻는 것처럼 중얼거렸어.

"신고했다고 해서 달라지는 게 있을 줄 알아? 나한테 불이익 생기면 그거 다 너네 언니한테 가는 거야. 오냐오냐해줬더니 네가 뭐라도 되는 줄 알지?"

그는 숨을 헐떡이며 말했어.

"언니도 때렸니……"

그는 대답하지 않고 자리를 떠났어. 나는 어른이었고 더는 보호자가 필요한 나이가 아니었지만 그렇다고 스스로를 보호할 수 있는 것도 아니었어. 내 편이 되어줄 사람도 없었지. 그도 그 사실을 알고 내게 손을 댄 거겠지. 아빠에게 말한다고 해도 아빠는 나보고 참으라고 할 게 분명했어. 언니에게 말한다면 언니는 그가 나를 때린 이유를 물을 테고, 결국은 그가 나를 때릴 수밖에 없었다고 정당화하리라는 것도 알았지. 그렇게 생각하면서 나는 더이상 언니를 믿지 않는 나를 발견했어.

조사는 학교 내부에서만 이루어졌고 그는 어떤 처벌도 받지 않았어. 선생님을 쫓아다닌 문제 학생의 행동으로 결론이 났지. 그 일로 그애는 학교를 관뒀고 가끔 나를 원망하는 문자를 보내왔어.

나는 답하지 않았어. 그애는 아마 나를 오래 미워했을 거야. 그게 끔찍한 사실을 못 본 척하면서 자기를 속이는 가장 편하고 유용한 방법이었을 테니까.

얼마 후에 언니가 우리집에 왔어. 식탁 조명에 비친 언니의 얼굴을 보는데 언니가 이 상황을 불편해하는 게 느껴지더라. 비가 내려서 낮인데도 밖이 어두웠어. 가느다란 비가 소리 없이 내렸고, 열린 창으로 서늘한 바람이 불어왔지.

"선풍기 좀 꺼줄래?"

언니가 팔짱을 끼고 몸을 웅크렸어. 나는 선풍기를 끄고 방에서 카디건을 가져와 언니의 어깨에 걸쳐줬어. 언니가 좋아하는 커피믹스를 뜨거운 물에 타서 건넸지. 언니는 머그컵에 두 손을 대고 가만히 컵을 바라보기만 했어. 내게 할말이 있는데 어떻게 말해야 할지 알 수 없어서 고민하는 것 같았어.

"왜 그랬어?"

언니는 컵에 시선을 고정한 채 작은 목소리로 물었어.

"뭐가?"

나는 싱크대에 몸을 기대고 서서 언니를 바라봤지.

"네가 너희 형부를 어떻게 생각하는지는 알고 있지만…… 그래도 사람을 그렇게까지 모함할 필요는 없잖아."

"그게 무슨 말인데?"

대수롭지 않게 대답하려고 했는데 목소리가 떨렸어. 그가 언니에게 학교에서 조사받은 사실을 말할 줄은, 학교에 신고한 사람이 나라고 말할 줄은 몰랐으니까.

"네가 크게 오해하고 있는 것 같다더라. 너희 형부가 그 일로 힘들어해. 결국 아니라는 게 밝혀지긴 했지만 그런 일로 사람들 입에 오르내렸으니…… 교사 사회 좁아. 평판이라는 게 있어."

언니는 컵에서 시선을 떼지 않았어.

"언니가 무슨 말 하는지 모르겠다. 오해는 형부가 하고 있는 것 같은데."

나는 건조대에서 그릇을 꺼내 수납장에 넣기 시작했어.

"네가 왜 우리를 괴롭히는지 모르겠어."

나는 그릇을 정리하다 말고 뒤돌아서 언니를 바라봤지.

"언니는 더는 나를 믿지 않네."

언니는 그런 나를 빤히 바라보다가 시선을 돌렸지. 그래, 나는 너를 믿지 않아. 언니는 온몸으로 그렇게 말하고 있었어. 내 안에 서는 그런 언니에게 상처를 주고 싶어서 어쩔 줄 모르는 나와 언 니를 잃을까봐 두려워하는 또다른 내가 싸우고 있었지.

"문제 있는 애였대. 형부는 잘 달래려고 했었고. 작년에 둘이 같이 있는 걸 네가 봤다며. 오해하고 신고한 거라며."

"형부가 자기 학교 학생이랑 있는 모습을 본 적은 있지만 신고 하지는 않았어."

거기까지만 말했다면 어땠을까. 하지만 나는 참지 못하고 이어서 말했지.

"문제 있는 애 아니었어. 그냥 평범한 애였어."

"아니래. 이상한 애고 그래서 학교도 관뒀다고 하던데. 형부도 오래 시달렸었나봐."

나는 다시 그릇을 정리하는 척하다가 입을 열었어.

"그래, 언니, 그렇게 생각하자."

"그게 무슨 말이야. 그렇게 생각하자니."

"나는 언니가 왜 여기 와서 이 일과 아무 관계도 없는 나를 설득하려고 하는 건지 모르겠어. 언니가 그렇게 생각한다면 그렇게 생각하면 되는 거잖아. 언니 마음 불편한 거, 나한테 풀려고 하지 마. 나한테 그런 의무 없어."

"너랑 관련이 있으니까 하는 말이잖아. 네가 오해하고 신고……"

"그만해. 그런 적 없다고."

나는 언니를 식탁에 내버려두고서 방에 들어갔어. 우리는 잘 싸우는 편이 아니었어. 싸움이 생길 것 같으면 둘 중 하나가 자리를 피했지. 그게 우리의 방식이었어. 나는 내 방 창가에 서서 내리는 비를 바라봤지. 자세히 봐야 빗줄기가 보이는 가는 비였어. 얼마 안 돼 문이 열리는 소리가 났어.

"긴말 안 할게. 너희 형부, 네가 사과하기를 바라서. 잘못했다는 한마디만 하면 돼. 주말에 우리집으로 와."

나는 뒤돌아 언니를 바라봤어. 온몸에 전기가 흐르는 것 같았지.

"나 신고 안 했어. 신고한다고 해서 달라지는 것도 없는데 내가 왜 신고를 해."

"달라지는 게 없다니, 그게 무슨 말이야?"

"언니."

나는 한참 언니의 얼굴을 바라보다 말을 이었어.

"언니도 그랬잖아."

언니는 두 눈을 천천히 깜빡이다가 책상 의자에 앉아 고개를 숙였어. 언니의 귀와 얼굴, 목이 울긋불긋해지는 걸 나는 가만히 지켜봤어. 언니가 느낄 수치심을 어림하면서 뒤틀린 만족감을 느꼈지. 나는 언니의 무너진 마음 위에 올라서서 입을 열었어.

"언니 잘못이라는 말이 아니야. 형부가 언니 인생을 망친 거지. 근데 내가 왜 사과를 해."

언니는 고개를 들어 낯선 사람을 보듯이 나를 바라봤어. 자기 앞에 있는 사람이 나라고 여겼었는데 알고 보니 처음 보는 사람이라는 걸 깨달은 것처럼.

언니는 입고 있던 카디건을 벗고 가방을 챙겨 집을 떠났어.

언니는 아주 어린 나이부터 내게 어른처럼 보이고 싶어했지. 어리고 약한 나를 보호하는 역할을 자처했어. 그건 책임감이 크기 때문이기도 했지만, 자신이 강하고 독립적인 사람이라는 걸 확인하는 방법이기도 했을 거야. 그게 언니 자신이 믿는 스스로의 모습이었고 언니를 언니로 살아가게 하는 힘이었을 거야.

하지만 나는 그날 언니의 믿음을 완전히 부정했지. 언니의 삶을 다른 사람에 의해 이미 망가진 것으로 취급했어. 내가 언니보다 나은 사람이라고 굳게 믿고 언니를 가르치려 했어. 언니의 삶이 망했다고 판결했어.

그것이 나를 어린 시절부터 돌봐준 언니에게 내가 한 보답이었다.

4

그 일이 있고 우리는 한동안 연락하지 않았어. 그러다 한 달쯤 지났을 때 언니에게서 전화가 왔어. 아무 일도 없었다는 듯이, 일이 없으면 자기 집으로 오라더라. 네가 나를 많이 보고 싶어한다면서, 그는 낚시를 갔다고 했어. 언니의 연락을 받았을 때 마음이 놓였던 게 기억나. 언니가 좋아하는 꽈리고추볶음과 가지나물무침을 만들어서 언니의 집으로 갔지.

집에 너는 없었고 대신 그가 식탁 의자에 앉아 있었어. 나를 보더니 자기 쪽으로 오라고 손짓을 하더라. 그는 나를 위아래로 훑어봤어. 골목에서 맞은 날 이후로 처음 보는 그의 얼굴이었지. 언니는 그의 옆에 가서 앉더니 나더러 맞은편에 앉으라고 했어. 그래서 나는 그렇게 했지. 그의 앞에 만원짜리 돈다발과 가계부로 보이는 노트가 펼쳐져 있었어.

"너네 언니가 너한테 얼마를 췄다고?"

그가 내게 물었어. 나는 언니의 얼굴을 봤지. 이미 모든 게 밝혀졌으니 그냥 말하라는 표정이었어. 나는 언니가 내게 빌려줬던 금액을 말했어. 그 돈을 다 갚았다는 말도 덧붙였지.

"너랑 네 언니는 비밀이 많아, 그렇지?"

그렇게 말하고 그는 검지로 언니의 머리를 밀었어. 언니는 차마 나를 보지 못하고 식탁만 내려다봤지.

"모은 돈 하나 없다고 둘이서 나를 속였다 이거지."

그가 다시 검지로 언니의 머리를 밀었어. 이번에는 언니가 기우뚱 옆으로 밀려날 정도였지. 너무 순식간의 일이었고 실감이 나지 않아서 한동안 바라만 보고 있었어. 내가 아무런 반응을 하지 않자 그가 이번에는 손으로 언니의 머리를 쳤다. 언니가 바닥에 쓰러지는 모습을 본 것까지는 기억이 나.

정신을 차려보니 내가 그의 뒤에서 한쪽 팔로 그의 목을 조르고 다른 손으로는 그의 손목을 뒤로 꺾고 있었지. 아픈지 그가 소리를 지르더라. 그 소리를 들으니 그가 정신을 잃을 때까지 더 아프게 하고 싶다는 생각이 들었어. 손에 힘을 줘서 손목을 더 꺾었지. 발버둥치는 힘이 꽤 셌어. 나보다 키도 작고 덩치도 작아서 힘으로는 밀리지 않으리라고 생각했었는데 막상 제압하려니 힘이 들더라. 하지만 아무리 그래도 그는 내 상대가 되지 않았어. 죽어,

죽어, 죽어버려, 죽어. 순수한 분노가 내 몸을 통과해 밖으로 나오는 것 같았지.

언니는 나를 그에게서 떼어내려고 내 허리를 두 팔로 감아 안았어. 제발 그만하라고, 자기를 생각해서라도 그만 멈추라고 말하는 목소리를 들으면서도 멈출 수가 없었어. 그때의 나는 내가 아니라 그를 물리적으로 파괴하고 싶다는 허기 그 자체였으니까. 그의 고통과 아픔을 갈망하는 욕구 그 자체였으니까. 내 안에 그런 마음이 있다는 걸, 그런 마음을 실행에 옮길 수 있는 절실함이 있다는 걸 나는 그때야 알았던 것 같아. 그의 뼈를 부러뜨리고 신경조직을 찢어 정신을 잃을 정도로 아프게 하고 싶다는 순수한 욕망이 나에게 있었던 거야.

그는 나에게 빌기 시작했어. 처제, 내가 잘못했어. 처제, 살려줘, 너무 아파. 얼마나 그러고 있었는지 모르겠어. 이 정도면 됐다는 생각이 들어서 나는 그를 풀어줬어. 그러자 그가 자리에서 일어나더니 냉장고 앞에 서 있는 언니에게 갔지. 그리고 다치지 않은 손으로 언니의 머리를 때렸어.

그 순간이 내 눈에는 아주 느린 장면으로 보였어. 아파서 비틀거리고 움직임도 둔한 그의 손을 피하는 건 어려운 일이 아니었을 거야. 게다가 내가 있는 자리였잖아. 그런데도 언니는 체념한 듯이 그의 손을 피하지 않고 가만히 서 있었어. 그가 언니를 때렸다는 사실보다도 그 일을 그저 치르고 넘어가야 하는 것으로 생각하는 듯한 언니의 몸짓에 나는 더 큰 충격을 받았던 것 같아.

그는 언니를 때리고는 의기양양한 얼굴로 나를 바라봤어. 내가 영원히 자신을 이길 수 없으리라는 걸 보여주려는 것 같았지.

"이제 속이 시원해? 이런 모습 보니까 좋아?"

언니가 낮은 목소리로 내게 말했어. 내가 그를 자극해서 언니를 때리게 했다는 듯이.

"네가 지금 무슨 짓을 했는지 알아? 형부한테 사과해."

"보고 배운 게 없어서 그렇지."

그가 그렇게 말하며 다시 언니에게 손을 들었어. 짧은 시간이었지만 언니는 내게 가만히 있으라는 눈빛을 보냈지.

너라면 어땠을 것 같아. 네가 나였다면 그 순간 어떻게 했을 것 같니. 그때의 선택이 어떤 결과를 낳게 될지는 내게 중요한 문제가 아니었어. 시간을 되돌려 그때로 돌아간대도 나는 같은 행동을 할 거야.

나는 구치소에 수감되어 재판을 받았다. 검사는 그의 부상 정도가 심하고 쌍방이 아닌 일방의 폭행이었다는 사실에 주목했어. 변호인은 나의 모든 혐의를 인정하면서도 그가 내가 보는 앞에서 언니를 폭행했다는 점을 고려해야 한다고 주장했지.

언니와는 법원에서 다시 만났어. 짧은 단발머리에 화장기 없는 얼굴로 증인석에 앉은 언니는 내게 눈길을 주지 않았지. 판사의 신문이 시작되었고 언니는 판사를 바라보며 답했어.

"아니요, 그날 남편은 저를 때리지 않았습니다."

"네, 단 한 번도 그런 적 없었습니다."

"남편은 성실하고 다정한 가장입니다."

"동생에게는 증오가…… 제 남편에 대한 이유 모를 증오가 있었습니다."

"제가 결혼한 후 혼자 남겨졌다는 생각에 분개했습니다."

"제가 어떻게 할 수 없을 정도로 폭력적인 성향이 있었습니다."

나는 더는 언니를 바라볼 수 없었어. 알았어, 언니. 그래, 언니 말대로 해. 나는 체념했어.

"그날 피해자가 증인을 폭행하지 않았다는 말이 사실인가요."

판사의 질문에 내 곁에 앉은 변호인이 난감한 표정을 지었어.

"네. 제가 거짓말을 했습니다. 형부는…… 언니를 때리지 않았습니다."

나는 조용히 대답했어.

나는 초범이었지만 죄질이 나쁘고 피해자의 부상이 심하다는 이유로 실형을 선고받았지. 재판이 끝나고 변호인은 내게 왜 법정에서 거짓말을 했느냐고 물었어. 변호인은 그가 언니를 때렸다는 내 말을 믿고 있었지. 그녀는 여자 피고인들이 사실이 아닌 불리한 증언을 부정하지 않고 자포자기하듯 받아들이는 경우가 많이 있다면서 나도 그런 것 같다고 했어. 그러면서 이게 마지막이라고, 이런 식으로 자기 자신을 벌주려는 짓은 더는 하지 말라고 하더라. 스스로한테 미안한 줄 알고 살라고 했어. 나는 판결이 끝난 재판정에서 그 말을 하며 글썽이던, 아마도 엄마 또래였을 변호인의 얼굴을 잊지 못해.

교도소에서 노트에 써내려간 글은 남겨두는 글과 찢어버리는 글로 나뉘었어. 도무지 견딜 수 없을 때, 내가 나를 수습할 수 없을 때 나는 내 마음을 있는 그대로 노트에 적은 후에 바로 찢어서 없애버렸어. 글은 글일 뿐이라고, 예전의 나는 그렇게 생각했었지. 하지만 어떤 글을 남기기로 선택하는 것은 결국 그 마음을 전달하고 싶은 바람을 담는 거라고 생각해. 그리고 그 마음은 실제로 전해지지. 상대가 그 글을 읽든, 읽지 않든 말이야.

내가 교도소에서 쓴 자주색 커버의 유선 노트는 그래서 군데군데 찢겨 있어. 나는 페이지가 찢긴 흔적을 보면서 그때 내가 어떤 마음이었는지를 떠올려봐. 그때의 내 마음은 찢긴 자국으로 거기에 기록되어 있어.

그렇다고 해서 노트에 남겨둔 글이 내 마음을 속이거나 정직하지 않은 글이라는 건 아니야. 나는 너에게 편지를 쓰듯 노트에 내 이야기를 채워넣었지. 스물둘의 내가 기억하는 너의 모든 것을 적어내려가기도 했어.

나는 법정에서 변호인이 내게 했던 말을 오래 기억했어. 이런 식

172

으로 나를 벌주려는 짓은 이제 그만하라는 말을. 처음 들었을 때는 그 말이 무슨 뜻인지 알 수 없었지. 나는 그저 언니와 싸우고 싶지 않았고, 언니의 거짓 증언이 옳다고 인정하는 방식으로 그 상황을 피하고 싶었던 것뿐이라고 생각했으니까. 하지만 변호인의 그 말은 번번이 떠올라서 나를 흔들어댔어. 정말 그것뿐이었어?

작은 감방의 불편한 잠자리가 오히려 더 편하고, 배급받은 형편 없는 음식을 먹으면서 만족스러워하고, 나를 거칠게 대하는 감방 동료를 그저 그대로 받아들이는 내 마음을 나는 가만히 들여다봤 지. 세상 사람들이 손가락질하는 범죄자가 되어 감옥에 있는 시간 이 차라리 홀가분했던 거야. 그게 내가 치러야 할 대가라고 생각 했을까. 변호인의 말이 맞았어. 나는 내가 저지른 짓보다 더 큰 벌 을 원했지.

감옥에서 지내는 동안 어쩌면 언니가 면회를 올지도 모른다는 희망을 품기도 했었어. 스물넷에 출소하는 날까지도 언니가 나를 찾으러 올지도 모른다고 기대했지. 하지만 언니는 한 번도 오지 않았고 그 이후로 나는 오랫동안 언니에게 분노를 느꼈어.

하지만 한 해 한 해 시간이 갈수록 분노는 차츰 옅어지더라. 그 제야 나는 내가 언니에게 버림받았다는 사실을 인정하고 싶지 않 아서 그토록 언니를 미워했다는 걸 알게 됐어. 그래, 언니는 나를 철저히 버렸지. 나는 여전히 어느 정도는 언니가 밉고 우리가 헤 어졌다는 사실이 가슴 아프지만, 이제 그건 언니에 대한 마음의 아주 작은 일부일 뿐이라고 느껴.

감옥에 있는 동안, 그리고 출소해 사회에 나온 후에 많이 울면서 생각했어. 나는 제대로 사랑받아본 적이 없다고. 그때의 나는 사랑이라는 게 완벽하고 흠 없는 것이라 여겼던 것 같아. 그런 의미에서 나는 제대로 된 사랑을 받아본 적이 없었지. 하지만 정말 그랬을까.

언니가 선물해준 오리털 파카를 정리하면서 나는 내가 춥지 않기를 바랐던, 얼마 되지 않는 시급을 모아 최대한 따뜻한 옷을 고르려고 했던 언니의 마음이 사라지지 않고 내 안에 남아 있는 걸 발견했어. 내 대학 등록금을 마련하기 위해 종일 불편한 구두를 신고 서서 일하던 언니의 마음을 어림해봤어. 그게 사랑이 아니었다고, 나는 제대로 된 사랑 한번 받지 못했다고 생각할 자격이 내겐 없더라. 그런 나는 언니에게 어떤 사랑을 줬나. 나는 내게 물었지.

나는 언니를 보잘것없는 사람이라고 여겼어. 멍청해서 이용당한다고 생각했고 쓰레기 같은 남자에게 휘둘리는 겁쟁이라고 생각했어. 불행에 주저앉은 채 탈출할 생각도 하지 않을 정도로 수동적인, 그래서 나를 부끄럽게 하는 인간이라고 판단했어. 그런 식으로 살아서 나에게 굴욕감을 준다고 믿었지. 언니가 과연 내 마음을 몰랐을까. 그때의 나는 내가 꽤나 마음을 잘 숨긴다고 생각했어. 마음의 밑바닥까지 훤히 보이는 언니와는 다르다고 자부했지. 하지만 실상은 그 반대였는지도 몰라.

내 마음 안에서 나는 판관이었으니까, 그게 내 직업이었으니까. 나는 언니를 내 마음의 피고인석에 자주 앉혔어. 언니를 내려다보며 언니의 죄를 묻고 언니를 내 마음에서 버리고자 했지. 그게 내가 나를 버리는 일이라는 걸 모르는 채로.

그때 내 마음에서 나는 옳고 언니는 그르고, 나는 맞고 언니는 틀리고, 나는 알고 언니는 모르고, 나는 할 수 있고 언니는 할 수 없고, 나는 용감하고 언니는 비겁하고, 나는 독립적이고 언니는 의존적이고, 나는 떳떳하고 언니는 비굴하고, 나는 배려하고 언니는 이기적이고, 나는 언니를 지켰고 언니는 나를 버렸지. 모든 것이 분명해서 더 생각할 필요도 없다고 믿었어. 하지만 긴 시간이 지난 지금, 나는 그중 어느 하나도 진실에 가깝다고 생각하지 않아.

너에게 너희 엄마는 어떤 사람일까 궁금해질 때가 있어. 내가 네가 모르는 언니의 모습을 알고 있듯이 너는 내가 모르는 언니의 모습을 알고 있겠지. 그리고 우리 둘 다 아는 모습도 있을 거야. 이를테면 무언가에 집중할 때면 미간을 찌푸리는 표정, 낮은 웃음소리, 빠른 발걸음, 잠들기 전에 크게 기지개를 켜는 모습, 모로 누워 조용히 자는 얼굴, 중요한 말을 하기 전에 음…… 하고 한 박자 뜸을 들이는 버릇, 신 음식을 먹을 때 찡그리는 표정, 할말을 속으로 삼킬 때의 얼굴, 뒷짐을 지는 버릇……

언니는 지금 어떤 마음으로 살아가고 있을까. 나는 그 답을 알지 못해.

5

출소하고 팔 년 후에야 언니를 만날 수 있었어. 고모할머니의 장례식장에서였지. 언니는 단정한 검은색 바지 정장을 입고서 향을 피우고 영정 사진 앞에서 절을 했어. 상주 자리에 앉은 나와 인사도 했고.

조문만 하고 떠날 줄 알았던 언니가 식사 테이블에 가서 앉더라. 나는 멀리서 그 모습을 보다 언니와 눈이 마주쳤어. 우리는 한동안 그렇게 서로를 바라보고 있었지. 나는 천천히 언니 쪽으로 걸어가서 맞은편에 앉았어. 나는 언니가 육개장에 밥을 말아먹는 모습을, 중간중간 물을 마시는 모습을 멍하니 바라봤어. 언니가 일어서려고 할 때쯤에야 나는 언니를 불렀지. 언니는 무슨 말을 하려다가 말을 삼키고는 자리를 떠났어. 나는 빠르게 걸어가는 언니의 뒤를 쫓아갔어.

"언니."

장례식장 출구에 다다른 언니가 뒤돌아서 나를 봤지. 예전에는 언니의 마음을 그토록 쉽게 알아차릴 수 있었는데, 손등으로 얼굴에 흘러내리는 눈물을 닦는 언니의 모습을 보면서 나는 그 마음을 조금도 읽을 수 없었어.

언니는 그대로 선 채 나를 보며 고개를 저었지. 내가 다가가는 것을 원하지 않는다는 걸 나는 몸으로 알 수 있었어. 나는 더는 언니를 쫓아갈 수 없었지. 봄볕이 쏟아지는 주차장으로 걸어나가던 언니의 뒷모습. 그게 내가 본 언니의 마지막 모습이었어.

　말이 부쩍 늘고부터 너는 모든 걸 질문했지. 마치 물질을 원자 수준까지 쪼개는 과학자처럼 묻고 또 물었어. 밥 먹어야지, 하면 왜 밥 먹어야 돼? 묻고, 밥을 먹어야 키가 크지, 하면 다시 왜? 하고 물었어.

　너에게 당연한 건 없었지. 하늘에서 비가 내리는 것도, 더운 날 땀이 나는 것도, 길고양이들이 사람이 무서워 자동차 밑으로 피하는 것도 너에게는 당연한 일이 아니었어. 왜? 너는 묻고 또 물었지. 나는 최선을 다해 대답하려고 했지만 결국 마지막에 가서는 할말이 없어졌어. 그럴 때면 이모도 그 이유를 알고 싶네, 라고 대답했지. 그 대답은 언제나 너를 싱긋이 웃게 했어.

　나는 내 마음속에서 너와 그런 식으로 대화하곤 했어. 내가 우리는 다시 만날 수 없다고 말하면 너는 왜냐고 물어. 그럼 나는 내가 너희 아빠에게 심한 폭력을 저질러서 너희 가족에게 절연당했다고 답하지. 왜? 다시 묻는 너에게 나는 답해. 너희 아빠가 내 언니를 괴롭히는 걸 보고만 있을 수가 없었다고, 그에게 경고하고도 싶었다고. 너는 내게 다시 왜냐고 물어. 나는 답하지. 사랑하는 언니를 보호하고 싶어서, 언니가 그렇게 함부로 다루어져서는 안 되는 소중한 사람이라는 걸 그렇게라도 보여주고 싶어서였다고. 너는 왜냐고 물어. 나는 대답해. 때때로 사랑은 사람을 견디지 못하게 하니까. 사랑하는 사람의 고통을 외면할 수 없게 하니까. 왜? 너는 말간 얼굴로 내게 다시 묻지. 그럼 나는 답해.

　나도 그 이유를 알고 싶어.

　이모는 그러니까 알 수 없는 이유로 나를 만날 수 없게 된 거네. 네가 고개를 끄덕이며 말하지. 그래, 맞아. 네 말이 맞아. 어느덧 나와 너는 얼굴을 마주보고서 웃고 있어.

　내가 지내던 감방의 창으로는 운동장이 보였어. 정해진 시간이 되면 수감자들이 시계 방향으로 천천히 걷는 곳이었지. 나는 쇠창살이 달린 창가에 서서 운동장을 오래 바라보곤 했다. 아주 가끔 교도관 몇이 오갈 뿐인, 높은 콘크리트 벽으로 둘러싸인 아무도 없는 운동장에 햇빛이 내리고 구름의 그림자가 지고 비가 내리는 모습을 말이야.

　스물세 살 생일이었어. 그날은 기상 시간보다 한참 일찍 잠에서 깼지. 눈을 뜨니 창밖으로 눈이 내리는 모습이 보였어. 나는 자리에서 일어나 창가 앞에 섰어. 아직 어두운 하늘에서 떨어진 가느다란 눈발이 조명등의 흰빛을 받아서 반짝이며 땅으로 내려오고 있었지. 조명등의 빛이 닿은 눈발이 내 눈에는 꼭 하늘로 이어지는 길처럼 보였고, 어쩐지 그 빛나는 눈이 내리는 그곳에 나는 영원히 가닿을 수 없으리라는 생각이 들었어.

내가 너를 더는 만날 수 없다는 사실을 받아들인 건 그 순간이었어. 내가 영원히 너에게 다다를 수 없는 타인이 되었다는 사실을 받아들인 건. 나는 소리를 내지 않으려고 애쓰며 울었지. 그 순간에도 너의 세계에서 나는 빠른 속도로 지워지고 있다는 걸 알아서. 그래도, 그래도……

나는 영원히 널 사랑할 거야. 네가 나를 기억하지 못한다고 해도.

결국 찢어버릴 편지를 쓰는 마음이라는 것도 세상에는 존재하는구나. 마지막 문장을 쓰고 나는 이 편지를 없애려 해.

나는 너를 보며 나를, 언니를 바라봤었지. 그리고 사랑했어. 네가 내 언니의 자식이기 때문에, 내가 마음껏 좋아할 수 없었지만 마음 깊은 곳에서는 그토록 사랑했던 언니의 아이이기 때문에. 나는 네가 항상 안전하기를, 너에게 맞는 행복을 누리기를 바랐어. 비록 우리가 서로의 얼굴조차 알아보지 못한 채로 스쳐지나갈 수밖에 없다고 하더라도. 나는 너와 함께했던 시간을, 그리고 함께할 수 없었던 시간조차도 마음 아프지만 고마워할 수 있었어.

오늘은 5월의 따뜻하고 맑은 날, 너의 생일이야. 너의 스물세번째 생일을 축하해.

너의 이모가

파종

우리는 작은 텃밭을 함께 가꿨다.

소리의 글은 그 문장으로 시작했다.

소리가 학교 교지에서 개최한 글짓기 대회에서 상을 받은 사실
은 그녀도 알고 있었다. 어떤 글인지 궁금했지만 아이는 고집을
피우며 보여주지 않았다. 엄마에게 일기장을 보여주고 싶은 자식
이 어디 있겠냐고 따져 물으면서. 그녀도 그 말에 동의했기에 더
는 글을 보여달라고 요구할 수 없었다. 그러면서도 한편으로는 일
기장이라고 말할 만큼 내밀한 이야기를 글로 써서 교지에 낸 소리
가 낯설게 느껴지기도 했다. 그녀는 어떤 글에서도, 어떤 인터뷰
에서도 가장 개인적인 부분에 관해서는 이야기한 적이 없었다.

이 주일 전, 소리는 그녀에게 학교를 관두고 싶다고 말했다. 이

유를 묻자 소리는 망설이다가 아니야, 엄마, 그렇게 답하고 자리를 떴다. 소리가 더는 그 일을 입에 올리지 않았기 때문에 그녀도 다시 그 주제를 꺼내기가 어려웠다. 생각을 하지 않으려 했지만, 아이가 학교를 관두고 싶어할 만한 상황을 가정할 때마다 그녀는 마음이 가라앉았다. 그러던 중에 소리의 담임교사에게서 연락이 온 것이었다. 그녀는 가지고 있는 옷 중에 가장 단정한 감색 투피스를 입고 옅은 화장을 하고 학교에 갔다.

담임교사는 소리가 신중한 아이여서 자퇴하고 싶다는 말을 쉽게 입에 올리지는 않았을 것 같다고 했다. 소리를 고등학교 1학년 때부터 봐왔다고 덧붙이면서. 그녀는 교사에게 소리가 학교를 관두려는 이유를 알고 있는지 조심스럽게 물었다. 교사가 모든 사실을 다 알 수 없다는 걸 알면서도, 학교에서 아이가 상처받은 일이 있지는 않았는지도 물었다. 그녀에게는 딸과 아주 가깝지는 않다는 자격지심이 있었다. 엄마가 되어서 아이와 아직 그런 이야기도 하지 않았느냐고 질책당할 것 같아 두려웠다.

"쉬고 싶다고 해요."

교사가 작은 목소리로 말했다.

"지쳤대요. 자기가 이십사 시간 내내 돌아가는 컴퓨터 같다고, 잠시 전원을 꺼두고 싶다고요."

교사는 소리가 매사에 성실하다고 말했다. 무엇 하나 대충하는 법이 없다고. 교사의 말에 그녀는 고개를 끄덕였다. 소리는 어려서부터 그런 아이였으니까.

"집에서는 어떤가요."

그녀가 어떤 대답을 해야 할지 고르는 동안 둘 사이에 어색한 침묵이 놓였다. 침묵이 길어지자 교사는 화제를 바꿨다.

"관두기로 마음을 정한 건 아니에요. 그래도 아이 마음이 그렇다는 건 어머니도 아셔야 할 것 같아서요."

"네."

소리에 대해 당신이 뭘 그렇게 많이 안다고 엄마인 나에게 충고하는 거지, 하는 반발심조차 들지 않았다. 교사의 말대로 그녀는 소리의 마음을 모르고 있었으니까. 소리는 학업도 잘 따라가고 있었고 친구들과의 관계도 원만했다. 모두 소리의 입에서 나온 말이었지만 그녀는 조금의 의심도 없이 그 말을 다 믿고 싶었다.

면담이 끝나고 일어서려는데 교사가 입을 열었다.

"드라마 잘 보고 있어요. 소리가 어머니 자랑을 많이 해요. 이번 작품도 꼭 보라고."

"소리가요?"

"네. 어머니에 대해 쓴 글 보셨는지 모르겠어요. 저번 교지 공모에 낸 거요."

"보지 말라고 해서……"

"여기 한 권 있는데 드릴게요."

교사가 책꽂이에서 교지를 꺼내 그녀에게 건넸다.

"속이 깊은 아이예요."

청찬이 분명한 말이 그녀는 달갑지 않았다. 교사와 헤어지고 나서 그녀는 차 안에서 소리의 글을 읽기 시작했다. 그녀는 그 글에 빨려들어갔고 마지막 문장을 읽고 나서야 자신이 울고 있다는 걸 알았다.

소리는 그와 그녀와 함께 텃밭을 가꾸던 시절에 관해 썼다. 셋이 같이 텃밭에 가서 일도 하고 대화도 나누고 새참도 먹은 이야기를 했다. 따뜻하고 행복한 순간의 기억이었다. 그의 죽음에 대해서도, 그 이후 더는 텃밭에 가지 않게 된 일에 대해서도 소리는 담담하게 써내려갔다.

그가 세상을 떠났을 때 초등학교 6학년이었던 소리는 이제 고등학교 2학년이 되었다. 소리에게 지난 오 년은 자신의 과거가 아주 자그맣게 보일 정도의 거리를 마련해주었을 것이다. 고작 오년 전의 자신이 완전히 다른 사람으로 보이고, 그때의 일을 꼭 꿈처럼 느낄 시기였다. 하지만 소리는 그와 함께 텃밭을 가꾸던 어린 시절을 잊지 않고 붙들고 있었다. 자신의 언어로 그 작은 순간순간들을 복원했다.

소리는 언제부터인가 더는 그에 관해 이야기하지 않았다. 엄마인 자신의 마음을 불편하게 하고 싶지 않아서 그런다는 걸 알면서도, 그녀는 소리의 그 모른 척이, 침묵이 좋았다. 자꾸만 과거를 되돌아보고 싶지 않았고, 슬픔과 괴로움 속에서 현재의 시간을 낭비하고 싶지 않았으니까.

소리는 어리니 금세 잊을 것이다. 자극하지 말자. 곧 사라질 거야. 그녀는 자신의 그런 주문에 어느 정도 힘이 있다고 생각했다. 더는 무너지지 않는 자신을 보면서, 감정에 흔들려 일을 그르치는 상황 따위를 만들지 않는 자신을 보면서 얼마간 안심했다. 그리고 그런 태도가 그가 자신에게 바란 모습일 거라고도 믿었다. 그를 계속 떠올리면서 슬퍼하고 힘들어하고 괴로워하는 모습을 가장 바라지 않을 사람은 그일 테니까.

그는 그녀보다 열다섯 살이 많았다. 그녀가 여덟 살 때부터 그는 돌아가신 어머니를 대신해 실질적으로 부모 역할을 했다. 아침마다 밥과 반찬을 만들어서 도시락을 싸주고 숙제를 봐주고 그녀가 학교에서 있었던 일을 종알종알 말하면 웃는 얼굴로 들어줬다. 그래서 그녀가 그를 떠올리면 가장 먼저 생각나는 건 웃을 때 그의 얼굴이었다. 웃을 때 입가와 눈가에 지던 옅은 주름…… 소리 내어 웃던 목소리. 그녀는 밖에서 어떤 일이 있든지 집에 돌아와서 그에게 말했고, 그가 웃는 얼굴로 자신을 바라봐주면 마음이 놓였다. 다른 말은 필요 없었다.

'삼촌은 나를 귀여워해서 자주 웃어줬다.'

그녀는 소리의 그 문장에 오래 머물렀다. 마지막으로 그의 웃는 얼굴을 봤던 때가 언제였는지 떠올려봤지만 잘 기억나지 않았다.

그가 떠난 뒤 그녀는 오래도록 그의 마지막 모습에 붙잡혀 있었다. 밤송이처럼 짧게 깎은 머리칼로 군대에서 휴가를 나왔던 모습도, 엄마와 함께 공터에서 배드민턴을 치던 모습도, 자신에게 공부를 가르쳐주던 모습도, 한지 가게에서 일하던 모습도, 텃밭을 가꾸던 모습도, 거울 앞에 서서 새치를 확인하던 모습도, 소리와 잘 놀아주던 모습도 모두 그 야위고 고통스러워하던 모습에 가려져 보이지 않았다. 핸드폰에 저장된 그의 사진을 들여다보는 일도 어려워졌다. 보고 싶지 않았다.

하지만 소리는 그를 다르게 기억하고 있었다. 소리의 글 속에서 그는 삽으로 능숙하게 깊이갈이를 해서 이랑을 만들었고, 호미를 들고서 김을 맸고, 단단하고 향기로운 토마토를 수확했다. 흙장난을 하는 소리를 말리지 않았고 소리의 손으로 감자를 땅에 심게 했다. 삼촌, 물 뿌리고 싶어, 하면 물뿌리개를 잡고서 마치 소리가 하는 것처럼 옆에서 물을 뿌려줬고 샌드위치며 얼음을 넣은 미숫가루, 주먹밥 같은 것을 만들어와서 소리와 나눠 먹었다.

"민주야, 나 좀 도와줘."

처음에 그는 그녀의 도움이 필요하다며 그녀와 소리를 데리고 텃밭으로 갔다. 남편과 이혼하고 다섯 살짜리 소리와 함께 그의 집으로 들어갔을 무렵이었다. 잠시만 신세를 지겠다고 말했을 때, 그는 언제까지고 그곳에 있어도 된다고 했다. 그리고 그녀가 어렸을 때처럼 장을 봐와서 밥을 하고 반찬을 만들고 찌개를 끓여 그녀와 소리를 먹였다. 어째서 남편과 헤어졌는지, 앞으로의 계획이 무엇인지 그는 아무것도 묻지 않았다. 대신 자신을 도와달라고 했다.

그를 따라 십오 분 정도를 걸어가자 텃밭이 나왔다. 크기는 작았지만 볕이 잘 드는 곳이었고 정성 들여 가꾼 태가 났다. 그는 겨우내 키운 작물들이라며 친구를 소개하듯 그녀와 소리에게 설명했다.

"삼동파야. 가장 추울 때 심었는데 거의 다 살았어."

"이건 마늘이야. 겨울에도 잘 버텨."

소리는 시큰둥하게 푸른 채소들을 바라보다 노란 꽃 쪽으로 시선을 돌렸다.

"걔는 수선화야. 소리 왔을 때 심었어."

그날 그들은 쪼글쪼글한 완두콩과 홍감자를 심었다. 그게 시작이었다. 그 이후로 평일 저녁이나 주말에 텃밭에 가는 건 그들의 자연스러운 일상이 되었다. 그는 수확한 작물로 음식을 했다. 가지든 상추든 호박이든 토마토든 소리가 먹는 것이라면 가장 흠 없고 싱싱한 것을 골랐다.

소리는 힘이 들고 지칠 때면 그때의 기억을 떠올린다고 적었다. 삼촌과 그 작은 밭에서 작물을 키우고 수확했을 때 느꼈던 재미, 함께 주고받았던 말들, 흙과 풀 냄새…… 하지만 그런 기억이 하루하루 옅어지고 흩어져 이제는 삼촌의 목소리조차 떠올릴 수 없게 됐다고 썼다. 애써서 삼촌의 목소리를 생각해보려고 했지만 도저히 떠오르지 않아서 슬펐다고. 소리는 기억이 더 흐려지기 전에 글을 써서 남겨놓아야 한다는 조급한 마음이 들었다고 쓰기도 했다.

소리는 그가 떠난 후 몇 번 텃밭을 다시 가꿔보자고 말했고, 그때마다 그녀는 그럴 시간이 없다고 대답했다. 팔아야지, 팔아야지 생각하면서도 팔지 못했고 그렇다고 다시 농사를 지을 엄두도 나지 않았다. 그러자 언젠가부터 소리는 텃밭을 입에 올리지 않았다. 텃밭 가꾸기에 관한 정보가 담긴 그의 노트를 읽지도, 네모난 비닐봉지에 담긴 작물 씨앗을 그녀가 보는 앞에서 흔들어보지도 않았다. 소리는 글 속에서도 다시 텃밭으로 돌아가고 싶은 마음을 말하지 않았다.

소리는 그런 아이였다. 자신이 무엇을 원하는지 말하지 않았고 어떤 것도 조르지 않았다. 슈퍼에 데려가서 먹고 싶은 것 하나를 골라보라고 하면 세 살짜리 아이가 삼백원짜리 껌 한 통을 가져왔다. 당시 아직 이십대였던 그녀는 그런 소리가 그저 기특하기만 했다. 그와 함께 살게 되었을 때, 소리가 아이답지 않게 아무것도 조르지 않고 바라지 않는다고 그녀가 자랑하자 그는 놀란 얼굴로 아무 말도 하지 않았다. 그러더니 소리에게 물었다. 소리는 뭘 먹고 싶어? 소리는 뭘 하고 싶어? 소리가 아무거나 괜찮다고 대답하면 아니, 소리가 진짜 먹고 싶은 거, 라며 다시 물었다. 아무거나는 답이 아니야, 소리야. 그는 그렇게 말했다.

엄마, 우리집엔 언제 가? 묻는 소리를 보던 그의 얼굴을 그녀는 기억한다. 내색하려 하지 않았지만 그의 표정은 어느 때보다도 어두웠다.

그녀는 어려서부터 그를 웃기는 걸 좋아했다. 천진하게 웃는 그 얼굴을 보고 싶어서이기도 했지만, 그가 슬픈 사람이라는 걸 무의식적으로 알고 있어서 그랬다. 웃기는 이야기가 그가 가진 슬픔의 크기를 줄여줄 수 있으리라고 믿고 싶었다. 그녀의 그런 막연한 느낌은 시간이 지나면서 사실로 드러났다. 그는 세상에 잘 적응하지 못했고 늘 겉돌았다. 한지 가게를 열기 전까지는 같은 직장에 오래 다니지 못했고 사람들의 모임에도 잘 속하지 못했다.

사람들은 그와 그녀가 전혀 다른 성격을 지녔다고 말하곤 했다. 하지만 그도 그녀도 알고 있었다. 그들은 같은 천성을 공유하고 있다는 것을. 그 또한 자신의 슬픔을 너무 쉽게 알아보았다고 그녀는 생각했다.

그들이 소리를 재우고 늦은 저녁을 먹은 날이었다. 그녀는 애써 농담을 했다. 처음에는 희미하게 미소 짓던 그의 얼굴에서 표정이 사라지는 모습을 바라보며 그녀는 문득 두려워졌다.

"무슨 일 있어?"

그녀가 물었다.

"아니……"

"근데 표정이 왜 그래?"

"네가…… 여기 오고 나서 계속 쉬지 못한 것 같아서."

그가 그녀의 얼굴을 살피며 말했다. 그의 말에 마음이 비틀리며 가라앉던 순간을 그녀는 기억했다. 그녀의 얼굴에서도 웃음이 사라졌다. 한참 동안 아무 말 없이 밥을 먹다가 그녀가 입을 열었다.

"오빠."

"응."

"내가…… 그렇게 비겁했어?"

"뭐가."

"그런 결혼 했던 거."

그가 눈을 찡그리면서 그녀를 바라봤다.

"밥 먹어."

"……오빠도 그렇게 생각했구나."

"힘들었다는 거 알아."

"……"

"내가 어떻게 널 비겁하다고 생각해."

그가 웃음기 없는 얼굴로 그녀를 응시했다.

"내가 많이 실망스러웠을 거야."

그는 고개를 저었다.

"민주 넌 지금 살아 있잖아."

그녀를 똑바로 바라보면서 그가 말했다.

"그거면 돼."

시선을 피하는 그녀에게 그가 다시 말했다.

"그거면 돼, 민주야."

소리의 학교에서 돌아와 그녀는 서재를 정리하기 시작했다. 평소에는 정리를 하면 괴로운 마음이 잦아들곤 했지만 그날은 그렇지 않았다. 소리가 많이 지쳐 있다는 담임교사의 말이 그녀를 아프게 했다. 자신에게는 지쳤다는 말조차도 할 수 없었던 걸까. 서재를 정리하고 나서 그녀는 다시 소리의 글을 읽었다. 소리는 기억력이 좋은 편이었다. 있었던 일을 곧잘 기억했고, 거짓을 말하지 않았다. 하지만 그 글을 읽으며 그녀는 소리가 그때의 기억을 많은 부분 미화하고 있다고 느꼈다. 사실을 왜곡해서가 아니라, 그때를 바라보는 소리의 시선이 그랬다. 하지만 다시 곰곰이 돌아보니 어쩌면 소리에게는 모든 것이 정말 그렇게 보였을지도 모르겠다는 생각이 들었다.

소리는 텃밭에 가는 걸 좋아했다. 기본적으로 흙을 만지는 일을 즐겼고, 밭을 가꾸는 데 자신도 이바지한다는 느낌을 좋아했던 것 같다. 챙이 넓은 모자를 쓰고 미간을 찌푸린 채 일에 집중하던 어린 소리의 얼굴. 그녀는 그 얼굴을 너무 오래 잊고 있었다. 작물이 자라고 꽃이 피고 열매가 맺힐 때마다 소리가 어떤 감탄을 했었는지 그녀는 잊고 있었다. 소리 정강이의 흰 흉을 볼 때마다 밭에서의 사고는 생생하게 떠올렸으면서도.

소리가 여덟 살 때의 일이었다. 밭을 매다 잠시 자리를 비운 그가 바닥에 호미를 두고 간 것이 문제였다. 하필이면 호미의 뾰족한 부분이 위쪽을 향해 있었고, 그 위로 소리가 넘어졌다. 아이는 크게 소리를 지르며 바닥에 주저앉아서 멍하니 정강이를 바라봤다. 그녀가 다가와서야 소리는 엄마의 놀란 얼굴에 겁을 먹고 울기 시작했다. 그녀는 무턱대고 소리를 업고서 달렸다. 차 트렁크를 뒤지던 그가 그런 그녀를 보고 사색이 됐다.

"가장 가까운 응급실 어디야."

그녀의 목소리가 낮게 잠겼다. 이명이 들리고 시야가 좁아졌다.

"소리야."

그가 소리의 상태를 살피려고 다가왔다.

"응급실 어디냐고."

그녀는 차 뒷자리에 올라탔다. 피가 멈추지 않았다. 그가 운전석에 타서 시동을 걸고 운전을 했다. 그녀는 휴지를 뽑아 소리의 상처를 지혈하며 말했다.

"애가 있는데 호미를 그렇게 두면 어쩌자는 거야."

그녀는 후회할 줄 알면서도 그렇게 말했다.

"미안해."

"애 흉이라도 생기면 어떡할 거냐고. 제정신이야?"

그러자 소리가 그녀를 바라봤다. 그만해. 소리는 눈빛으로 그렇게 말하고 있었다. 소리는 파상풍 주사를 맞을 때도, 벌어진 상처를 꿰맬 때도 눈을 꼭 감고 통증을 참았다. 처치를 마치고 주차장으로 간 그녀는 그곳에서 기다리고 있던 그를 투명 인간 보듯 대했다. 그가 질문하면 짧게 답하고 침묵했다. 한동안 그녀는 그에게 냉정하게 대했고, 소리의 흉터에 관한 이야기가 나올 때면 자신에게 그럴 권리가 있는 것처럼 그에게 잔인하게 말했다.

그가 언제나 자신에게 져주는 사람이라는 것을 알고 있어서, 자신이 아무리 잔인하게 대해도 참고 견뎌줄 사람이라고 생각해서, 그를 그토록 애틋하게 여겼으면서도 동시에 그렇게 대했다. 이제와 후회해도 소용없는 일이었다. 이제는 어떤 식으로도 지난 일을 만회할 수 없으니까.

소리는 해가 지기 전에 돌아왔다. 들어와 손을 씻고 냉장고에서 요구르트를 꺼내 마셨다. 그러더니 사 인용 식탁에 앉아서 핸드폰을 만졌다. 할말이 있을 때 소리는 그런 식으로 식탁에 앉아서 그녀를 기다렸다.

"담임선생님 좋으시더라."

그녀가 소리의 대각선 맞은편에 앉으며 말했다. 소리는 여전히 핸드폰에 시선을 두고 있었다.

"선생님이랑 얘기 많이 한 것 같던데."

소리가 핸드폰을 뒤집어서 식탁 위에 올려놓고 그녀를 마주봤다. 자신을 향한 소리의 은은한 분노가 느껴져서 그녀는 문득 두려워졌고, 그런 모습을 내색하지 않으려고 애써 여유 있는 표정을 지어 보였다.

"네가 많이 지쳤다고 말했다며. 쉬고 싶다고."

소리는 대답하지 않고 시선을 돌려 부엌 벽 쪽을 바라봤다.

"쉬고 싶으면 학원을 다 관두든지 그렇게 하자. 학교를 관두는 건……"

"그런 게 아니야, 엄마."

소리가 다시 그녀 쪽으로 시선을 돌리고 말했다.

"말해줄 수 없는 거니?"

그렇게 말하자 소리는 선선히 웃었다.

"신경쓸 것 없어."

"소리야."

"큰일 아니야, 진짜."

소리는 어른이 아이를 달래듯 그녀에게 답했다. 언제 이렇게 커버린 걸까. 그녀는 자신이 놓쳐버린 시간을 돌아봤다. 둘의 관계에서 참아주고 기다려주는 쪽은 언제나 소리였던 것 같았다.

소리는 일찍 철이 들었다. 고작 초등학교 3학년일 때부터도 집안에서 자신이 해야 할 일을 찾아서 했다. 싱크대에 더러운 그릇이 있으면 재빨리 설거지하고, 쓰레기 봉지가 가득차면 낑낑거리며 내다버리고, 어른들이 집에 없으면 스스로 밥을 차려 먹었다.

그는 소리의 그런 모습을 마냥 대견해하지 않았다. 하루는 그녀에게 소리가 혹시 자기 눈치를 보는 것 아니냐고 걱정 섞인 말을 하기도 했다.

"혼자서도 잘하고 소리도 이제 다 컸네."

집에 놀러온 이모가 그렇게 말하자 그의 얼굴이 어두워졌다.

"소리 아직 아이예요."

그가 단호한 얼굴로 말했다. 그는 소리가 가끔 짜증을 내거나 고집을 피울 때도 야단치지 않았다.

"그러다가 애 버려, 오빠."

그때는 그런 균형이 있었다고 그녀는 생각했다. 그가 소리의 역성을 들어주고, 그녀가 훈육하는 식의 균형. 올바른 육아는 아니었겠지만 그래도 그녀와 그는 소리에게 최선을 다했다. 적어도 그들의 아버지 같은 사람이 되지 않기 위해서 애썼다.

부모가 함부로 뱉는 말이 어린 자식에게 얼마나 파괴적으로 다가왔는지 아버지는 알았을까. 폭언으로 물들던 유년의 밤을 그녀는 떠올렸다. 나가 죽으라고, 너 같은 게 살아서 뭐하느냐고, 그냥 죽어서 없어져버리라고. 아버지의 말은 내면의 목소리가 되어서 마흔이 넘은 지금까지도 그녀를 따라다녔다. 아버지는 그녀를 물리적으로 때리지 않았다는 사실을 늘 자랑스럽게 이야기하곤 했다. 하지만 아버지에게 가혹한 구타를 당하는 그의 모습을 볼 때면, 차라리 맞는 사람이 자신이었으면 좋겠다는 소망이 일었다.

그러면 마음이 덜 아플 것 같았으니까.

그녀가 여덟 살이었던 겨울에 그가 동네의 떠돌이 개를 집으로 데리고 온 일이 있었다. 몹시 추운 날인데다 개가 자기를 따라와서 외면할 수 없었다고 했다. 입가가 까맣고 마른 황구였다. 어린 그녀는 개를 쓰다듬으면서도 아버지가 집에 도착하면 어떤 일이 벌어질지 불안했다. 늦은 밤에 들어온 아버지는 그들에게 개가 불쌍하면 밖에 나가서 개랑 같이 자라고 소리쳤다. 그녀가 아버지의 말을 문자 그대로 이해하고서 자기 이불을 들고 개와 함께 아파트 복도로 나가자 그도 그녀를 따라 나왔다. 아버지는 그녀가 보는 앞에서 그의 뺨을 때렸다. 그러고는 개를 아파트 밖으로 쫓아냈다.

그는 말을 하기 전에 눈을 크게 두 번 찡그리는 버릇이 있었다. 손가락 모양대로 부어오른 뺨을 만지면서 그는 계속해서 눈을 찡그렸다. 무슨 말을 하지 않을까 기다렸지만 그는 계속해서 눈을 찡그리기만 했다. 그녀는 복도 난간 사이의 틈으로 아파트 앞 광장을 바라봤다. 개는 보이지 않았다.

그녀는 어려서부터 소리 내지 않고 우는 법을 알았다. 입을 최대한 꽉 다물고 침을 삼키면 됐다. 눈물이 흐르면 재빨리 옷소매로 닦으면 됐다. 그녀는 괜히 떠돌이 개를 집으로 데려온 그가, 이불을 들고 복도로 나가는 자신을 말리지 않은 그가, 풍선 터지는 끔찍한 소리를 내며 뺨을 맞은 그가, 떠돌이 개에게 잠시나마 희망을 갖게 한 그가 원망스러웠다. 그녀는 그런 식으로 일평생 그를 부당하게 원망하고 때로는 부끄러워했다.

　지금까지의 인생이 연습 게임이라면, 본 게임이 시작되고 다시 그가 떠돌이 개를 데려왔던 그날로 돌아갈 수 있다면, 발길질을 당한다고 해도, 벽에 던져진다고 해도 그를 위해 아버지에게 맞서고 싶었다. 그와 함께 울어주고 싶었다.

　하지만 모두 다 부질없는 상상일 뿐이었다. 죽어서라도, 다시 태어나서라도 그 고마움과 미안함을 전할 수 있다면 좋겠지만 그녀는 그것이 가능하다고 믿을 수 없었다. 그녀의 마음에는 단순한 진실만이 남아 있었다. 그는 이제 세상에 없으며, 그가 자신에게 준 마음을 갚을 방법 같은 건 없다는 진실이었다. 아무것도 돌이킬 수 없고, 그에 대한 자신의 마음은 지울 수 없는 후회와 미안함으로 남으리라는 진실이었다.

　"완전히 사라지는 건 아무것도 없어."

　문득 그녀는 그의 말을 떠올렸다.

　"아니, 죽으면 끝이야."

　그녀는 그를 타박하듯이 대꾸했었다.

　"엄마는 분명히……"

　"나약하니까 그런 생각 하는 거지. 맨정신으로는 견딜 수가 없으니까. 이해가 안 되니까. 그걸 받아들일 용기가 없으니까."

　"네가 맞을 수도 있겠지. 아무도 모르는 거니까."

　"글쎄? 난 그런 거 안 믿어. 비겁하다고 생각해."

사실 그녀는 그런 상상을 하는 그가 부러웠었고, 지금도 부러웠다. 사랑하는 사람이 사라져도, 그 몸이 잿가루가 된다고 하더라도 여전히 그 사람이 다른 방식으로 존재하리라고 믿는 그 낙관이 부러웠다. 아무리 노력해도 그녀는 그와 같은 사고를 할 수 없었으니까. 그런 비과학적인 믿음은 자기기만과 다를 바 없다고 생각했다. 그가 마지막 숨을 내쉬었을 때, 그것이 그녀에게는 그와의 마지막 순간이었다. 그 이별을 남들이 만들어놓은 진부한 상상으로 덧칠하지 않는 것이 떠난 사람에 대한 예의라고도 생각했다.

"민혁이 영혼 위해 기도할게. 민혁이가 하늘나라에서 민주 잘 보살펴줄 거야."

고모가 장례식장에서 그런 말을 했을 때 그녀는 자기도 모르게 쓴웃음을 지었다.

"그런 거 안 믿어요. 그리고 오빠가 저를 뭐 언제까지 보살펴줘요?"

오빠. 믿지는 않지만 그런 게 있다면…… 영혼이라는 게 있다면 여기 더는 머무르지 마. 그냥, 다 잊고 멀리 가버려. 이쪽으로는 눈길도 돌리지 마. 그녀는 울며 생각했다.

그녀는 그에게 받은 것이 많았다. 그가 없었더라면 그녀는 고통스러운 결혼생활을 여전히 끝내지 못했을지도 몰랐다. 작가의 꿈은 진작에 접었을 것이다. 그는 그녀의 선택을 믿고 지지했고 소리의 육아에 최대한 협력하겠다고 말했다. 그리고 그 약속을 지켰다. 그는 그녀가 대학 선배의 보습학원에서 아르바이트하는 저녁 시간에 소리를 돌보았고, 서른이 넘은 그녀에게 작가의 꿈을 버리지 말라고 부탁하듯 얘기했다. 소리를 유치원에 보내고 난 뒤 습작을 할 때, 그는 그녀에게 그 어떤 집안일도 해서는 안 된다고 말했다. 시간을 아껴 글을 써. 너부터 생각해. 그리고 그녀는 그렇게 했다.

몇 년 후 마침내 그녀가 첫 단막극으로 입봉했을 때, 그는 '작가 이민주'라고 쓰인 드라마 오프닝 장면을 캡처해서 한지 가게에 표구해 걸어뒀다. 좁은 빈 벽에 있던 시계를 떼고 그 자리에 액자를 걸어둔 거였다. 왜 그런 걸 걸어뒀냐고, 당장 치우라고 타박하면서도 그녀는 그의 마음에 눈물이 났다. 그는 어떤 것도 자랑하는 사람이 아니었다. 자신을 드러내는 것을 싫어했고, 과시와도 거리가 멀었다. 그런 그가 남들에게 그녀를 자랑하고 있었다. 내 동생이 이토록 멋진 사람이라고 말하고 싶어 어쩔 줄 몰라했다. 그녀가 무슨 대단한 작가라도 된 것처럼, 특별한 사람이라도 된 것처럼.

그녀의 농담 목록에는 늘 그의 환갑잔치에 관한 이야기가 들어 있었다. 그가 그녀보다 얼마나 나이가 많은지 과장해서 놀리는 방법이었다. 그가 환갑을 맞을 수 없으리라고는 생각해본 적이 없던 것이다.

입원 후 그는 의사에게 직접 자기 상태에 대한 설명을 들었다.

잘 해낼 거라고 말하는 그의 눈에서 그녀는 집념을 읽었다. 할 수 있는 한, 최대한 오래 삶을 이어가고 싶다고 그는 말했다. 의사 선생님 말만 잘 들으면 돼. 하라는 건 다 할 거야.

치료가 이어지면서 그는 한낮에도 계속 자다 깨다를 반복했다. 몸은 불덩이였고 그녀는 물수건으로 그의 얼굴을 계속 닦아줬다. 아픈 내색을 하는 사람이 아니었지만 그의 고통은 몸과 얼굴에, 목소리에 묻어나왔다. 식사가 나오면 고작 국물 몇 순갈을 뜨고 더는 먹지 못했다. 그녀에게 익숙했던 표정이 사라졌다. 드물게 상태가 조금 나아지는 때가 있었다. 그럴 때면 그는 가만히 그녀를 바라봤다. 그녀가 농담을 던지면 그제야 희미하게 미소를 지었다.

"오빠가 미웠던 것 같아."

그녀는 병상에 누워 있는 그에게 말했다. 그는 대답하지 않고 계속 말해달라는 듯이 두 눈을 찡그렸다.

"그리고 그건 지금도 그래. 밉고, 꼴 보기 싫어."

"그래……"

그의 얼굴에 옅은 미소가 어렸다. 상태가 급격히 안 좋아지기 전, 아직 말을 하고 미소를 지을 수 있던 시기였다.

"오빠 늘 그랬지. 언제나 내 편이라고. 날 도울 거라고……"

그가 눈을 깜빡이자 그의 눈에서 눈물이 흘러내렸다.

"미안해."

그녀는 그렇게 말하고 그의 침대에 얼굴을 묻었다.

복도에서 사람들이 낮은 목소리로 이야기하는 소리가 들렸다. 창에 들이치는 바람소리도 들렸다. 창밖으로 굵은 비가 내리고 있었다.

"민주야."

"응."

"너 힘든 거, 나 줘…… 가지고 갈게."

그녀는 그를 바라보기만 했다.

"여기."

그는 그녀의 마음이 무슨 물건이라도 되는 것처럼 그녀에게 손을 뻗었다. 자기 손 위에 그녀의 이야기를 올려달라는 듯이.

그녀는 그의 손을 잡고 고개를 저었다.

그는 눈을 감고 얼마 지나지 않아 잠들었다. 붉은 얼굴 위의 흰 머리칼이 꼭 유리섬유처럼 빛을 내고 있었다. 그녀는 여전히 그의 손을 꼭 잡고 있었다.

그날 이후로 모든 것이 달라졌다. 그는 말을 잃었고, 희미한 미소를 잃었고, 의미를 알 수 없는 소리를 냈다. 그리고 종국에는 그 소리마저 사라졌다.

부당하다고 생각했다. 그도 그렇게 생각할 거라고 그녀는 믿었다. 죽음으로 가는 길이 힘겨워도 의미가 있으며 죽음이 끝이 아니라고 생각하던 그가 삶을 원했다. 살며 어떤 것에도 특별히 욕심을 내지 않았던 그가 더 살고 싶어했다. 그가 초연했더라면, 순순히 그 상황을 받아들였다면 그녀도 그 순간을 다르게 기억했을까.

모든 치료가 중단되었고, 마지막 사흘 동안 그에게는 의식이 없었다. 그녀는 그가 입원하고 처음으로 소리를 병원에 데려왔다. 의식이 있을 때 그는 소리가 자신의 모습을 보지 않기를 바랐다.

"놀라지 마."

그녀는 몇 차례나 소리에게 경고했다.

소리는 누워 있는 그를 보고도 우물쭈물하지 않았고, 두려워하지도 않았다. 달려가서 그를 끌어안고 울면서 그에게 말했다.

"기다렸어, 삼촌. 기다렸어."

'믿을 수 없이 긴 시간이었다. 시간이 가지 않았다.'

그녀는 소리가 쓴 그 구절에 다시 시선을 됐다.

그 문장이, 석 달 동안 엄마를 기다리던 자신의 어린 시절을 떠오르게 했다. 바로 집으로 돌아가지 못하고 책가방을 메고서 이곳저곳을 기웃거리며 최대한 시간을 끌었던 때를. 동네에서 깔깔대며 모여 노는 아이들을 보며 그녀는 자신이 그 세계를 떠났다는 걸 알았다. 다시는 그 아이들과 같이 모래 장난을 하고 그네를 탔던 자신으로 돌아갈 수 없다는 걸 직관적으로 이해했다.

세상은 온통 뿌옇게 보였다. 누구도 그녀에게 지금 무슨 일이 벌어지고 있는지 알려주지 않았다. 그때 그녀는 처음으로 막연함을 느꼈다. 막연한 두려움, 막연한 슬픔, 막연한 외로움. 무엇 하나 손에 잡히지 않았고 그 시간은 끝날 것 같지 않았다. 그래서 학교가 끝나면 바로 집에 가지 않고 길을 돌고 돌았다. 그렇게라도 시간을 버리고 싶었다.

그녀가 여덟 살이었던 그때, 그는 스물셋이었다. 갓 제대해서 복학했다가 어머니의 투병으로 다시 휴학했다. 그와 이모가 돌아가며 어머니를 간병했다는 걸 그녀는 나이가 들어서 그에게 들었다. 아버지가 누군가와 전화하는 소리, 가끔 집에 들어오는 그가 깊은 잠을 자는 모습…… 막연함은 차츰 분명함으로 변해갔다. 하루하루 집안에 쌓이는 비통함의 공기는 그녀가 숨을 들이마시고 내쉴 때마다 그녀의 몸속을 드나들며 그녀를 일깨웠다.

그는 그녀가 어리므로 병원에 출입할 수 없다고 했다. 병원에는 병균이 많아서 들어갈 수 없다고. 하지만 어느 날인가 그는 그녀를 데리고 복도 끝 병실로 갔다. 병실 문을 열기 전까지 떨려서 가슴이 뛰던 것을 그녀는 기억한다. 문을 열고, 창가 침대에 앉아 있는 어머니를 보았을 때, 어머니는 그녀가 알던 모습이 아니었다. 그녀는 몸이 굳은 채로 문 앞에 서 있었다.

어머니는 자신 쪽으로 오라고 몇 번 손짓하다가, 그녀가 여전히 가만히 서 있자 창가로 고개를 돌리고 몸을 들썩였다. 그녀는 두려운 마음으로 어머니에게 천천히 다가갔다. 얼어붙어 아무 말도 나오지 않았다. 민주야…… 민주야…… 어머니의 거친 음성을 들으며 그녀는 차마 엄마, 라는 말을 할 수 없었다.

"민주야, 일어나."

그녀는 오빠를 따라 장례식장으로 갔다. 그곳에서 그녀는 어른들도 때로는 아이처럼 운다는 걸 알았고, 어른들이 자신을 염려하면서 동시에 어떤 호기심으로 자신을 관찰하고 있다는 사실도 눈치챘다. '어린애가 아무것도 모르고.' 사람들은 그저 멀뚱히 앉아 있는 그녀를 보며 말했다.

그날 이후로도 그녀는 신발주머니를 들고서 가장 먼 길을 택해 집으로 돌아갔다. 자신이 여전히 엄마를 기다리고 있다는 걸 아무에게도 말하지 않은 채로. 민주야, 오래 기다렸지. 잠깐 무슨 오해가 있었대. 그런 말을 하며 현관문을 열고 들어오는 다정한 엄마의 모습을 그려보았다. 그랬지? 거봐. 내가 그럴 줄 알았다니까! 엄마가 세상에 없다니, 말도 안 된다고 생각했어. 그런 상상으로 그녀는 자신이 느껴야 했던 마음을 영원히 유예했다. 그리고 아직도 그녀는 꿈에서 누군가를 기다렸다. 꿈에서 깨어났을 때도, 그녀는 영영 돌아오지 않을 사람들을 기다리는 자신을 발견했다.

핸드폰을 집에다 두고 나온 채 이십 분을 늦은 친구에게, 내가 좀 있다 연락할게, 기다려봐, 이야기하고 다시 전화하는 것을 잊은 애인에게 그녀는 내색하지 않았지만 깊이 상처받았다. 기약 없이 기다리는 일이 꼭 버려지는 것 같아서였다. 눈물이 났지만 그 마음을 누구도 이해할 수 없으리라고 생각해서 그저 참았다.

지난 일주일 동안 그녀는 매일 소리의 글을 읽었다. 읽을 때마다 눈에 새롭게 들어오는 문장들이 있었고, 그런 문장들에 그녀는 오래 머물렀다.

밤 열시. 수학 학원에 다녀온 소리가 현관문을 열고 들어왔다. 그녀는 소리가 샤워하고 잠옷으로 갈아입기를 기다렸다. 소리는 다 씻고서 잠옷 차림으로 텔레비전 보는 걸 좋아했다. 얼마 지나지 않아 소리가 거실로 나왔다. 회색과 빨간색이 섞인 체크무늬 잠옷을 입고서였다. 처음 샀을 때는 품이 컸지만 소리가 자라면서 지금은 딱 맞는 옷이 됐다. 소리는 소파에 누워서 리모컨으로 채널을 넘기기 시작했다. 그녀는 소파 아래에 다가가 앉았다. 소리는 동유럽 패키지여행 상품을 판매하는 홈쇼핑 방송에 채널을 고정하고 텔레비전을 바라봤다.

"자퇴하는 거, 생각해봤어?"

그녀가 텔레비전에 시선을 둔 채 작은 목소리로 말했다.

"잘 못 들었어. 뭘 생각해봤냐구?"

그녀가 소리 쪽으로 몸을 돌려서 조금 더 목소리를 키웠다.

"학교 그만두고 싶다고 한 거 말야."

"신경쓰지 말라고 했잖아……"

소리가 몸을 일으켜 자리에 앉았다.

"네가 하고 싶으면 해."

그녀가 말했다. 소리가 놀란 얼굴로 그녀를 바라봤다.

"생각나? 너네 삼촌이 항상 물어봤었잖아."

대수롭지 않게 이야기하고 싶었는데 그 말을 하자 갑자기 목이
메었다.

"소리야, 뭐하고 싶어? 네가 아무거나, 라고 답하면……"

더는 말을 할 수가 없어 그녀는 입술을 깨물고 눈을 꼭 감았다.

"아무거나는 답이 아니야, 그랬지."

소리가 끊어진 문장을 이어서 말했다.

"맞아."

그녀는 눈물을 참고서 소리를 바라봤다.

"왜 그런지 말하지 않아도 좋아."

"……"

"부탁할게."

소리와 그녀가 다시 텃밭을 찾아갔을 때, 밭은 쓰레기장이 되어
있었다. 다 쓴 부탄가스통, 담배꽁초, 통조림 캔, 일회용 플라스틱
컵, 크고 작은 생수 컵, 일회용 나무젓가락, 다 먹고 남은 닭 뼈, 마
스크, 소주병, 맥주병, 깨진 유릿조각, 바퀴가 없는 자전거, 컵라
면 용기, 장화, 개똥까지 종류도 다양했다. 아직 날이 쌀쌀해서 잡
초들이 무성하게 자라지 않은 게 불행 중 다행이었다. 쓰레기를
치우는 데 꼬박 한나절이 걸렸다.

날이 풀리고 그들은 퇴비와 석회, 봉사를 차에 싣고 가서 밭 전

체에 골고루 뿌리고 삽으로 깊이갈이를 했다. 전날 큰 봄비가 내려서 작업을 하기 좋았다. 그다음에는 쇠갈퀴로 흙을 잘게 부수고 평평하게 골랐다. 그의 방에 남아 있는 씨앗들을 살펴보았다. 순무 씨앗이 눈에 들어왔다.

그들은 하루 날을 잡아 밭을 고르고 이랑을 만들기 시작했다. 그가 일하던 모습과, 농사 과정을 세세하게 기록하고 그림으로까지 남긴 그의 노트를 참고했다. 이랑을 다 만들고 나서 그녀는 가져온 순무 씨앗을 꺼냈다.

"손바닥 내밀어봐."

그녀는 순무 씨앗을 소리의 손바닥 위에 쏟아놓았다. 둘은 한참 동안 아주 작은 구슬처럼 생긴 씨앗들을 바라보았다. 한눈에 봐서는 모두 보라색 같았지만, 자세히 보니 어떤 것은 갈색, 어떤 것은 붉은색, 어떤 것은 진한 보라색이었다.

"구멍 하나에 두 개씩 넣으면 된대."

그녀가 작은 막대기로 땅에 구멍을 내고 소리가 그 구멍에 순무 씨를 넣고 흙으로 덮었다. 조금이라도 자세가 흐트러지면 일을 그르칠 것처럼 별다른 대화도 나누지 않고 조심스럽게 작업을 진행했다. 씨를 다 뿌리고 소리가 물뿌리개로 두둑에 물을 줬다. 그녀는 그런 소리 곁을 가만히 따라다녔다.

그들은 일을 끝마치고 그늘에 쪼그리고 앉아 밭을 바라봤다.

"정말 무가 자랄까?"

소리가 물었다. 그 말 앞에 '삼촌이 없는데도'라는 말이 생략되어 있다는 걸 그녀는 알았다.

"자라지 않을까? 잘 돌봐주면."

"그렇겠지?"

"응."

그녀는 그렇게 답하고 습관처럼 소리의 정강이에 시선을 뒀다. 그 시선을 눈치챈 소리가 말했다.

"키가 자라니까 길어지면서 흉이 옅어졌어."

소리가 검지로 다리의 흉터를 만졌다.

"그때 기억나?"

그녀가 물었다.

"응."

"많이 아팠지?"

"그럼. 엄청 아팠지. 그때 삼촌이 막⋯⋯"

거기까지 말하고 소리가 눈을 감았다.

"삼촌이 막⋯⋯"

소리가 말을 더 잇지 못하고 고개를 들어 그녀를 바라봤다. 자신이 무슨 이야기를 하는지 이해하지 않느냐는 표정이었다. 그녀가 고개를 끄덕이자 소리가 흉터를 쓰다듬으며 말했다.

"근데 난 이게⋯⋯ 없어지지 않았으면 좋겠어."

그렇게 말하고 소리가 곧추세운 제 무릎에 머리를 기대고 눈을 감았다. 시원한 바람이 소리와 그녀에게 불어왔다. 연한 나뭇잎이 바람에 스치는 소리가 들렸다. 나뭇가지가 흔들릴 때마다 봄볕이 눈을 따갑게 했다. 그녀도 소리를 따라 무릎을 세우고 앉아 머리를 기대고 눈을 감았다. 없어지지 않았으면 좋겠어⋯⋯ 바라지 않아도 그 흔적은 사라지지 않을 거야. 그녀는 속으로 말했다. 푸른 무청이 가득한 텃밭을 그리면서. 그곳으로 찾아올 햇볕과 비와 바람과 작은 벌레들을 기다리면서.

이모에게

1

나는 엄마가 스물셋, 이모가 마흔다섯이 되던 해에 태어났다. 나이 차이 때문에 우리 셋이 함께 다니면 사람들은 이모를 나의 할머니로 여겼다. 그때는 그 나이에 할머니가 되는 사람들이 많기도 했지만, 이모는 자기 또래보다도 더 나이가 들어 보이는 편이었다.

'희진이 할머니시구나.'

이모는 그렇게 말하는 사람들의 생각을 정정하지 않았다. 누가 묻지 않았는데도 '희진이 할머닙니다'라고 자기를 소개하기도 했다. 왜 거짓말을 하느냐고 묻는 내게 이모는 내가 자라면 자연스레 알게 될 거라고 답했다.

내가 태어나고 얼마 지나지 않아 이모는 우리 가족과 함께 살게됐다. 나는 집에서는 이모라는 호칭을 썼지만 밖에서는 따로 이름을 부르지 않았다. 이모가 멀리서 나를 못 찾고 있으면 '여기야!' '나야!' 하고 외쳤다. 나는 열 살에 독감을 크게 앓고 목소리가 거칠어졌는데 그런 목소리의 여자애가 별로 없어서 그렇게만 불러도 이모는 나를 알아봤다.

이모는 장롱 때문에 겨우 누울 공간만 남은 작은 방에서 지냈다. 옷가지가 별로 없었는데도 장롱은 방의 크기에 비해 너무 커다랬다. 이모가 소유한 옷도 우리 수준에서는 모두 고가의 물건이었다. 이모가 가장 아끼는 겨울 코트는 무려 버버리 제품이었다. 이모는 싸구려를 여러 개 사느니 좋은 걸 하나 갖는 편이 낫다고 했고 엄마는 이모의 그런 태도를 허영심이라고 생각하며 이해할 수 없다고 했다. 이모의 차림새도 또래 여자들과는 달랐다. 이모는 무채색 옷을 입었고 짧은 단발머리를 유지했으며 늘 깨끗하게 세탁된 흰 운동화를 신었다. 왼쪽 손목에는 검은 가죽줄이 달린 사각형 손목시계를 차고 다녔다. 화장은 하지 않았다. 이모는 내 책가방과 외투도 싸구려를 사서는 안 된다며 엄마와 실랑이하기도 했다. 실제로 나를 키운 사람은 이모였기 때문에, 또 엄마가 이모의 고집을 꺾을 수는 없었기에 어린 시절의 나는 이모의 취향이 반영된 단정한 무채색의 옷을 입고 다녔다.

나는 이모가 싫어했던 것들을 종이 한 장에 빽빽하게 쓸 수 있다. 춤추는 사람, 연예인들이 웃고 떠드는 텔레비전 프로그램, 팔짱을 끼고 걸어가는 연인, 짧은 치마, 길에서 노래 부르기, 껌으로 풍선 불기, 강아지를 자식처럼 예뻐하는 사람, 헤픈 웃음, 이것도 좋고 저것도 좋다는 식의 태도, 술에 취한 사람, 경박한 사람……

엄마와 내가 연예인들이 나오는 토크쇼를 보고 있을 때, 그런 우리를 차갑게 바라보던 이모의 얼굴이 떠오른다. 기본적으로 이모는 삶의 즐거움이라고 할 수 있는 대부분의 것을 배격했다. 이모는 나를 엄격하게 키웠다. 나는 어려서 눈물이 많고 예민했는데 이모는 내 타고난 특성을 있는 그대로 받아주지 않았다. 내가 울 때마다 이모는 '이다음에 커서 세상 사람들이 너를 우습게 보고 함부로 대하는 걸 원하냐'며 경고하듯 냉담하게 말했다.

"울고 싶으면 아무도 없는 곳에서 울어. 네 방문을 닫고 울어. 징징대면서 네 기분 받아달라고 하는 거 좋아할 사람 세상에 하나도 없으니까."

이모의 그런 양육 태도에 큰 문제가 있었다는 것을 지금의 나는 안다. 이모의 태도가 감정적 방임에 가까웠다는 것도. 하지만 나는 이모를 판단하기 위해서 이 글을 쓰는 것이 아니다. 그런 판단은 너무 쉬우니까. 나는 그런 쉬운 방식으로 이모에 대해 말하고 싶지 않다.

이모는 결코 내 볼에 뽀뽀해주거나 나를 꼭 끌어안아주지 않았지만 그래도 나는 이모가 나를 좋아한다는 걸 동물적인 감각으로 알았다. 나는 내 방이 있는데도 굳이 이모 방에 가서 잘 때가 많았는데, 이모는 내가 베개를 들고 가면 이불을 살짝 들어올려 작은 굴을 만들어줬다. 그러고는 그 안에 들어간 내 등을 손바닥으로 살짝 토닥였다. 그것이 이모가 내게 보여준 최대치의 애정 표현이었다.

매일 아침마다 이모의 라디오에서는 클래식 음악이 흘러나왔다. 이모보다 늦게 일어난 내가 이불 밖으로 고개를 내밀면 음악을 들으며 도서관에서 빌려온 책을 읽는 이모의 모습이 보였다. 이모는 주로 황토색 양장 커버의 세계 문학 전집이나 『삼국지』같이 이미 죽은 사람들이 쓴 책을 읽었다. 나도 글자를 읽을 수 있게 된 후로는 커다란 장롱에 등을 대고 이모 옆에 앉아서 책을 읽었다. 학년이 올라갔을 때 이모는 내게 더는 어린애가 아니니 수준 있는 책을 읽어야 한다고 말하기도 했다. 그 말에 그림이 적게 들어간 책과 글자 크기가 작은 어른 책을 골라 읽기 시작했지만, 내용을 이해하지 못하는 때가 더 많았다. 그래도 이모와 함께 책을 읽는 시간이 나는 좋았다.

그 무렵에 내가 좋아하는 친구에게 잘 보이고 싶어서 애썼던 적이 있었다. 어떻게 하면 그애를 기쁘게 해서 관심을 끌 수 있을지 궁리하는 내게 이모는 이렇게 말했다.

"희진이 네가 다른 사람들을 기쁘게 하려는 사람이 아니었으면 좋겠는데. 넌 여자애야. 사람들을 기쁘게 하기보다는 사람들이 널 두려워하게 하는 편이 훨씬 좋은 거야."

그게 무슨 뜻인지 그때는 이해하지 못했다. 어른이 된 지금 나는 그 말을 종종 떠올리곤 한다. 이모는 그런 식으로 자신의 바람을 나에게 흘리듯 말하곤 했다. 나는 이모가 나를 자랑스러워한다는 것도 알았다. 내가 월말고사에서 좋은 성적을 받아오면 이모는 내 손을 잡고 시장에 데리고 가서 괜히 내 이야기를 했다.

"희진이가 반에서 혼자 백 점을 맞아서요. 네, 얘 혼자요. 얘가 보통 애가 아니거든요."

그런 날이면 이모는 내게 먹고 싶은 주전부리를 고르게 했다. 평소에 이모는 사탕이나 초콜릿 같은 달콤한 주전부리를 철저하게 금지했다. 그런 싸구려를 먹으면 건강이 상한다면서. 하지만 좋은 일이 있으면 이모는 내게 그 '싸구려'를 허락했다.

우리가 아무리 한집에서 오래 살았다고 하더라도 이모와 나 사이에는 시간이라는 높은 벽이 있었다. 나는 내가 태어나기 전에 이모가 어떤 삶을 살았는지 잘 알지 못했다.

아주 어릴 때 이모와 목욕탕에 간 적이 있었다. 이모의 배꼽 아래에 작은 배꼽 하나가 더 있는 것이 보였다. 나는 때를 밀어주는 이모에게 '이모는 왜 배꼽이 두 개야?'라고 물었다. 그러자 이모는 굳은 얼굴로 배꼽 아래의 구멍을 가리키며 '이건 배꼽 수술을 받은 자리야'라고 답했다. '그게 뭐야?'라고 묻자 이모는 '그 수술을 받으면 더는 아이가 생기지 않아'라고 말하고는 다시 내 등을 밀기 시작했다. 나는 이모의 말을 하나도 이해할 수 없었지만, 그 말을 하는 이모의 감정만큼은 그대로 느낄 수 있었다. 이모는 슬퍼하고 있고 그 슬픔은 내가 알지 못하는 무게를 지니고 있다는 것을 말이다.

이모는 어린 나를 이곳저곳에 데리고 다녔다. 그중 아직도 기억에 생생하게 남아 있는 순간이 있다. 엄마와 이모의 사촌언니 환갑잔칫날이었다. 노래방 기계가 설치된 넓은 연회장에서 한복을 입은 사회자가 노래를 부르고 손님들이 다 같이 춤을 췄다. 손님들은 술에 취해 소리지르듯이 말했다. 시끄러운 음악소리, 번잡스러운 분위기…… 나는 이모가 그런 상황을 가장 싫어한다는 걸 알았다.

내가 이모가 골라준 회색 모직 원피스를 입고 접시의 음식을 깨작대며 먹는 동안, 사회자는 사람들에게 마이크를 건네며 노래를 시켰고 다른 사람들은 노래에 맞춰 춤을 췄다. 분위기가 무르익었을 때 사회자가 입을 열었다.

"아직 안 부른 분이 있으실까요?"

"저기, 내 사촌동생."

이미 불콰하게 술에 취한 환갑잔치의 주인공이 이모를 가리키더니 사회자에게서 마이크를 가져와 말을 이었다.

"숙희야, 언니 환갑에 노래 한 곡 해다오."

이모가 조용히 고개를 저었다.

"누이, 그러지 말고 한 곡조 뽑아줘요."

오촌 아저씨도 큰 소리로 청했다. 나는 이번에도 이모가 거절하리라고 생각했다. 어쩌면 화를 낼지도 모른다고. 하지만 이모는 마이크를 받아들고 앞으로 나가더니 사회자에게 귓속말로 뭐라고 말했다. 얼마 지나지 않아 노래방 반주가 깔렸다. 이모는 밝은 조명 아래에서 사람들을 바라보며 노래했다.

"보리밭 사잇길로 걸어가면 뉘 부르는 소리 있어 발을 멈춘다. 옛 생각이 외로워 휘파람 불면 고운 노래 귓가에 들려온다. 돌아보면 아무도 뵈이지 않고 저녁놀 빈 하늘만 눈에 차누나."

나는 이모가 노래하는 모습을 그날 그곳에서 처음 봤다. 밝은 조명 아래서 이모의 얼굴 주름은 도드라졌고 몸집은 평소보다 더 작아 보였다. 이모의 작은 목소리는 커다란 반주 소리에 묻혔고, 곧이어 사람들의 대화 소리에 가려졌다. 그래도 이모는 단지 그 시간을 견디는 사람처럼 보이지 않았다. 무표정했지만 어느 순간 부터는 노래 부르는 걸 즐기고 있는 것 같았다. 나는 마음속으로 이모를 응원했다. 이모가 노래를 마치자 노래방 기계에서 요란하게 팡파르가 울렸고 몇몇 사람들이 박수를 쳤다.

이모가 자리로 돌아오자 노래를 권했던 오촌 아저씨가 우리 테이블로 왔다. 그가 엄마 옆에 앉는데 술냄새가 훅 끼쳐서 나는 덜컥 겁이 났다.

"너도 참 오랜만이다. 애가 벌써 이렇게 컸구나."

"아저씨한테 인사드려야지."

엄마의 말에 나는 그에게 고개 숙여 인사했다.

"숙희 누이가 너를 키우고, 네 딸까지 키우는구나. 이러기가 쉽지 않다. 너도 알겠지만."

가만히 고개를 끄덕이는 엄마의 귀가 붉게 물드는 모습을 나는 불안하게 지켜봤다.

"누이, 나는 그래요."

그가 이모를 손가락으로 가리켰다.

"나이들어서 낙이 뭐가 있겠어요. 그저 자식들 장성하는 거 보구 손주 새끼들 귀여운 거 보는 거, 그게 낙이지. 그래서 누이를 보면 내가 마음이 그래……"

"그랬니?"

이모는 짧게 답하고 물을 마셨다. 이모가 별다른 반응을 보이지 않자 그가 엄마 쪽으로 고개를 돌려 말했다.

"누이 인물이 고와서 개가하려면 얼마든지 했겠지만, 너를 모른 척할 수가 없었던 게지. 누이가 너를 딸처럼 키웠듯이 너도 누이를 어머니다, 생각하고……"

그 말이 끝나기 전에 이모가 주먹으로 테이블을 내리쳤고 그 바람에 젓가락 몇 개가 바닥에 떨어졌다. 시끌벅적하던 옆 테이블 사람들이 우리 쪽을 쳐다봤다.

"너는 입이 문제라 했지."

이모가 낮은 목소리로 말했다.

"지껄이는 그 입이 문제라고."

"누이."

"큰소리 내기 싫다. 네 자리로 돌아가."

그가 돌아가자 이모는 냅킨으로 입술을 닦고 지친 표정의 엄마에게 조용히 말했다.

"개가 짖었다고 생각해."

나는 이모가 그 정도로 화를 낸 이유가 무엇일지 궁금했다. 집에 돌아와 아빠 책장에서 국어사전을 꺼내 '개가'라는 말을 찾아봤다. 오촌 아저씨는 이모가 '개가할 수 있었다'고 했다. 그런데 엄마를 모른 척할 수 없었다고. 개가의 사전적 정의는 이러했다. 출가한 여자가 이별 또는 망부로 인하여 다른 남자와 결혼하는 일. 나는 출가와 망부라는 단어까지 찾아보고 나서야 개가라는 말을 이해할 수 있었다.

내가 이모 인생의 큰 짐일지도 모른다고 생각하기 시작한 건 그 순간부터였다.

2

고등학교 3학년 2학기에 취직한 엄마는 두 번의 이직을 거치고 결혼할 즈음 화장품 회사 총무부에 들어갔다. 엄마는 사무실 바닥에 양수를 쏟았다. 그러고도 하던 일을 마무리해야 한다는 생각에 진땀을 흘리며 남은 일을 처리했고, 병원에 도착했을 때는 이미 자궁문이 오 센티 이상 열려 있었다.

내가 태어난 날, 많은 산모가 아이를 낳는 바람에 입원실이 부족했고 의사는 그나마 상태가 나아 보이는 엄마에게 퇴원을 요청했다. 엄마는 나를 낳고 얼마 지나지 않아 출근했던 복장 그대로 퇴원했다. 한겨울에 정장을 입고 구두를 신고서.

엄마는 이모에게 산후조리와 내 양육을 부탁했다. 당시에는 여자가 결혼하거나 아이를 낳으면 자연스레 직장에서 정리되는 것이 관례와도 같았는데 엄마의 회사에서는 출산 후에도 회사에 계속 다닐 수 있는 선택권을 제공했기 때문이었다. 아빠 또한 엄마가 계속 일을 하길 원했다. 엄마는 내가 유치원에 들어갈 때까지만 회사에 다니기로 했고, 이모는 살림을 정리하고 우리집으로 들어왔다.

엄마와 아빠가 항상 바빴기 때문에 나는 어린 시절의 대부분을 이모와 함께 보냈다. 말도 이모에게서 배웠다. 내가 재밌다, 무섭다, 행복하다, 예쁘다, 나쁘다 같은 언어를 쓰기 시작하기 전에,

그런 관념을 형성한 바탕에는 이모의 세계관과 해석이 있었을 것이다. 나는 이모가 예쁘다고 말하는 것들의 특징을 내 안에서 관념적으로 구성했고, 이모가 나쁘다고 하는 것들의 특징 또한 그렇게 했다. 그리하여 내가 무섭고 싫고 밉다는 말을 하게 됐을 때, 그 말에는 이모의 삶을 통과한 세계관과 해석이 들어 있었다.

이모는 왜 그렇게 싫은 게 많아? 왜 다 못마땅하게 여기는 거야? 왜 그렇게 불평을 해? 좋은 면을 보는 게 그렇게 어려워? 이모가 감정적으로 인색한 사람이란 거 알아? 때로는 마음속으로, 때로는 이모 앞에서 소리 내어 그렇게 말했으면서도 때때로 나는 내 안에서 내가 그토록 견디기 힘들어했던 이모의 모습을 본다.

내가 중학교에 들어가기 전까지 우리는 김포공항과 가까운 동네에서 살았다. 우리집은 아파트 삼층이었는데 근처에 높은 건물이 없어서 창밖으로 비행기가 낮게 나는 모습을 볼 수 있었다. 엄마 아빠는 비행기 소음이 우리 동네의 가장 큰 문제라고 했다. 하지만 세상 모든 것에 사사건건 시비를 걸던 이모는 비행기 소음에 대해서만은 아무 말도 하지 않았다. 이모는 길을 걷거나 말을 하다가도 하늘 위로 커다란 비행기가 나타나면 하던 일을 멈추고 비행기를 바라봤다. 그럴 때면 나도 조용히 입을 다물고 가만히 있어야 했다. 비행기는 흰 배를 보이며 우리의 머리 위를 지나갔다. 어려서는 비행기가 보이면 두 손으로 얼굴을 가리고 쪼그려앉아 있었다. 잘못했다가는 비행기가 머리를 스치고 지나갈 것처럼 느껴져서였다. 어느 정도 자라서는 제자리에서 뛰면서 손을 뻗어보았다. 꼭 내 손으로 비행기를 잡을 수 있기라도 한 것처럼. 나는 비행기가 어디서 오는지, 어디로 가는지 상상했다. 비행기를 타고 있는 사람들을 동경했다.

어린 시절 나를 둘러싼 세계는 늘 모호했다. 어른들은 내게 뭔가를 감추고 있었고 나는 내가 알아서는 안 되는 일이 무엇인지 궁금했다. 나는 어른들의 대화에서 분명히 이중적인 의미를 지닌 말이나 감춰진 감정의 진동을 느끼면서도 그것의 정확한 의미를 알 수가 없었다.

이모를 제외한 우리 가족은 매해 명절과 묘사, 할머니 생신, 일가친척의 경조사 등으로 자주 아빠의 고향에 내려갔다. 기차역에 내려 버스로 읍내까지 간 뒤 그곳에서 또다시 버스를 탔다. 아침부터 부랴부랴 준비해도 도착하면 언제나 해가 져 있었다.

할머니는 큰아버지네 가족과 함께 살았고, 둘째아버지 부부도 그 근처에, 셋째아버지 부부도 읍내에 살았다. 넷째 아들인 아버지만이 고향을 떠나 대학에 갔고, 서울에 뿌리내린 것이다. 아버지는 형제들 중 유일하게 대학에 간 사람이었다. 그것도 서울대학교에. 아빠의 가족은 커다란 상에 같이 둘러앉아 밥을 먹으면서, 마당에 돗자리를 깔아놓고 술을 마시면서 아빠가 어릴 때 얼마나 영특했는지 얘기하기를 좋아했다. '서울대학교 아무나 가나'라고 누가 선창을 하면 '하모요, 난다 긴다 카는 아들도 못 들어가는 데 라 안 캅니까'라는 후렴이 이어지는 식이었다.

그들이 좋아하는 또다른 이야기는 아빠의 결혼에 관한 것이었 다. 아빠가 미스코리아 본선에도 진출한 지역 유지 딸과의 선 자 리도 마다하고 엄마를 택했다는 말이었다. 가족 전부가 반대했지 만 착하고 순진한 막내가 그런 선택을 했다는 이야기. 그 이야기 를 할 때 그들은 묘한 쾌감을 느끼는 것 같았다. 고작 열 살이 넘 은 나도 그들이 엄마를 그런 식으로 깔보고 있으며 엄마가 아빠보 다 못한 사람이라고, 그래서 자기들 성에 차지 않는다고 돌림노래 를 부르고 있음을 눈치챘다.

아빠의 형제들과 그들의 아내들은 모두 동향이었고 같은 말과 문화를 공유했다. '아유 우리 순둥이 도련님, 깐깐시런 서울 여자 랑 어찌 사노.' 나는 농담을 가장한 그런 말들과 '희진이 엄마가 걱정돼서 그렇지'로 시작되는 걱정을 빙자한 말들 속에서 엄마가 내게 끝끝내 숨기고자 했던 우리 가족의 진짜 문제들을 알아챌 수 밖에 없었다.

'막내여서 다행이지 맏며느리였음 어쩔 뻔했노.' '자꾸 아가 떨 어져서 우짜노. 아 밴 여자가 조심성이 없어가…… 여자란 항시 몸조심을 해야 하는 기야.' 엄마는 웬만한 말에는 별다른 표정 변 화가 없었지만 그런 말이 나오면 얼굴이 붉어지고 사람들과 제대 로 눈을 맞추지 못했다. 꼭 무슨 죄라도 지은 사람처럼.

그런 일이 반복되던 열두 살의 여름밤이었다.

그날은 아빠의 출장 날이었다. 아빠는 그즈음 출장을 자주 다녔는데 그런 날이면 우리는 밖에서 저녁을 먹었다. 아빠는 외식을 돈 낭비라고 생각했다. 집에서 편하게 먹을 수 있는데 왜 돈을 쓰느냐고 했기 때문에 우리 가족은 아주 특별한 날이 아니고서는 외식을 할 수 없었다. 아빠가 출장을 가고 나면 이모와 나는 버스를 타고서 엄마의 회사가 있는 을지로로 갔다.

엄마는 건물 밖에서 기다리고 있는 우리를 발견하고는 과장되게 손을 흔들며 뛰어오곤 했다. 그러고는 우리를 근방의 음식점으로 데리고 갔다. 이모의 만류에도 엄마는 빈속에 술을 고집했다. 중국집에서는 고량주를, 돈가스집에서는 맥주를, 동태찌개집에서는 소주를 마셨다. 우리는 배부르게 밥을 먹은 뒤 서점에 들러 책과 사람들을 구경했다. 집에 돌아와 씻고 나서는 각자의 방에서 요와 이불을 가지고 나와 거실에 나란히 누웠다. 그게 아빠가 출장을 갈 때면 반복되던 우리만의 일과였다.

그날 나는 소파 쪽을 바라보며 자고 있다가 중간에 잠에서 깨어났다. 모기향 타는 냄새가 났고 선풍기가 돌아가는 소리가 들렸다. 선풍기 바람이 거슬릴 정도로 더는 밤의 열기가 느껴지지 않는 늦여름 밤이었다. 며칠 전까지만 해도 요란하던 매미 소리도 들리지 않았다.

나는 눈을 감은 채로 엄마가 우는 소리를 들었다. 엄마는 애써 울음소리를 죽이면서 휴지에 조심스레 코를 풀고 있었다. 곧이어 누군가가 버튼을 눌러 선풍기를 껐다.

"희진이 아빠가 그런 일이 있을 때마다 시어머니한테 자꾸 전하니까……"

나는 잠에서 완전히 깨어났다.

"그 사람들한테 신경 끄고 네 몸이나 돌봐."

"내 몸? 아무도 그런 거에 신경 안 써. 희진이 아빠도."

엄마의 떨리는 목소리에 실린 분노가 그대로 내 마음에 전해졌다.

"그러니까 너라도 널 신경쓰라는 말이야."

그렇게 말하고 이모는 작은 목소리로 뭐라고 속삭였다. 심장이 빠르게 두근거렸다. 심장 소리 때문인지 이모의 다음 말을 제대로 들을 수가 없었다. 나는 더 집중해서 이모 쪽으로 귀를 기울였다.

"여섯 번?"

엄마의 목소리였다.

"마지막 유산은 위험했어. 또 이런 일이 생기면 그때는 내 목숨을 보장할 수 없을 거라고 의사가 말했지. 다시는 임신해서는 안 된다고. 하지만 남편은 개의치 않았어. 수술한 지 얼마 되지 않았는데 내게 와서는……"

이모는 말을 잇지 못했고 얼마 지나지 않아 엄마가 훌쩍이는 소리가 들렸다.

"나는 그런 식으로 죽고 싶지 않았다. 의사에게 찾아가서 다시는 아이를 가질 수 없게 해달라고 했지. 그 집에서 쫓겨날 건 알고 있었어⋯⋯"

한동안 엄마와 이모의 숨소리, 멀리서 오토바이가 지나가는 소리만이 들렸다.

"⋯⋯나는 언니가 살아 있어서 좋아."

"⋯⋯"

"언니더러 틀렸다는 사람들은 잊어."

"너도 잊어. 그따위 말들."

"응."

엄마와 이모의 대화 소리는 차츰 잦아들면서 깊은 숨소리로 바뀌었다. 퓨, 퓨우, 퓨, 퓨우. 그 소리가 너무 똑같아서 누구의 것인지 분간할 수 없었다. 나는 두 사람의 숨소리를 들으며 조금 전의 대화를 가만히 복기했다. 대화의 내용을 정확히 이해하지 못하는 것과는 별개로 나는 어른들의 역동하는 감정을 마주했다는 사실 자체에 압도되었다.

그다음날에도 변한 건 없었다. 이모와 엄마는 전날 아무 일도 없었던 것처럼 일상적인 대화를 나누며 평소와 똑같이 행동했다. 이모는 아침을 차려서 우리에게 밥을 먹였고 엄마는 출근하고 나는 수영장에 갔다.

나는 수영을 할 때면 늘 내가 느리게 나는 새라고 상상했다. 머리와 팔과 다리에 느껴지는 물이 축축한 공기라고 생각했다. 하지만 나는 그날 처음으로 그런 상상을 하지 못했다. 여러 번 코로 물을 마셨고 다리에 힘이 빠져 몇 번이고 뒤떨어지는 바람에 선생님에게 킥판으로 엉덩이를 맞았다. 코는 맵고 시렸고 한쪽 귀에는 물이 들어가서 빠지지 않았다. 한쪽 다리로 서서 뛰어봐도 소용이 없었다. 웅웅거리는 소리를 들으며 집으로 걸어가는데 눈물이 났다.

이모가 현관문을 열어주자마자 나는 이모의 품에 덥석 안겼다. 이모는 차마 나를 안지 못하고 엉거주춤 서 있다가 마치 작은 북을 울리듯 두 손으로 내 등을 조금씩 두드렸다. 나는 이모를 더 꽉 안았다. 그제야 이모도 내 등에 팔을 둘렀다. 아무것도 묻지 않은 채로. 그러자 내 체온으로 데워진 뜨거운 물이 한쪽 귀에서 흘러나왔다.

3

내가 중학교에 들어가면서 우리 가족은 비행기 소음이 없는 동네로 이사했다. 이십사 평짜리 집에서 삼십이 평짜리 집으로 이사하자, 어린 내 마음에는 우리 가족이 갑자기 부자가 된 것 같았다. 새로 살게 된 집은 지어진 지 얼마 되지 않은 새 아파트이기도 했다.

그 이사가 그 전해에 돌아가신 할아버지와 관련이 있다는 것을 나는 나중에야 알게 됐다. 일평생 딸들에게 인색했던 할아버지는 꽁꽁 숨겨뒀던 땅을 돌아가시면서 딸들에게 상속할 수밖에 없었다. 엄마와 이모는 땅을 판 돈을 나누어 가졌다. 엄마는 그때를 회상하면서 그때까지만 해도 수중에 노후 자금이 남아 있었다고 말하곤 했다. 때로는 차라리 땅을 받지 않았다면 모든 것이 수월했을지도 모른다고 푸념하기도 했다.

나는 중학생이 되고 독서실에 다니기 시작했다. 이모가 중학교 3학년 때 학교를 관둬야 했다는 말을 들은 것도 그즈음이었다. 엄마는 그 말을 하면서 내가 혹시나 실수할까봐 알려주는 거라며, 이모에게 결코 내색해서는 안 된다고 당부했다.

그리고 얼마 지나지 않아서였다. 독서실에서 돌아와 이모 방에 갔는데 이모가 책상에 앉아 있었다. 이사하면서 이모가 새로 산 책상이었다. 더 큰 평수로 이사했지만 이모의 방은 커다란 장롱과 행거, 5단짜리 서랍장, 책장에다 책상까지 들여 별로 넓어지지 않은 것 같았다. 가까이 다가가서 보니 이모는 스탠드를 켜놓고 수학 문제를 풀고 있었다. 내가 보고 있다는 걸 알면서도 이모는 계속해서 문제를 풀어나갔다.

"이모 뭐해?"

"공부."

그 말에 어떻게 대답해야 할지 알 수 없어서 나는 입을 다물었다. 이모가 중학교를 마치지 못했다는 사실을 알고 있다는 걸 들킬까봐, 그래서 이모를 괴롭게 할까봐 두려웠다. 이모는 돋보기를 쓴 눈으로 가만히 나를 올려다봤다.

"왜."

대수롭지 않은 척 묻는 이모의 귀가 붉었다.

"아니…… 그냥."

이모가 펜을 내려놓고 나를 바라봤다.

"내가 공부하는 게 이상해? 너, 짝다리."

나는 다리를 바로 했다. 이모는 내가 짝다리 짚는 걸 싫어했다.

"졸업도 할 거야."

그 말을 할 때 이모는 내 얼굴을 바라보지 않았다. 그때 이모는 예순을 앞두고 있었다.

이모는 검정고시 학원에 다니면서 나보다 더 일찍 중학교 과정을 마쳤다. 잠을 줄여가면서 밤마다 숙제를 했고 메모장을 만들어서 단어나 공식 같은 걸 적어두고 외웠다. 하지만 내게 뭔가를 물어본 적은 없었다. 내가 중학교 3학년을 마무리할 때쯤 이모는 고등학교 과정을 시작했다.

그해 겨울방학에 이모는 나를 남대문시장에 데려갔다. 평일 오후였는데도 시장은 사람들로 북적였다. 이모는 매대에 놓인 물건들을 특유의 냉정한 표정으로 바라봤다.

골목 구석구석을 돌아다니던 이모는 어느 건물에 다다라서 거침없이 지하로 내려갔다. 작은 가게들이 다닥다닥 붙어 있었고 가게마다 물건이 가득차 있었다. 나는 사람들과 어깨를 부딪치지 않으려고 애쓰며 걸었다. 군복 가게, 속옷 가게, 주방용품 가게 등을 지나서 이모는 한 가게 앞에 멈춰 섰다. 입구 주위로 물건이 쌓여 있어서 우리는 한 명씩 안으로 들어갔다. 그곳은 미제 과자 가게였다. 양철통과 종이 상자에 과자가 들어 있었고, 사탕과 젤리, 인스턴트커피 같은 것이 쌓여 있었다. 그 물건들 한가운데에 여든도 넘어 보이는 백발의 노인이 앉아 있었다. 노인은 인상을 쓰고 우리를 바라보더니 입을 열었다.

"커피 줄까."

"아뇨. 방금 마셨어요."

"밥은."

"먹었어요."

이모가 그렇게 말하고 노인 옆에 앉았고 나는 맞은편 플라스틱 의자에 앉았다. 노인이 서랍에서 종이컵 두 개를 꺼내더니 깡통에서 갈색 가루를 한 숟가락씩 떠서 넣었다. 베이지색 보온병의 동그란 뚜껑을 누르자 김과 함께 뜨거운 물이 나왔다. 노인은 티스푼으로 가루를 살살 저어서 나와 이모에게 건넸다. 핫초코였는데 스티로폼 같은 흰 알갱이가 둥둥 떠 있었다.

"그거 마시멜로야. 먹으면 돼."

이모의 말을 듣고 나는 천천히 핫초코를 마셨다. 뜨겁고 달고 진한 맛이 났다. 내가 지금껏 먹어본 핫초코 중에 가장 맛있었다. 노인은 나를 유심히 쳐다보더니 내가 컵을 비우자 매대 위의 과자 상자 하나를 뜯어서 내밀었다. 커다란 설탕 알갱이가 박힌 버터 과자였는데 한입 베어 물자 한 번도 먹어본 적 없는 진한 맛이 났다.

"그래서 넌 어떻게 사는데."

"잘 살죠."

"먹고살 돈은 좀 있나."

"그럼요. 넉넉하죠."

"얘는 누군데."

노인이 턱으로 나를 가리켰다.

"제 동생 숙경이 기억나시죠?"

이모는 그렇게 말하고 노인을 뚫어지게 바라봤다.

"걔 딸이에요. 똑똑해서 하나를 가르치면 열을 아는 애예요."

"그래?"

노인은 그렇게 말하고 이모에게 사탕을 건넸다. 이모는 사탕을 입에 넣고 아무 말도 하지 않았다. 이모에게 익숙한 곳 같았지만 편안해 보이지는 않았다. 나는 옆 가게에서 흘러나오는 라디오 소리와 사람들이 지나가는 소리를 들으며 가게에 걸린 간판을 확인했다. '레인보우 캔디'라는 상호가 적혀 있었다. 노인은 두리번거리면서 물건들을 둘러봤다. 우리에게 뭔가를 더 주고 싶어하는 눈치였다.

"갈게요."

이모가 자리에서 일어나자 노인이 손을 뻗어서 사탕과 초콜릿 같은 것들을 비닐봉지에 담았다.

"가져가."

"됐어요. 건강에 좋은 것도 아니고. 이만 썩지."

그러자 노인도 더는 권유하지 않았다.

"또 놀러와."

"계세요."

이모는 한 번도 돌아보지 않고 걷기 시작했다. 나는 이모가 그 가게에서 어떤 감정적인 동요를 느꼈음을 알았다. 우리는 아무런 말도 하지 않은 채 다시 일층으로 올라왔다. 이모가 잠깐 쉬었다 가자며 로맨스라는 이름의 커피숍으로 들어갔다. 이모는 내게 바나나주스를 시켜주고 자기는 생강차를 시켰다. 차가 나왔는데도 이모는 눈을 감고 소파에 기대 있었다. 잠깐 잠이 들었던 것도 같았다.

"아까 그 할머니 누구야?"

나는 눈을 감고 있는 이모를 바라보며 물었다.

"그 가게 주인."

"아니, 이모랑 무슨 사이냐고."

"내가 예전에 일하던 가게 사장이야."

그렇게 말하고 이모가 눈을 떴다.

"이모가 거기서 일했던 거야?"

"응. 예전엔 규모가 더 컸었어. 미군 부대에서 떼와서 대량으로 파는 것도 많았고."

"얼마나 일했어?"

"숙경이가 좀 크고 나서부터 나갔으니까…… 한 십오 년쯤. 정신없을 때였어. 장사가 워낙 잘되기도 했고."

이모가 그런 식으로나마 자신의 이야기를 한 건 처음이었다.

"얼마나 지독한 사람이었는지…… 그러면서도 내가 자기 덕에 먹고살았다고 생각하지. 내가 참 싫어했어, 그 사람."

이모는 천천히 말을 이었다. 노인이 화장실도 못 가게 해서 매번 오줌을 참다가 방광염에 걸렸던 일, 연속 근무를 하면서도 밥조차 제대로 먹지 못했던 일, 가게에 따라온 일곱 살짜리 엄마에게 노인이 싸구려 사탕 하나도 쥐여주지 않았던 일, 과자 상자에 얹은 엄마의 손을 먼지떨이로 탁 쳤던 일……

"그때야 다 그랬다지만…… 다 그랬던 건 아니야."

이모는 그렇게 말하고 씁쓸하게 웃었다. 이모는 자신이 부당한 대우를 받은 일에 대해서는 담담하게 말하다가도 엄마와 관련된 이야기를 할 때면 마치 그때로 돌아간 것처럼 괴로운 표정을 지었다. 이모는 남대문에 오면 그 가게에 가서 여전히 노인이 있는지 확인하는 것이 습관이 되었다고 했다. 자기도 그 이유를 모르겠다고, 나쁜 버릇 같은 거라고, 하지만 가게 안까지 들어간 건 오랜만이라고 했다. 이모는 그 이야기를 아이가 아니라 어른에게 하는 것처럼 내게 했다. 나를 꼭 자신과 같은 어른으로 대해주는 것 같았다.

"오늘은 왜 들어갔어?"

"널 자랑하고 싶었나보지."

이모는 그렇게 말하고 어깨를 으쓱 올렸다.

"날 뭘 자랑해."

그렇게 말하자 이모는 날 가만히 바라봤다. 나는 이모의 시선을 못 본 척 창밖으로 고개를 돌렸다. 흐린 하늘 아래로 오토바이들이 소리를 내며 질주하고 있었다.

그 겨울에 아빠는 이미 일 년간 일을 놓은 상태였다. 엄마는 퇴근하고도 쉬지 못했다. 이모와 함께 저녁상을 치우고 설거지를 하고 빨래를 했다. 엄마와 이모는 예전보다도 더 집안일에 힘을 쏟고 아빠의 눈치를 살폈다. '이런 때일수록 남자 자존심 상하게 하면 안 돼.' 엄마는 종종 그런 말을 하곤 했다.

지금 돌이켜 생각해보면 아빠를 향한 이모의 태도에는 언제나 존경심이 담겨 있었다. 아빠가 한 회사에 오래 다니지 못하고 실직과 구직을 반복하는 동안에도, 어느 순간 사업을 시작한 아빠가 그토록 많은 실패를 하고 엄마가 받은 유산마저 날린 후에도, 그리고 길고 긴 시간이 지난 후에도 이모는 아빠에 대한 존경심을 잃지 않았다. 그리고 그 존경심의 바탕에는 아빠가 서울대를 졸업한 사람이라는 사실이 있었다.

반면 이모를 대하는 아빠의 태도는 달랐다. 아빠는 기본적으로 자기보다 나이가 많은 사람들에게 깍듯했다. 고작 한두 살 많은 아저씨들에게도 형님, 선생님, 했고 그들의 아내들에게는 형수님, 사모님 하면서 정중히 대했다. 이모는 아빠보다 열일곱 살이 많았다. 하지만 이모를 대하는 아빠의 태도에는 늘 옅은 무시가 깔려 있었다.

그즈음 아빠와 함께 상가 앞을 지나가다 계단 청소를 하는 사람을 봤다. 이모 또래의 여성이었는데 허리를 구부린 채 솔로 계단을 하나하나 문질러 닦고 있었다.

"저건 건물주 문제야. 계단이 뭐라고 어르신이 일일이 닦게 하나……"

아빠는 혀를 차며 말했다. 집안에서는 숟가락 하나도 자기 손으로 챙기지 않으면서, 엄마나 이모가 집에 없으면 밥통에 밥이 있어도 상을 차리지 않으면서, 늘 누군가 닦아놓은 변기를 사용하면서 아빠는 그렇게 말했다. 쪼그리고 앉아 바닥을 걸레질하는 이모를 멀뚱히 바라보던 아빠의 얼굴이 떠올라서 나는 마음이 차가워졌다.

이모와 아빠는 친밀한 사이는 아니었지만 크게 불편한 사이도 아니었다. 하지만 언젠가부터 두 사람 사이에는 예전과는 다른 감정이 흘렀다. 말싸움을 하거나 대놓고 분위기가 적대적인 건 아니었지만 그들의 눈빛과 대화에서 나는 뭔가가 달라졌다는 걸 눈치챌 수밖에 없었다.

그날은 중간고사가 끝난 열여덟 살의 봄이었다. 일요일 저녁이었고 우리는 평상시처럼 별다른 말을 하지 않고 밥을 먹었다. 술을 즐기지도, 잘하지도 못했던 아빠가 그날따라 소주를 마시던 기억이 난다. 식사가 다 끝나갈 무렵 이모가 맞은편에 앉은 나를 보더니 입을 열었다.

"희진이 있는 데서 말하는 게 나을 것 같아."

"언니."

"이제는 내가 이 집을 나갈 때가 된 것 같아."

이모가 내게서 시선을 떼지 않은 채 말을 이었다.

"희진이 방학 시작할 즈음 이사할게."

"그게 무슨 말이야? 이모가 어딜 가."

이모가 무슨 말을 하려는데 아빠가 끼어들었다.

"그래요, 처형. 가세요. 언제까지고 이렇게 살 수는 없는 노릇이고."

아빠가 낮은 목소리로 말했다. 세 사람의 대화를 들으며 나는 어른들끼리 이미 이 문제에 대해 이야기해왔다는 걸 알아챌 수 있었다.

"언니, 그러지 말고 다시 생각해봐."

"충동적인 결심 아니야. 이게 우리 모두를 위한 일이라고 생각했어."

"우리 모두요?"

아빠가 이모에게 되물었다.

"처형이 그렇게 우리 모두를 생각하시는 분인 줄은 몰랐네요."

"여보."

아빠를 부르는 엄마의 목소리가 작게 떨렸다.

"저는요, 처형이 어려웠을 때 외면하지 않았습니다."

"그래서 내가 감사라도 해야 하는 건가? 날 거둬 먹여줬다고?"

"언니!"

"날 염치없는 사람 취급하지 말게."

"그런 적 없습니다. 처형은 그저……"

"당신, 이제 그만해요."

"처형은 그저 냉정한 사람일 뿐이지요. 하나뿐인 동생이 도와달라고 해도 뿌리칠 수 있는. 처형이 그때 조금만 도와줬더라면 우리가 이렇게 무너지지는 않았을 겁니다."

이모는 그대로 자리에서 일어나 방으로 들어갔다. 아빠는 두 손으로 머리를 감싸고 식탁에 기대어 앉았고 엄마는 물끄러미 벽 쪽을 바라봤다. 나는 그때까지 어른들이 싸우는 모습을 본 적이 거의 없었다. 게다가 이런 식으로 서로의 바닥을 보이며 싸우는 모습을 본 건 그날이 처음이었다. 나는 아무것도 묻지 못한 채로 설거짓거리를 싱크대로 가져간 뒤 자리를 치웠다. 엄마와 설거지를 마치고는 평소처럼 숙제를 했다. 어른들 사이의 긴장감이 너무 높아서 내가 끼어들 수 없다고 여겼던 것이다. 하지만 하룻밤 자고 일어나니 어쩐지 전날의 갈등이 일시적인 것일지도 모른다는 생각이 들었다. 이모는 어쩌면 자신을 잡아주기를 바라고 있을지도 모른다는 희망도. 나는 이모를 따라다니며 보채기 시작했다.

'이모 왜 그러는 거야.' '왜 계속 같이 살 수 없는 건데.' '이모 없이 나는 어떻게 살라고.' '어떻게 나한테 상의 한번 하지 않고 이럴 수 있어?'

그때의 나는 내가 이모에게 그런 말을 할 자격이 있다고 생각했다. 이모는 나를 설득하지도 달래지도 않았다. 하지만 이모가 떠나기 며칠 전, 물건들을 정리하는 이모에게 '이모는 내가 안중에도 없어?'라고 화를 냈을 때 이모는 어느 때보다도 차가운 표정으로 나를 보며 말했다.

"네가 아무리 말해도 달라지는 건 없어."

이모는 그렇게 말하고 계속해서 짐을 쌌다.

"속시원하겠네. 이제 조카 키우는 짐 덜어서."

아니야, 라는 대답을 듣고 싶어서 한 말이었다.

"그래. 이제 나도 좀 편하게 살려고."

이모가 나를 똑바로 보고서 말을 이었다.

"그러니까 시끄럽게 굴지 말고 네 방으로 가."

나가라는 손짓을 하며 이모가 말했다.

나는 방으로 돌아와 책상에 앉아 울면서 이모를 영원히 용서하지 않을 것이라고 다짐했다. 결코 이 일을 잊지 않을 것이다. 내가 죽을 때까지 지금 이 순간 이모에게 느끼는 증오심을 조금도 버리지 않고 간직할 것이다. 나는 나 자신에게 약속하고 또 약속했다. 이모가 죽어도 눈물 한 방울 흘리지 않을 것이다. 차라리 이모가 죽었으면 좋겠다. 저런 사람이라면, 저렇게 내 마음에 고통을 주는 사람이라면 세상에서 사라지는 편이 낫다.

요즈음 나는 거울에 비친 내 모습을 보며 종종 놀라곤 한다. 사십 년 동안 자주 사용한 얼굴 근육은 나를 이모와 비슷한 종류의 사람으로 보이게 한다. 얼굴이 말해주는 그대로, 나는 완고한 어른이 되었다.

4

엄마는 이모가 할아버지의 유산으로 성북구의 오래된 주택을 매입했다고 소식을 전했다. 그곳에 하숙을 쳐서 젊은 하숙생들이 세 명 정도 된다고 했다. 엄마는 이모가 아빠 사업에 돈을 보태지 않아 다행이라고 덧붙였다. 이모가 집도 있고 노년에 돈벌이도 할 수 있어서 다행스럽다고. 엄마는 이모가 우리와 떨어져 살고 싶어하는 그 마음도 존중해야 한다고 내게 말했다.

이모가 떠난 방에는 김치냉장고가 들어갔고, 담금주 병들과 청소기, 잡동사니들이 쌓이기 시작했다. 이모의 손이 닿지 않은 집 안은 더러워졌다. 곳곳에 뿌옇게 먼지가 앉았고 욕조에는 분홍색 물때가 꼈다. 아빠의 오줌 자국이 변기 커버에 그대로 말라붙어 있을 때도 있었다.

그즈음 엄마는 내게 핸드폰을 사줬다. 엄마는 야근하는 날이면 아빠 밥상을 차리라고 문자를 보냈다. 나는 엉성한 솜씨로나마 계란말이를 하고 엄마가 끓여놓은 국을 데우고 반찬을 꺼내서 밥상을 차렸다. 아빠는 밥을 먹는 내내 한마디도 하지 않았고 다 먹고 나서는 아무것도 치우지 않고 방으로 들어갔다. 그런 일들에 나는 점점 지쳐갔다.

나는 더는 돌봄을 받아야 할 존재도 아니었지만, 온전히 자기 힘으로 설 수 있는 능력도 없었다. 아무도, 나를 포함한 누구도 나를 좋아한다는 느낌을 받지 못했다. 지금과는 달라져야 한다고, 달라지고 싶다고 생각하면서도 어떻게 달라져야 하는지 알지 못했고, 무엇을 하든 어설프고 우스꽝스러울 거라는 확신만 들었다. 나는 일평생 이모의 짐이자 장애물이었다. 그런 생각을 하면 나도 모르게 눈물이 고였다.

이모는 어려서부터 내가 뭐든 할 수 있고 뭐든 될 수 있다고 말하곤 했다. 이모는 그 말을 과학적이고 객관적인 사실을 말하는 것처럼 얘기했다. 그 말이 얼마나 큰 부담으로 다가왔는지 이모는 끝까지 알지 못했을 것이다. 이모가 내게서 봤던 무한한 가능성이라는 것이 내게는 무엇보다도 큰 공포였다는 사실을. 이모는 종종 '내가 너라면……'이라고 말을 꺼내고는 끝까지 잇지 못했다. 그 목소리에는 옅은 분노와 함께 어떤 질투가 담겨 있었다.

이모가 떠나고 일 년도 지나지 않아 우리는 십삼 평짜리 아파트로 이사했다. 삼십이 평짜리 아파트를 팔아서 메워야 할 구멍이 생긴 것이다. 이모 방에 있던 커다란 장롱은 우리의 새집으로 들어오지 못했다. 내 침대도, 김치냉장고도, 거실 소파도, 마호가니 식탁도 모두 마찬가지였다. 나는 현관 앞 작은 방을 썼고, 엄마와 아빠는 거실과 현관 복도 사이의 미닫이문을 닫아 거실을 방처럼 사용했다. 엄마의 인내심이 무너져내린 시점도 그때였던 것 같다. 엄마와 아빠는 그 무렵부터 제대로 된 대화를 하지 않았고 아빠는 자주 집을 비웠다. 나는 엄마와 아빠가 차라리 헤어지기를 바랐지만 두 사람은 이혼을 상상하지 못했다. 그렇다면 내가 떠나야 한다는 생각이 들었다.

그즈음 공군사관학교에 관한 정보를 들었다. 어려서부터 하늘을 나는 것들을 동경했고 가슴이 답답할 때는 새가 되어 날아다니는 상상을 하기도 했지만, 무엇보다도 그때의 나에게는 등록금도 필요 없고 품위 유지비까지 나온다는 말이 유일한 희망으로 다가

왔다. 나는 안정과 독립에 대한 갈급함으로 입시에 매진했다. 고통스러울 정도로 나를 몰아세우자 놀랍게도 나를 아프게 하는 생각의 소리가 점점 줄어들었다. 그건 가학적으로 귀를 막으면서 진짜 문제들을 뒤로 미루는 방식이었지만, 당시의 나는 내가 꽤 잘해내고 있다고 믿었다.

사관학교 입시를 준비하면서 나는 노트에 결심을 적어놓았다.

사관생도가 될 것. 군인이 될 것.

누구에게도 약한 모습을 보이지 않을 것. 나의 나약함과 싸워 이길 것.

절제할 것. 사람에게 기대거나 기대하지 않을 것. 자신에게 누구보다도 엄격할 것.

사관학교에 들어간 후, 나는 '사관생도가 될 것'이라고 쓴 문장에 줄을 그었다. 그리고 다른 문장들은 그대로 남겨두고 아침마다 속으로 되뇌었다.

집을 벗어나고 싶어서, 등록금과 생활비를 걱정하고 싶지 않아서 그런 선택을 했다고 나는 오래 믿어왔다. 하지만 시간이 지나면서 그 선택에 그런 이유만으로는 설명할 수 없는 부분이 있다는 느낌을 받았다. 생도 시절의 나는 그저 과정을 통과하기 위해서만 훈련을 받지 않았다. 내 수준에서 해낼 수 있는 최고의 결과보다 더 뛰어난 결과를 스스로에게 요구했다. 몸은 힘들었지만 정신력으로 몸과 행동을 통제할 수 있다는 기분이 좋았다. 더 나은 존재가 되어간다는 고양감에는 중독성이 있었다.

훈련을 두려워하고 힘겨워하는 동기들의 모습이 거슬리기도 했다. 나는 아무데서나 눈물을 보이고 하소연하는 동기들을 멀리했다. 그런 나약함이 꼭 내게 전염될 것 같아서 두려웠다. 나는 경제적으로나 감정적으로나 누구에게도 결코 아쉬운 소리를 하지 않고 완전히 독립해야 했으며 내가 선택한 일에 대해서는 백 퍼센트 책임을 질 수 있는 어른이 되어야 했다. 그래야만 겨우 나를 미워하지 않을 수 있을 것 같았다.

"군인은 너 같은 애들이 되는 건가봐."

1학년을 마치고 자퇴를 결정한 동기가 방을 빼며 말했다. 나 같은 애들. 나는 설명을 요구하지 않았지만 그애는 말을 이었다.

"너도 감정이라는 게 있어? 성공하겠지, 넌. 그래도 난 너처럼 살고 싶진 않아."

"그래."

나는 그렇게 답하고 자리를 떴다. 나처럼 살고 싶지 않다고? 멋대로 나를 판단했다고 분노하면서도 나는 그애의 말에 마음을 다쳤다. 그 말에 동의했기 때문이다.

엄마는 내가 의젓하게 내 길을 찾아가서 기쁘다고 했다. 내가 반항 한번 하지 않고 유순하게 사춘기를 넘겼다면서 다시없을 효녀라고 했다. 그런 인정을 받으면 기쁠 거라고 상상했던 적도 있었지만 정작 그 말을 들었을 때는 그저 공허하기만 했다. 내가 다른 모습이었다면, 대학에 합격하지 못했거나 큰 실패를 했다면 엄마가 실망했으리라는 걸 알았으니까. 나는 간신히 그 실망을 비켜간 것이다.

돌아보면 그 시절 내가 가장 두려워했던 건 나의 공포와 분노를 마주하는 일이었다. 그러지 않기 위해 나는 쉽게 겁내지 않고, 사소한 일에는 동요하지 않는 모습을 연출했다.

이모와 만나지 않고 지냈던 그 시절에 나는 자주 이모를 떠올렸다. 처음으로 비행기를 조종한 날, 높은 고도의 비행에 성공한 날, 근무지 부대로 이사를 간 날, 깊은 잠에서 문득 깨어나는 순간들마다 나는 이모의 시선으로 나를 바라봤다. '이모, 이 정도면 만족해?' 세수한 뒤 수건으로 얼굴의 물기를 닦고 거울을 보면 그곳에 이모와 닮은 내가 나를 바라보고 있었다.

5

스물다섯, 공군 소위로 임관한 지 이 년 차가 되었을 때 나는 애써 조정해놓은 마음의 균형을 잃어가고 있었다. 자주 악몽을 꿨고 사소한 일에도 짜증이 났다. 일을 마치고 돌아오면 아무것도 할 수가 없었다. 내가 납득할 수 있는 특별한 이유가 없었기에 더 괴로웠다. 지금에 와서 생각해보면 당시의 나는 정신적으로 완전히 고갈되어 있었던 것 같다. 자다 깨다를 반복했고 신경이 극도로 예민해져서 누군가 실수로 어깨를 치고 가도 참을 수 없는 분노가 일었다. 그 시기에 이모를 다시 만났다.

이모를 보지 못한 칠 년 동안 나는 이모를 향한 그리움을 조금씩 지워갔다. 이모를 다시 볼 수 없을지도 모른다고도 생각했다. 영문도 모르는 채로 그저 받아들여야 하는 삶의 몇몇 사건들처럼. 그건 가슴 아픈 체념이었다. 그래서 이모가 나를 찾아오겠다고 전화했을 때 나는 반가움보다는 그렇게 일방적으로 나를 대하는 이모에 대한 미움을 먼저 느낄 수밖에 없었다.

이모를 만나기로 한 날 한파주의보가 내렸다. 운전해서 터미널에 마중을 가는데 차가 흔들릴 정도로 강풍이 불어왔고, 창밖으로 보이는 호수는 얼어붙어 있었다. 날씨 때문이었는지 이모가 탄 시외버스는 삼십 분을 연착했다. 이모는 다른 승객들이 모두 내린 후에 마지막으로 버스에서 내렸다.

이모는 겨울마다 입던 회색 헤링본 코트를 입고 있었다. 옷이 조금 커 보였는데 몸집이 작아져서 그런 것 같았다. 이모는 내 기억보다도 더 작아 보였다. 그렇게 작은 노인이 한파주의보가 내린 날씨에 얇고 낡은 코트를 입고 있는 모습이 비현실적으로 느껴졌다. 이모와 가까워질수록 이모에 대한 그리움이 다시 일었다. 나는 내색하지 않고 이모에게 다가가서 손을 내밀었다. 이모는 내 손을 마주잡았다가 곧 놓았다. 따뜻한 버스에서 나왔는데도 이모의 손은 밖에 있던 나보다 더 차가웠다.

"오느라 고생 많았어. 차로 가자."

나는 그렇게 말하고 이모의 코트를 잡아끌었다. 이모는 별말 없이 나를 따라와 차에 올라탔다. 나는 히터를 켜고 뒷자리에서 담요를 가져와 이모의 무릎 위에 덮어줬다. 그러는 동안 이모는 천천히 차 내부를 둘러보고 있었다.

"하필이면 오늘이 올해 들어서 가장 추운 날이래."

"추워야 겨울이지."

이모가 그렇게 답하고 마른기침을 했다. 나는 조수석 서랍에서 핫팩 두 개를 꺼내 이모에게 건넸다. 이모는 아무 말 없이 핫팩을 받아서 두 손에 꼭 쥐었다. 이모는 나를 똑바로 바라보지 않았다. 자세히 뜯어보지 않아도 이모의 얼굴에는 칠 년이라는 시간이 지나간 흔적이 선명했다.

차는 천천히 터미널을 빠져나갔다. 이모는 고개를 돌려 창밖을 바라봤다. 내가 라디오를 틀자 이모는 시끄럽다면서 꺼달라고 했다. 다시 침묵이 흘렀다. 얼마 안 돼 우리는 변덕스러운 날씨와 물가, 내가 사는 P시에 대한 피상적인 대화를 나누며 팥칼국숫집으로 향했다. 그런 잡담을 나누면서도 대화가 계속 어긋난다는 느낌이 들었다.

우리는 호수가 보이는 자리에 앉았다. 가까운 테이블에 젊은 남자 넷이 앉아서 파전에 소주를 마시고 있었다. 오후 한시밖에 되지 않았는데도 빈 소주병이 가득했고 모두 기분이 좋은지 목소리가 컸다. 이모는 인상을 쓰며 그쪽을 바라보다가 입술을 깨물었다. 우리는 별다른 말 없이 창밖을 바라봤다. 얼어붙은 호수와 바람이 불 때마다 요란하게 흔들리는 빈 나뭇가지들을.

팥칼국수가 나오자 이모는 숟가락으로 국물을 휘휘 젓더니 국물이 너무 묽다고 소리 내어 불평했다. 나는 대꾸하지 않은 채 국수를 먹었다. 이모의 불평과 다르게 국물은 적당히 되직했고 면도 쫄깃했다. 그 지역에서 가장 유명한 팥칼국숫집이었으니까. 하지만 얼마 먹지 않았는데도 더 들어가지 않아서 나는 젓가락을 내려놨다. 웃풍이 불어서 발이 시렸다.

"그렇게 안 먹고서 기운이 나냐."

"아침 많이 먹어서 그래."

"넌 거짓말을 참 어설프게 해. 왜 그런데?"

나는 조금 망설이다가 사실을 털어놓았다.

"요즘 잠을 잘 못 자서……"

"별것도 아닌 거야."

이모는 내 말이 끝나기도 전에 그렇게 답했다. 내 얼굴을 쳐다보지도 않은 채로. 자신이 듣기 싫은 말을 들을 때 이모는 항상 그런 식으로 굴었다. 그걸 잘 알았으면서 나는 뭘 기대했던 걸까. 한 번쯤은 내가 던진 공을 받아주기를 바랐던 걸까. 그럴수록 이모는 공을 더 세게 쳐내고 난 그 공에 맞을 텐데도. 이모가 어떤 사람인지는 잘 안다고 생각했다. 하지만……

"맞아. 별것도 아닌 거야. 근데 이모, 그 말은 나만 할 수 있는 거야."

이모는 창밖으로 고개를 돌렸다. 내가 꼭 그 자리에 존재하지 않는 것처럼. 그 모습을 보고 있자니 묵은 상처들이 고개를 들었다. 그런 순간의 감정을 나는 잊고 있었다. 좋은 것만 기억하려고 하면서, 내가 이모와 비슷한 환경에 놓였다면 이모보다 더 나은 인간이 되지 못했을 거라고 이모를 이해하려고 하면서. 그것이 이모에 대한 나의 사랑이라고 생각했다. 하지만 이모는 가장 기본적인 수준의 공감조차도 하지 않으려 했다. 최소한의 노력조차 하지 않았다. 나는 다시 냉정한 이모 앞에 선 일곱 살짜리 아이가 된 것 같았다. 분노인지 슬픔인지 알 수 없는 뜨거운 감정이 목을 타고 올라왔다.

"넌 여전하구나."

이모가 그렇게 말하고 한숨을 쉬었다.

"내가 뭘."

이모는 다시 창밖으로 고개를 돌렸다.

그런 이모를 보며 나는 재빨리 마음을 닫았다. 아무것도 느낄 수 없도록 마음을 닫는 일이 내 주특기였으니까. 우리는 시시한 이야기를 나누다가 자리에서 일어났다. 계산하겠다는 이모를 만류하고 밖으로 나오는데, 이모는 서울도 아니면서 무슨 팥칼국수가격이 이렇게 비싼지 모르겠다고 쓴소리를 했다. 익숙한 이모의 모습이었지만 그날따라 견딜 수 없었다.

우리는 찻집으로 이동해서 데면데면하게 앉아 있었다. 망설이다가 그동안 어떻게 지냈는지 묻자 이모는 자기 집에 사는 하숙생들을 얘기하며 칭찬했다. 그리고 얼마 안 돼 동네 사람들이 무식하다고 냉소적으로 말했다. 슈퍼 앞에서 시간을 보내면서 술이나 마시고, 기본 상식을 모르는 걸 부끄러워하지도 않는다고 했다. 나는 별다른 대답 없이 이모의 말을 들으면서 익숙한 거부감을 느꼈다. 그런 이모는 얼마나 유식하고 얼마나 잘났는데? 그러고는 이모에게 그런 마음을 품었다는 사실에 곧바로 죄책감을 느꼈다.

터미널로 돌아가는 길에는 강풍이 더 심하게 몰아쳤다. 차가 흔들리자 이모는 작게 한숨을 쉬었다. 시내에 가까워졌을 때 이모가 침묵을 깨고 입을 열었다.

"비행기 어디까지 몰아봤는지 궁금하네."

"알래스카."

"거기가 어딘데."

"미국."

"미국……"

이모는 작은 목소리로 내 말을 따라 하더니 한동안 말이 없었다. 얼마 지나지 않아 풍절음이 잦아들자 이모는 다시 입을 열었다.

"처음에 네가 군인 된다고 들었을 때 중간에 관둘 줄 알았다.

네가 마음이 여리잖아."

"아무도 그렇게 생각 안 해."

"너 어릴 땐 네 마음 여린 게 그렇게 불안해서 고치려고 했어."

"그럼 성공했네. 나, 마음이 돌이 됐거든."

예보에 없던 눈이 내리기 시작해서 나는 와이퍼를 켜고 속도를 줄였다.

"오늘 널 보니까 알겠더라. 천성은 고칠 수가 없는 거야. 그런데도 잘 살 수 있는 거야. 아무나 비행기 모나. 그것도 미국까지. 대단한 일이지."

이모가 용기를 내서 말하고 있다는 걸 나는 알았다. 이모는 칭찬하는 법을 몰랐으니까. 이모가 남들 앞에서 나를 자랑한 적은 있지만 내게 직접 칭찬을 해준 적은 거의 없었다. 엄마나 아빠가 사람들 앞에서 겸손의 표시로 나를 깎아내릴 때면 이모는 필사적으로 내 장점을 이야기하곤 했다. 그래서 나는 이모의 마음을 알았다. 이모가 사실은 나를 자랑스러워하고 대견해한다는 걸. 직접적인 칭찬을 하지 않는다고 해도 전해지는 마음이라고 생각했다. 하지만 막상 이모가 그렇게 말하자 목이 메었다.

눈발이 점점 더 거세져서 터미널에 도착할 즈음에는 눈앞이 온통 하얬다. 주차하고 차에서 장우산을 꺼내 이모와 함께 썼다. 우산 안에 나란히 붙어 있으니 이모가 얼마나 작은 사람인지 느껴졌다. 차시간이 되었을 때 나는 이모에게 우산을 건넸다.

"가져가."

노란 바탕에 흰 물방울무늬가 그려진 우산이었다.

"우산이 참 요란도 하다."

이모는 그렇게 말하면서도 우산을 받았다.

"그리고 밤에 검은 우산은 쓰지 마, 이모. 보이지 않아서 차에
치일 수 있어."

"걱정도 쎘다."

"제발 따뜻하게 입고 다니고."

이모는 고개를 끄덕이고 내게 한 손을 내밀었다. 이모의 손은
여전히 차가웠다. 나는 이모가 버스에 올라타는 모습을 확인하고
는 뒤돌아보지 않고 터미널 밖으로 나왔다. 주차장으로 걸어가는
동안 눈발이 점점 더 거세졌다. 커다란 눈송이가 쏟아져 내려서
시야가 온통 환했다. '이모.' 나는 마음속으로 이모를 불러보았다.
이모는 내가 자신과는 전혀 다른 사람이라고 말했지만 그날 나는
이모의 얼굴에서 나의 모습을 봤다. 까다롭고 기준이 높은, 그래
서 쉽게 만족하지 못하고 웃음에 인색한 얼굴을.

이모의 얼굴을 보면서 나는 성인이 된 이후로 느꼈던 내 마음
을 선선히 인정했다. 내가 거듭해서 이모와 비슷한 표정을 짓고,
결국 비슷한 주름을 얼굴에 새기면서 싫어하는 것들의 목록만 늘
려가는 인간이 될까봐. 자기 상처에 매몰되어 다른 사람의 상처
는 무시하고 별것도 아니라고 얕잡아 보는 편협하고 어두운 인간

이 될까봐 겁이 났다는 사실을. 하지만 나는 이미 그런 사람이 되어가고 있었다. 이마에 떨어진 차가운 눈송이가 곧 물방울이 되어 뺨을 타고 흘러내렸다.

6

이모는 일흔아홉에 뇌졸중을 앓았다. 몸을 움직이고 생활하는 데는 큰 무리가 없었지만, 머릿속의 생각을 말로 표현하기 어려워했다. 마지막 오 년 동안 이모는 말을 아주 느리게 하는 사람이 되었다. 엄마는 이모가 쓰러진 직후에 이모의 집으로 들어갔다. 그때가 엄마 아빠의 공식적인 별거가 시작된 시점이었다. 엄마는 통화할 때마다 이모를 바꿔줬고 이모는 늘 비슷한 말을 했다. 희진아. 그렇게 부르고 뜸을 들이다가 끊어 읽듯 말을 이었다. 밥, 잘먹어라. 희진아. 거, 비행기, 조심해라.

칠 년 만에 다시 만난 이후로 우리는 일 년에 한두 번은 얼굴을 보고 지냈고 엄마가 이모네 집에 들어간 이후로는 그전보다 자주 보게 됐다. 그 십오 년 동안 나는 이모에 대해서 조금씩 알아갔다.

일평생 그토록 개를 싫어하던 이모는 예순일곱에 군밤이라는 이름의 개를 키우기 시작했다. 언젠가 이모와 군밤이와 같이 산책을 하기도 했는데, 나는 이모가 누군가를 그토록 다정하게 대하는 모습을 처음으로 봤다. 이모는 어려서 아버지가 장터에서 강아지를 사와 키운 뒤 다 자라면 개장수에게 파는 일을 반복했다고 덤덤하게 말했다. 그래서 개가 싫었다고, 꼴도 보기 싫었다고. 비가 오는 날 대문이 열린 집마당으로 들어와 떨고 있던 군밤이를 봤을 때도 무척이나 화가 났지만 하숙생들의 부탁으로 며칠만 데리고 있기로 한 거였다. 그것이 시작이었다. 이모는 군밤이와 십이 년을 함께했고 군밤이가 죽었을 때는 처음으로 내 앞에서 눈물을 보였다.

이모가 난생처음 비행기를 탄 것도 군밤이를 키우고 몇 년이 지났을 무렵이었다. 이모는 검정고시 학원에서 사귄 친구들과 함께 일흔세 살에 후쿠오카로 패키지여행을 갔다. 그 여행을 계기로 이모는 캄보디아와 이탈리아 등 여러 나라로 여행을 떠났다. 이모의 마지막 여행지는 미국이었다. 이모는 LA를 거쳐 그랜드캐니언으로 갔다. 사진 속에서 이모는 활짝 웃고 있는 다른 여행객들과 함께 대협곡 위에 서서 혼자 인상을 쓰고 있었다.

이모는 칭찬받는 걸 어색해했다. 언젠가 '이모는 취향이 좋잖아'라고 말하자 이모는 내 눈길을 피하며 부끄러워했다. '그거 알아, 이모? 난 이모가 죽기를 바랐던 적도 있었어.' 그런 말에는 눈 하나 까딱하지 않던 이모였다. 이모는 칭찬을 들을 때면 매번 쥐구멍을 찾는 표정을 지었다.

노년에 조금은 편안해진 듯 보였던 이모는 뇌졸중을 앓은 이후로 더 괴팍해졌다. 데이케어 센터에서 다른 노인과 사소한 시비 끝에 몸싸움을 할 정도였다. 먼저 싸움을 건 쪽은 이모였지만 상대 노인에게 일방적으로 맞다가 사람들이 말리러 오고서야 끝났다고 했다. 이모는 쇠약해지고 거칠어지면서 동시에 종종 아이처럼 해맑아지곤 했다. 누군가 오래 쳐두었던 암막 커튼을 걷은 것처럼 냉담하던 이모의 얼굴에서 환한 웃음이 새어나오기 시작한 것이다. 틀니를 빼놓고 웃을 때면 아직 치아가 나지 않은 갓난쟁이처럼 보였다.

이모는 텔레비전을 보면서 아이처럼 웃다가도 싫어하는 사람들이 나오면 리모컨으로 채널을 돌리면서 노여워했다. 멍하니 드라마를 보고 있는 이모에게 무슨 내용인지 물으면 '몰라' 하고 빙긋 웃었다. 집에 찾아가면 나를 보고 놀라고 반가운 듯 환히 웃으며 한 손을 내밀었다. 이모의 손은 크고 딱딱하고 차가웠다. 내가 곁에 가서 앉으면 손을 놓지 않고 가만히 나를 바라보았다.

휴가를 내고 이모네 집에서 며칠 지낸 적이 있었다. 그때 나는 십 년 차 조종사였는데 그해 봄에 동기 한 명이 이르게 세상을 떠났다. 누구에게나 일어날 수 있는 일이라는 걸 알면서도 끝없이 부당하다고 생각했던 건, 한 번도 표현하지는 않았지만 내가 그 사람을 오래 좋아했기 때문이었다.

방화문을 닫듯이 마음을 닫아버리면 나는 언제나 내 마음의 불길로부터 안전했다. 하지만 그해 봄에는 그 문이 더는 내 힘으로 닫히지 않았다. 슬프다거나 괴롭다는 감정보다도 내 마음 하나 제대로 조종하지 못하는 나 자신에 대한 분노가 먼저 일었다. 처음에는 눈물조차 나지 않았으니까. 책을 읽고 산책하고 샤워하고 음악을 듣고 운전하고 수영하고 일에 몰두하고 심호흡을 하고 일기를 써도, 그렇게 내 마음을 '정상화'할 수 있는 모든 버튼을 누르고 조종간을 건드려도 달라지는 것은 없었다. 마침내 내가 속수무책이라는 사실을 받아들이자 마음은 한밤중에 전소한 헛간처럼 무너져내렸다. 대가를 치르는 거라고, 그럴 만하다고, 고개를 떨어뜨린 채 나는 그렇게 믿었다.

이모의 집은 길가에 있어서 한밤중이면 자동차와 오토바이가 지나가는 소리가 들렸다. 곁에 누운 엄마가 큰 소리로 코까지 골기 시작해서 나는 이불과 베개를 가지고 거실로 갔다. 가로등 불빛이 거실에 그대로 내려와서 밤인데도 시야가 환했고 창틈으로 찬바람이 새어들어왔다. 나는 모로 누워서 눈을 감은 채 눈물을 참고 있었다. 얼마나 그러고 있었을까. 문이 열리는 소리가 났다.

"추워. 거, 바람."

눈을 떠보니 잠옷 바람에 패딩 조끼를 입은 이모가 구부정하게 서서 나를 바라보고 있었다. 나는 베개를 챙겨서 이모의 방으로 따라 들어갔다. 이모는 손바닥으로 서랍장을 짚고 다시 바닥을 짚으면서 천천히 이불 속으로 들어갔다. 그러더니 이불을 들어올리고 나를 바라봤다. 나는 그 안으로 들어갔다. 이불 안은 이모의 체온으로 따뜻하게 데워져 있었다. '요즘에는 이렇게 좋은 목화솜이 없지.' 겨울 이불을 꺼낼 때마다 그런 말을 하던 이모의 얼굴이 떠올랐다. 어린 내게는 그저 무겁게만 느껴지던 이불이었다. 우리는 서로 마주본 채로, 그리고 멀찍이 떨어져서 이불 안에 누워 있었다. 이모의 솜이불은 어른이 된 내게도 여전히 무거웠다.

아픈 뒤로 이모는 염색하지 않은 흰 머리칼을 짧게 깎아 유지했다. 눈꺼풀이 내려와서 원래도 작은 눈이 더 작아 보였다. 인중이 길어지고 입꼬리가 아래로 내려갔다. 노화의 일반적인 특징일 텐데 마치 이모의 고유한 개성을 빼앗긴 것처럼 느껴졌다. 이모가 이런 노인이 될 줄은 몰랐는데. 예전의 기세로 봐서는 여든이 넘어서도 젊은이처럼 기운이 넘칠 것 같았는데.

"언제 이렇게 늙었어?"

내 말에 이모는 활짝 웃었다.

"진짜 웃겨."

그렇게 말하는데 목이 메었다. 이모가 그런 내 감정을 알아차릴까봐 두려워서 나는 눈을 감았다. 마음을 진정시키고 다시 눈을 뜨니 어둠 속에서 이모가 나를 가만히 바라보고 있었다.

"희진이."

이모가 작게 내 이름을 불렀다.

"우리, 희진이."

이모는 그렇게 말하고 눈을 비볐다.

"추워."

"춥다고?"

"너가, 추워."

"하나도 안 추워."

그러자 이모는 천천히 내 곁으로 와서 손바닥으로 내 등을 두드렸다. 나는 울지 않으려고 안간힘을 썼다. 세상에 단 한 명, 약한 모습을 보이지 않아야 할 사람이 있다면 그건 언제나 이모였으니까. 그건 내 자존심이자 이모에 대한 예의이기도 했다. 얼마 지나지 않아 이모는 고르게 숨을 내쉬면서 잠이 들었다.

이모가 떠난 새벽에 나는 갑자기 잠에서 깨어났다. 창밖은 여전히 어두웠고 강풍이 부는 소리가 요란했다. 시간은 세시 오십분이었다. 나는 잠에서 완전히 깨어나 침대 위에 우두커니 앉아 있었다. 얼마 지나지 않아 전화가 울렸다. 누구에게서 온 전화인지, 어떤 용건인지 나는 전화를 받지 않고도 알 수 있었다.

이모의 영정 사진은 십 년도 더 전에 찍은 것처럼 보였다. 이모는 그 사진 속에서도 고집스럽게 얇고 낡은 그 겨울 코트를 입고 건조한 표정으로 카메라를 쳐다보고 있었다. '뭐하러 여기까지 왔어?' 사진 속의 이모가 나를 보며 그렇게 말하는 것 같았다. '우리가 정말 다르다고 생각해, 이모?' 이모는 내가 어린 탓에 함부로 대우받고 상처받을까봐 두려워했다. 그게 어떤 기분인지 이모 자신이 누구보다도 더 잘 알고 있었으니까. 그래서 이모는 자기 자신을 대하듯 나를 대했을 것이다. 나는 이모의 사진 앞에서 두 번 절을 했다. 눈물은 나오지 않았다.

발인이 끝나고 이모의 집에 찾아갔다. 방문을 열자 창문 아래 책상과 책장 하나가 보였다. 책상 위에는 돋보기를 넣어둔 안경집과『금강경』과 함께 표면이 마른 귤 반쪽과 플러스펜 한 자루, 그리고 '조선간장 하나, 얼갈이 한 단, 설탕 일 키로'라고 큼지막하게 쓴 종이가 놓여 있었다. 넓은 소쿠리에 귤껍질을 널어놓아서 온 방에 귤 냄새가 은은히 풍겼다. 나는 이모의 이불과 요를 개켜서 책상 옆에 놓고 그 위에 한참 앉아 있었다. 옷걸이에 덩그러니 걸려 있는 이모의 겨울 코트가 보였다.

코트는 두께가 얇아져 있었고 체크무늬의 안감 또한 군데군데 해져 있었다. 나는 코트를 접어서 종이가방에 넣고, 그 옆에 걸린 이모의 목도리도 같이 챙겼다. 검은색 터틀넥 스웨터와 패딩 조끼, 크림색 라운드 넥 스웨터를 하나하나 손으로 만져봤다. 하나같이 낡은 옷이었다. 후드가 달린 자주색 패딩 코트는 이모가 쇠약해진 후에 엄마가 사준 옷이었다. 이모는 그런 흉한 옷을 입어야 하는 자신의 처지를 한탄하곤 했다.

이모의 방에는 옷장이 없었다. 행거에 걸린 겉옷 몇 벌, 3단짜리 원목 서랍장에 들어 있는 옷과 속옷, 잠옷 몇 벌이 전부였다.

우리와 같이 살 때 이모의 방에 있던 커다란 장롱이 떠올랐다. 그 안에는 온 식구들의 옷과 사철 이불이 들어 있었다. 정작 자신에게는 필요도 없는 커다란 농짝을 곁에 두고 그 작은 방에서 이모는 무슨 생각을 했을까. 하지만 이모는 한 번도 그 장롱에 대해, 자신의 작은 방에 대해, 나를 키우고 살림을 해야 하는 처지에 대해 싫은 내색을 하지 않았다. 그것이 이모가 품위를 지키는 방식이었을 것이다.

이모를 은근히 무시하고 하대하는 아빠의 모습에 분노하면서도 나는, 내 마음의 어떤 부분은 언제나 이모를 나보다 낮은 곳에 있는 사람으로 취급했다. 가진 것도 없으면서, 내세울 것도 없으면서 뭐라도 되는 것처럼 다른 사람들을 평가하고 자신이 더 나은 사람인 것처럼 군다고 삐딱하게 바라봤다. 그러면서도 나는 이모를 그런 식으로 취급하는 내 모습을 부정했다. 그런 사람이 되고 싶지는 않았으니까. 하지만 이모의 몇 벌 되지 않는 옷가지들을 만지면서 나는 그것 또한 나의 모습임을 인정했다. 그러한 판단이 이모라는 사람의 진실과는 무관하다는 사실도.

엄마에게 이모는 책임감이 강하고 엄격한 언니였고 아빠에게 이모는 어려움을 겪는 가족을 도와주지 않는 냉정한 사람이었다. 데이케어 센터의 복지사는 이모가 평상시에는 조용하다가 한 번씩 화를 내는 충동적인 성격의 노인이라고 말했다. 그 모든 평가와 판단을 모두 모은다고 해도 그것이 이모라는 사람의 진실에 가닿을 수는 없을 것이다.

나는 부대로 돌아와 이모의 코트와 목도리를 소각장에 넣고 휘발유를 부었다. 검은 연기가 치솟는 동안 나는 내가 그곳에서 소리 없이 울도록 내버려두었다.

언젠가 이모에게 왜 나를 데리고 옛 일터에 갔었는지 물었다. 그러자 이모는 뜬금없이 내가 웃고 싶지 않을 때 웃지 않아도 되는 사람이 되기를 바랐다고 말했다. 그리고 내가 그런 사람이 되었다고 덧붙였다. 그건 사실이 아니었지만, 나는 그렇지 않다고 대답하지 않았다. 그리고 여전히 이모가 그렇게 믿고 있기를 바란다. 나의 삶이 성공적이라고, 자신의 삶과는 다르다고, 자신이 틀리지 않았다고 미소 짓기를, 안심하기를.

나는 전역한 후 민간 항공사에 취업했다. 김포공항에 착륙할 때면 비행기는 내가 어린 시절 살던 동네를 지나간다. 아주 빠르게 그곳을 지나면서 나는 어쩌면 그곳에 이모가 서 있을지도 모른다는 상상을 하곤 한다. 이모는 내가 조종하는 비행기를 한참 동안 응시한 뒤, 자기 곁에 있는 어린 나에게 다시 가던 길을 가자고 손짓한다. 그러면 어린 나는 이모의 손을 잡고서 이모를 나의 조종실로 이끌어서는 내가 조종실에서 봤던 가장 아름다운 하늘을 모아 이모에게 보여준다. 꼭 조명등처럼 가까이 보이는 둥근 달, 분홍빛과 에메랄드빛이 섞인 오로라, 동쪽 하늘에 금성이 반짝 뜬 순간, 해가 뜨고 질 때 하늘이 보여주는 온갖 빛깔들을.

　이모도 조종해볼래? 내가 물으면 이모는 망설임 없이 조종간을 잡고 높은 곳으로 끊임없이 올라간다. 성층권을 통과하고 중간권과 열권을 지나 마침내 대기권을 벗어난 우리는 그곳에서 지구의 궤도를 빙빙 돌며 별들을 구경한다. 그리고 이모는 내게 손을 흔든다. 구경 한번 잘했네. 이제 갈게. 너는 다시 내려가. 가서 나 보란 듯이 잘 살아.

　옛날 사람들은 하늘 위에 하늘나라가 있다고 생각했다. 밤하늘의 별빛들을 보고 하늘에 구멍을 뚫어 지상의 인간들을 바라보는 저 너머 누군가의 눈빛이라고 믿기도 했다. 그들에게 별빛은 신의 눈빛이거나 더는 만날 수 없는 사랑하는 존재들의 시선이었다.

　밤 비행을 할 때면, 검은 하늘을 날아가고 있을 때면 나는 종종 멀리서 나를 바라보는 이모를 느낀다. 이모의 시선은 조종실 너머에, 비행기 너머에, 밤하늘과 대기 너머에 있다. 희박한 공기와 낮은 온도, 여러 층을 올라가면 결국 사라지는 대기와 우주공간의 시작. 내가 아는 하늘은 그런 것이지만, 그런 순간에 나는 문득 옛날 사람들의 믿음을 떠올린다. 환한 낮이 아니라 어두운 밤에만 지상에 닿는 저 너머의 눈빛이 있다는 믿음을 말이다.

사라지는, 사라지지 않는

수화물 컨베이어 벨트 앞에서 기남은 한참을 서 있었다. 인천에서 부친 두 개의 캐리어 중 하나가 도착하지 않은 것이다. 한 시간이 지나자 수화물 벨트는 텅 비었고, 기남과 같은 비행기를 타고 온 사람들도 모두 자리를 떴다. 기남은 안절부절못하고 그곳에 서 있었다.

"무슨 일 있으세요?"

빨간 야구 모자를 쓴 젊은 여자가 한국어로 기남에게 물었다. 기남이 사정을 말하니 그녀는 기남을 분실물 창구로 데려갔다. 사람들 뒤에 줄을 서며 여자는 기남에게 홍콩에는 무슨 일로 오게 되었느냐고 물었다.

"작은딸이 여기 살아요. 오 년 만에 만나는 거예요."

"오 년 만에요?"

"네. 예전에는 애가 미국에 살았는데, 홍콩으로 이사를 와서요."

"홍콩은 처음이신 거예요?"

"네. 처음이에요."

기남은 자신에게 일곱 살짜리 손주도 하나 있는데 이름은 마이클이라고, 묻지도 않은 이야기를 했다. 모르는 사람이라 어색해서인지 되레 말을 많이 하게 됐다. 얼마 지나지 않아 창구 직원이 손짓했다.

여자는 기남의 수화물 보관증을 직원에게 보여주면서 영어로 대화하더니 기남에게 말했다.

"체류지 주소 갖고 계세요? 그쪽으로 하루이틀 안에 보내준다고 하네요."

기남은 딸네 집주소가 적힌 메모지를 건넸다.

"걱정하지 마세요. 흔한 일은 아니지만, 종종 이런 일이 생긴대요."

대학생처럼 보이는 젊은 여자는 기남에게 정말 친절했다. 처음 본 사람이 자신에게 이런 친절을 베풀고 도움을 줬다는 사실에 기남은 작은 충격을 받았다. 입국장으로 가는 길에도 이런저런 말을 건네준 덕에 기남은 긴장했던 마음을 조금 풀 수 있었다. 입국장 자동문이 열리자 정면에 서 있는 우경과 마이클이 보였다. 우경이 기남을 향해 손을 흔들었다.

"제 딸이에요. 저기 있네요."

그 짧은 시간 동안 기남이 그녀에게 얼마나 의지하고 고마워했는지 그녀는 상상할 수 없을 것이었다.

"홍콩 계시는 동안 좋은 시간 보내세요."

그녀는 기남에게 웃어 보이고 자리를 떠났다.

"왜 이렇게 오래 걸렸어?"

우경이 말했다.

"가방 하나가 안 나와서……"

"마이클, 할머니한테 인사해야지."

기남을 빤히 바라보던 마이클이 고개를 숙여 인사했다.

"할머니, 안녕하세요."

그리고 마이클은 곁으로 와서 기남의 팔을 붙잡았다. 아기 때 이후로 처음 보는 것이어서 낯을 가리거나 자신을 싫어할까봐 걱정했던 마음이 사라지는 순간이었다. 기남이 얼마나 그리워했는지 마이클은 짐작조차 못 할 것이었다.

"애가 붙임성이 좋아서 이런다니까. 엄마, 짐 나 줘."

그들은 택시를 타고 우경의 집으로 향했다. 한국을 떠날 때는 연이은 한파에 함박눈이 내렸는데 홍콩은 선선한 날씨였다. 같은 12월이었지만 홍콩의 겨울은 한국의 늦가을에 가까운 듯싶었다. 택시 안에서 우경은 기남에게 여행이 편안했는지, 도착하지 않은 캐리어에는 어떤 물건이 들어 있는지, 당장 필요한 건 없는지 시

시콜콜 물었다. 기남은 우경의 질문 세례에 답하면서 한편으로는
아까부터 자신의 관심을 끌려고 계속 노력하는 마이클에게 시선
을 줬다. 마이클은 마스크를 내리고 앞니가 빠진 모습을 보여주기
도 하고 기남에게 팔짱을 끼며 팔에 머리를 기대기도 했다. 팔에
닿는 그 작고 동그란 머리의 무게감이 기남의 마음에 따뜻한 파문
을 일으켰다.

　택시에서 내리자 고층 아파트 입구가 보였다. 그들은 엘리베이
터를 타고 십칠층으로 이동했다. ㄴ자 모양의 복도식 아파트였는
데 한국 아파트보다 훨씬 더 많은 가구가 한 층에 사는 듯했다. 우
경의 집은 복도 맨 끝에 있었다. 문을 여니 앞치마를 두른 우경 또
래의 여자가 그들을 맞았다.

　"제인!"

　마이클이 그녀에게 달려가 영어로 이야기하기 시작했다.

　"엄마, 우리집 헬퍼 제인."

　"안녕하세요."

　제인은 기남에게 한국어로 고개 숙여 인사를 하고 부엌으로 갔
다. 그녀가 우경네 가족과 일 년 넘게 같이 지내고 있다는 건 기남
도 미리 들어 알고 있었다.

　현관을 들어서자마자 복도 양쪽에 각각 방이 하나씩 있었고, 앞
쪽으로도 방이 하나 보였다. 우경이 복도 오른쪽 방문을 열었다.

　"여기가 마이클 방이야. 좀 작지. 여기다 짐 풀면 돼."

우경은 그렇게 말하고 기남의 캐리어를 마이클의 방에 갖다놓았다. 마이클의 방에는 책상과 싱글 침대, 플라스틱 수납장 하나가 놓여 있었다. 예상보다도 더 작은 방이었다. 그때 마이클이 안으로 들어오자 우경이 주의를 주듯 말했다.

"오늘부터 할머니 여기서 마이클이랑 같이 주무실 거야. 귀찮게 굴지 말고."

"할머니 좋아!"

마이클이 그렇게 대답하고 기남의 팔에 얼굴을 묻었다.

"그리고 여긴."

우경은 맞은편 방문을 열었다. 바닥부터 천장까지 설치된 선반 위에 온갖 잡동사니가 쌓여 있었다.

"제인이 자는 방."

그렇게 말하고 우경은 거실로 기남을 데리고 갔다. 보여주지 않은 방은 우경 부부의 침실인 것 같았다. 거실에는 낮은 유리 테이블과 가죽소파가 있었고 맞은편에 벽걸이 텔레비전이 있었다. 창문 밖으로 작은 광장과 지하철 입구가 보였다. 거실과 부엌 사이에는 사 인용 식탁이 자리해 있었다. 부엌 옆은 작은 세탁실인 듯했다.

"이 아파트가 로스앤젤레스에 있던 우리집보다 비싸. 홍콩 집값이 그렇다니까."

그때 제인이 오렌지주스가 담긴 잔을 가져와서 테이블에 올려놓았다.

"엄마가 너무 놀란 것 같아서 하는 말이야. 엄마 딸, 안 망했어. 제임스 일도 여기 와서 더 잘 풀렸고."

우경이 주스잔을 들어 입에 댔다.

"엄마가 제임스 불편해하는 거 알아. 그래도 제임스가 엄마 초대한 거야."

제임스가 중국으로 출장을 떠나서 다음날 돌아온다는 말에 기남은 안심했다.

그날 저녁 우경은 통유리 너머로 홍콩 야경이 보이는 호텔 레스토랑에 기남을 데리고 갔다. 새콤달콤한 소스를 얹은 생선 튀김과 데친 채소, 고소한 달걀 면 요리가 나왔다. 우경은 콜라를 시키려는 기남을 막고 재스민차를 마시라고 했다. 기남은 그애의 말에 순순히 따랐다.

우경은 화장법이며 머리 스타일, 옷과 구두까지 모두 세련된 젊은 여성의 모습으로 기남 앞에 앉아 있었다. 레스토랑 불빛 아래에서 진지한 표정으로 이야기하는 그애의 모습이 기남은 새삼 낯설었다.

우경은 고등학교를 졸업하자마자 미국으로 유학을 떠났다. 그곳에서 대학을 나와 컴퓨터 관련 일을 하다가 이십대 중반에 재미교포인 제임스와 결혼하고 마이클을 낳았다. 미국에 간 뒤로 우경은 한국에 있는 가족에게 일방적으로 거리를 뒀다. 우경을 끔찍하게 아끼던 제 아버지에게마저 차가운 태도를 유지했다. 언니인 진경에게는 말할 것도 없었다.

"언닌 요즘 뭐하고 지내?"

"연구소 다니지."

"회사 사람들은 안대?"

"뭘."

"뭐긴 뭐겠어."

우경이 차갑게 웃었다.

"걔도 그러고 싶어서 그러는 게 아니잖아."

기남의 말에 우경이 물컵을 내려놓으며 입을 열었다.

"걔 나이가 벌써 마흔둘이야. 엄만 아직도 걔가 애로 보여?"

"언니한테 걔라니."

기남이 애써 침착한 표정으로 말을 이었다.

"네 언니는 아픈 거야."

그러자 우경은 곧바로 화제를 전환했다. 홍콩으로 이사오고 나서 가사도우미를 두 번이나 바꿔야 했던 사정에 대해서, 마이클이 다니는 학교에 대해서…… 그러는 동안에도 기남은 방금 전 대화의 여파에서 빠져나오지 못하고 있었다.

홍콩의 밤거리에는 가는 비가 내리고 있었다. 어릴 때 기남은 홍콩의 밤이 얼마나 화려하고 아름다운지 궁금했다. 라디오에서 나 텔레비전에서나 사람들은 홍콩의 밤을 찬양했으니까. 그 말대로였다. 이토록 화려한 야경을 보는 건 처음이었다. 높은 건물들과 조명들, 레이저 쇼…… 어떤 고층건물에는 시시각각 빛으로 다른 그림이 수놓이기도 했다. 살면서 이런 풍경을 보게 될 줄은 상상하지 못했었다. 기남의 인생에서 벌어졌던 다른 모든 일이 그랬던 것처럼.

우경의 집은 추웠다. 솜이 채워진 차렵이불을 덮었지만 으슬으슬한 추위가 무시할 만한 수준이 아니었다. 기남은 자리에서 일어나 옷걸이에 걸어둔 패딩 코트를 걸쳐 입었다. 그리고 가만히 서서 마이클의 잠든 얼굴을 물끄러미 바라보았다. 아이답게 깊게 잠이 든 듯했다. 한밤중에 모닥불을 보는 사람처럼 기남은 오래도록 그애를 바라보다 다시 자리에 누웠다.

평소처럼 수면제 반 알을 먹었는데도 잠이 쉬이 오지 않았다. 어려서부터 그랬지만 나이가 들면서 잠귀가 더 밝아졌다. 기남은 작은 소리에 여러 번 깨면서 얕은잠을 이어서 잤다. 다섯시가 되니 눈이 떠졌고 더는 잠이 오지 않았다. 기남은 화장실에서 소변을 보고 거울을 쳐다봤다. 눈은 충혈되어 있었고 손가락으로 머리를 빗자 그 사이로 머리칼 몇 가닥이 쉽게 빠져나왔다.

한참 거울을 보고서야 기남은 자신이 늘 착용하는 작은 링 모양의 금 귀걸이가 사라졌다는 걸 알아차렸다. 고정 장치가 있어서 일부러 빼지 않으면 빠질 일이 없는 귀걸이였다. 빠지더라도 한쪽이 빠지지, 두 쪽이 감쪽같이 사라지는 건 이상한 일 아닌가. 기남은 핸드폰을 꺼내 자신의 모습이 나온 사진을 확인했다. 어제저녁에 우경이 레스토랑에서 찍어준 것이었는데 그때만 해도 분명히 귀걸이를 하고 있었다. 기남은 화장실 선반과 자신의 크로스백, 어제 입은 바지 주머니와 패딩 주머니까지 샅샅이 뒤져보았다. 하지만 어디에도 귀걸이는 없었다. 몇 시간이 지나 아침식사를 할 때 기남이 우경에게 말했다.

"내 귀걸이 말이야. 어디 있는지 도통 모르겠네."

"어디 빼놨겠지."

우경이 토스트를 먹으며 말했다.

"내가 그걸 뺀 적이 없는데…… 혹시나 해서 다 뒤져봤는데 없어."

그러자 우경이 개수대에 서 있는 제인에게 영어로 뭐라고 말했다. 알아들을 수 없었지만 차갑고 날카로운 느낌이 났다. 제인이 고개를 저으며 대답하자 우경은 더 높은 목소리로 말했다. 마이클이 우경에게 영어로 무슨 말을 하고 나서야 우경은 말을 그쳤다. 분명한 긴장감이 부엌의 공기를 채우고 있었다.

"엄마, 그 귀걸이가 알아서 빠졌겠어? 엄마가 어디에 빼놨겠지. 조심해야지. 여기 우리 가족만 사는 것도 아닌데 엄마는……"

"그게 무슨 말이냐."

"사람 조심하라는 거예요."

마이클의 얼굴에서 미소가 사라지는 모습을 기남은 지켜봤다. 기남은 애써 웃어 보이면서 마이클에게 이런저런 말을 걸었다. 그러자 우경도 방금의 다툼을 잊은 듯이 명랑하게 이야기하기 시작했다. 기남은 부엌을 정리하는 제인의 뒷모습을 가만히 바라봤다. 마이클이 밥을 다 먹자 제인은 마이클의 가방을 챙겨 데리고 나갔다. 학교에 데려다주는 거라고 했다. 아침 설거짓거리가 싱크대에 있어서 기남은 그쪽으로 향했다.

"내버려둬요. 그거 헬퍼 일이야."

"이게 얼마나 된다고……"

"엄마가 그러면 제인이 불편해. 그리고 제인이 뭐 갖다줄 때마다 땡큐, 땡큐 안 해도 돼. 일하는 사람한테 그렇게 잘해줄 필요 없어. 엄만 꼭 그러더라."

기남은 아무 대꾸도 하지 않은 채 스펀지를 싱크대에 내려놓고 방으로 들어갔다. 홍콩에 온 지 하루도 되지 않았는데 벌써 지치는 기분이 들었다. 우경 또한 그럴 거라고 기남은 생각했다. 기남이 온다고 우경은 목요일과 금요일 이틀 연차를 냈다. 주말까지 나흘 동안을 기남과 함께 보내기 위해서였다. 우경은 오늘도 기남에게 홍콩의 관광지를 구경시켜주겠다고 했다. 기남은 방문을 닫은 후 약을 먹었다. 고지혈증 약, 고혈압 약, 항우울제…… 약을 다 먹고 나서는 안약 두 종류를 차례로 눈에 넣었다.

기남은 마음을 가다듬고 외출 준비를 시작했다. 우경에게 잘 보이고 싶어서 산 아이보리색 니트 원피스를 입고 스타킹을 신었다. 그 위에 검은색 패딩 코트를 걸치고 밤색 털실로 뜨개질해서 만든 크로스백을 둘렀다. 분홍색 립스틱을 입술에 바르고 마스크를 쓴 뒤 밖으로 나가니 우경이 제인의 방문을 열고 서랍 위의 잡동사니들을 뒤지는 모습이 보였다. 우경은 잡동사니들 가운데서 검은 장우산을 꺼내고는 기남에게 건넸다.

"언제 한번 이 방 정리하긴 해야 하는데. 이삿짐에서 박스만 푼 수준이야."

바닥에는 제인의 요와 이불이 반듯이 개켜져 있었다.

어린 시절 기남의 방은 부엌 옆에 있었다. 그 방에는 문이 두 개 있었는데, 뒷마당으로 연결된 문은 잠가도 되었지만 부엌과 연결된 미닫이문은 그럴 수 없어 누구나 언제든 열어볼 수 있었다. 기남은 아직도 겨울이 되면 마음이 가라앉았다. 그 방에서 사는 동안 겨울마다 얼마나 추웠는지, 그게 얼마나 사람을 못 견디게 하는 괴로움이었는지 몸이 기억했기 때문이었다. 기남은 꿈을 꿀 때면 자주 그 방으로 갔다. 벌써 오십 년이 더 지난 일인데도, 기남은 꿈속에서 현재의 나이로 그곳에 살고 있었다.

기남은 아홉 살 때부터 식모 일을 했다. 기남을 제외한 일곱 식구의 밥상을 치우고 설거지를 하고 비질과 걸레질을 했으며, 얼마

지나지 않아서는 손빨래를 맡아 하고 밥을 지었다. 그러면서도 기남은 자신이 보통의 식모들과는 다르다고 생각했다. 어느 누가 식모를 학교에 보내주나. 동네 사람들은 기남이 지나가면 권사장네 식모라고 불렀다. 그 집에는 아이가 넷 있었는데, 기남보다 세 살 어린 막내 아이는 너무도 해맑게 기남을 식모 언니라고 불렀다. 그래도 다른 아이들은 기남의 이름을 불러줬다.

어려서 기남은 권사장네 가족에게 소속되고 싶었다. 자신이 최선을 다한다면 식구가 될 수 있을지도 모른다고 생각했다. 그래서 어떤 말을 듣든, 어떤 일을 당하든 좋게 생각하려고 노력했다. 그렇게 자신을 속이는 일이 자신이 완전히 혼자라는 사실을 인정하는 것보다는 쉬워서였다. 그리고 시간이 지나 자신을 속일 만큼 속이고 나서야 기남은 자신이 그들에게 아무것도 아니라는 사실을 받아들였다.

국민학교를 졸업하고 기남은 권사장이 운영하는 공장의 주방에서 일하기 시작했다. 김여사라는 여자와 함께 둘이서 일꾼 서른 명의 밥을 하는 일이었다. 김여사는 허리를 꼿꼿이 펴지 못했지만 손이 빠르고 기운이 센 사람이었다. 자식 여덟을 모두 출가시켰다며 이제는 오히려 일하지 않으면 몸이 아프다고 했다. 그녀는 기남이 일하다 실수를 하면 버럭 소리를 질렀다. 말수가 적은 데다 잘 웃지도 않아서 처음에 기남은 그녀를 별로 좋아하지 않았다. 기남이 사장님 내외의 덕으로 어려서부터 보살핌을 받고 국민

학교도 다닐 수 있었다고 말했을 때도 그녀는 담배 연기를 내뱉으며 대꾸했다.

"네가 무슨 덕을 봤는데? 여기서 일하는 거 월급도 안 주잖아? 사장네가 조그만 어린애를 요리조리 써먹고 생색만 내는 거지."

그런 이야기를 들은 건 처음이어서 기남은 그녀의 말이 듣기 싫기만 했다.

"권사장, 손해보는 장사 하는 사람 아니다. 뭐, 마음이 좋아 널 키웠나. 너네 집에서 널 맡기는 비용까지 줬다. 내가 직접 봤다."

그녀는 기남의 부모가 권사장네만큼 부유한 사람들이라고 했다. 그저 키우기 귀찮았을 뿐이라고, 아들 없는 집의 여섯번째 딸을 참을 수 없었던 거라고, 헐값에 치워버린 거라고.

"사람 가죽 쓰고서 무슨 죄를 받으려고……"

그녀는 쯧쯧 혀를 차면서 마늘 껍질을 벗겼다. 기남은 그런 그녀가 처음에는 불편했지만 김여사를 만나고서야 권사장네 식구들을 다른 시선으로 바라볼 수 있었다. 그들은 가득 가지고서도 인색한 사람들이었다. 가장 추운 날에도 냉골 같은 기남의 방을 그대로 두었으며, 아무때나 방문을 열어 작은 것 하나라도 기남의 손을 이용해 얻으려 했다. 혹여나 기남이 고기반찬을 조금이라도 먹을까 전전긍긍했고 과일이 남아서 썩더라도 기남의 손에는 쥐여주지 않았다. 모두 기남이 알고 있는 사실이었지만, 기남은 애써 자신이 모르는 사정이 있을 것이라고 믿었다. 그편이 자신이 이용당하고 있다는 사실을 인정하는 것보다는 덜 아팠기 때문이었다. 하지만 김여사와 시간을 보내면서 기남은 자신이 여태껏 의존해왔던 기만의 뿌리를 뽑아낼 수 있었다. 용기를 내어 권사장에게 월급을 요구하기도 했다. 시간이 갈수록 기남은 권사장에게 깊은 분노를 느꼈고, 그 분노는 기남에게 약이 되었다.

*

배를 타자 커다란 스노볼 안에 들어온 것 같았다. 배는 물결을 따라 출렁였고 해협 양쪽으로 고층 빌딩들이 빽빽하게 서 있었다. 도무지 현실 같지 않은 풍경이었다. 우경이 이끄는 대로 이런저런 관광지에 다녀온 뒤였다. 기남은 장국영이 단골이었다는 식당에 가서 딤섬을 먹기도 했고 난생처음 트램도 타보았다.

배가 출항하자 우경은 선두로 걸어가서 선체에 몸을 기대고 앞을 바라봤다. 바람에 그애의 긴 머리칼이 이리저리로 움직였다. 우경은 언제나 가장 멀리 있는 사람이었다. 물리적으로 가까이 있을 때도 마찬가지였다.

우경은 진경이 여덟 살 때 태어났다. 낯가림이 심하고 조용한 진경과 다르게 우경은 활달하고 적극적인 아이였다. 골목에서 다른 아이들과 놀 때도 꼭 대장 노릇을 했다. 남편은 그런 우경을 눈에 보이게 편애했다. 진경에게는 작은 칭찬 한번 해주지 않고 엄

격했지만 우경에게는 다정했고 진경이 있는 앞에서 우경을 칭찬
하기를 좋아했다. 둘이 다툴 때에도 언제나 '언니가 잘못한 거야'
라고 판결을 내렸다. 우경이 뛰어놀다가 다치기라도 하면 진경에
게 어린 동생 하나 제대로 지켜보지 않고 뭘 했느냐고 화를 냈다.
진경은 그런 남편에게 맞서지 않았다. 죄송해요, 아버지. 잘못했
어요, 아버지. 그애는 늘 사과할 준비가 되어 있었다.

　진경이 박사과정을 다니고 우경이 고등학교 3학년이던 때의 일
이었다. 어느 날 밤, 진경이 이층 계단에서 굴러떨어졌다. 술을 마
시고 집에 들어와 계단에서 발을 헛디딘 거였다. 엄마! 우경의 비
명소리를 들은 기남이 달려갔을 때 진경의 찢어진 이마에서는 피
가 흐르고 있었다. 진경은 만취한 채로 눈조차 제대로 뜨지 못했
다. 술냄새가 코를 찔렀다.

　"언닌 알코올중독이야."

　그다음날, 가족이 모두 모인 저녁 식탁에서 우경이 말했다. 기
남은 우경이 말도 안 되는 소리를 한다고 생각했다. 진경은 성실
하고 똑똑한 딸이었다. 연구실에서 큰 프로젝트를 맡아 주말에도
출근했다. 술을 마시고 문제를 일으킨 적도, 통금 시간인 열두시
를 넘긴 적도 없었다. 자주 술에 취해 들어오기는 했지만 그래봐
야 이십대 중반 아닌가. 젊은 애니까 동료들과 어울리다보면 그럴
수 있는 일이라고 기남은 생각했다.

　"우경이 말이 맞아요."

진경이 그렇게 말하고 가만히 고개를 숙였다.

"당신 대체 자식을 어떻게 키운 거야!"

남편이 기남을 향해 소리쳤다.

"애를 망치기로 작정했어?"

"아빠!"

진경이 큰 소리로 그를 불렀다.

"엄마 탓하지 마세요. 이건 제 문제예요."

"넌 뭘 잘했다고 큰소리야?"

"죄송해요. 다 제 잘못이에요."

진경이 말을 마치기도 전에 우경이 자리에서 일어나 이층으로 올라갔다.

"내가 널 어떻게 키웠는지 몰라? 그 돈 들여서 박사 공부까지 시켜놨더니 이게 네 보답이냐?"

"죄송해요."

"당장에 짐 빼서 나가!"

"죄송해요, 죄송해요, 아버지."

진경을 끝까지 잡았다면, 남편을 설득했다면 결과가 달라졌을까. 그때 기남은 자신이 남편의 마음을 돌리기 어렵다고 단정했다. 하지만 정말 그 이유뿐이었을까…… 기남은 일렁이는 바다의 표면을 보며 생각했다. 그때의 자신은 그저 남편과 진경 사이의 갈등을 피하고 싶었을 뿐이었던 것 아닌가. 남편의 고집을 꺾을 수 없다고 핑계를 대며 남편의 눈앞에서 진경을 치워버린 것 아니었나. 그게 가장 간편한 방식이라는 걸 알고 있었으니까.

진경이 집을 나가자 남편은 그전보다 더 편안해 보였다. 식탁에서 진경에게 쓴소리를 하거나 발작처럼 분통을 터뜨리는 일도 더 이상 없었기에 집안에 평화가 찾아온 듯했다. 그리고 얼마 지나지 않아 우경이 미국으로 떠난 것이었다. 우경은 한국에 오지 않았다. 가족을 미국으로 부른 일도 없었다. 미국에서 열린 결혼식에 초대한 것이 전부였다.

우경은 그 누구보다도 알코올중독에 빠진 진경의 모습을 받아들이지 못했다. 처음에는 분노하기도 하고 진경을 비난하기도 했지만, 미국에 간 이후에는 진경을 없는 사람 취급했고 진경에 관한 이야기가 나오면 철저히 냉소적으로 반응했다. 우경은 진경을 경멸했다. 오 년 전에 우경이 진경과 기남을 미국으로 초대한 건 그래서 더 특별했다. 제 아버지가 세상을 떠나고 반년이 지난 후의 일이었다.

배가 반대편 선착장에 도착했다.

"잠깐 앉았다 갈까?"

기남의 제안에 우경이 고개를 끄덕였다. 둘은 벤치에 앉아서 밝은 금빛으로 빛나는 하늘과 바다를 바라봤다.

"요새도 탁구장 매일 가?"

우경이 물었다.

"매일 가지. 덕분에 몸도 좋아져서 여기도 왔잖아."

"얼마나 다닌 거지?"

"오 년. 미국 갔다 와서 처음 등록했으니까."

기남이 우경을 바라보는데 우경의 뒤쪽으로 일몰 직전의 태양이 빛을 내뿜고 있었다. 눈이 부셔서 기남은 눈을 가늘게 뜨고 손차양을 했다.

"너 덕에 이런 구경도 다 해본다. 미국이고 홍콩이고, 너 아니면 내가 어떻게 구경하겠어."

"뭐, 사람 사는 데가 다 똑같지."

그렇게 말하는 우경이 왜 한국에서는 살 수 없는 건지 기남은 묻고 싶어졌다.

"진경이도 같이 왔으면……"

"그때 미국에서 그 꼴을 보고도 그런 생각이 들어?"

기남은 우경의 말에 답하지 않았다.

오 년 전 미국에 초대받았을 때, 진경은 우경의 집에 머무르지 않았다. 그곳에서 유학하는 대학 친구의 집에서 지냈고 그 열흘 동안 우경의 집에 온 건 두 번뿐이었다. 기남과 진경이 미국에 도착한 다음날 우경은 진경을 저녁식사에 초대했다. 모르는 사람이 봤다면 그저 유쾌한 분위기라고 생각했을 자리였다. 하지만 딸들의 지나치게 산뜻하고 명랑한 대화를 들으면서 기남은 마음이 아팠다. 그애들이 진짜 감정을 나누지 않기 위해 철저하게 노력하는 모습이 기남의 눈에는 보였기 때문이다.

미국에 방문했을 때 진경은 꽤 오랫동안 술을 끊은 상태였다. 더는 향수 냄새에 섞인 희미한 술냄새가 나지 않았고, 진경 스스로도 단주에 대해 꽤 자신이 생긴 시점이었다. 진경은 우경의 집에서도 술은 한 모금도 마시지 않았다. 기남은 우경에게 진경이 술을 끊은 지 벌써 반년이 넘어간다고 조심스럽게 말했다. 우경은 기남의 말을 믿지 않았지만.

그날은 미국을 떠나기 하루 전이었다. 우경은 마지막 저녁식사 자리에 진경을 초대했다. 진경이 현관에 들어섰을 때 기남은 한동안 맡을 수 없었던 냄새를 맡았다. 진한 향수 냄새 아래로 느껴지는 특유의 술냄새…… 그것 말고는 진경의 말과 행동에서 술을 마신 증거는 찾을 수 없었다. 우경도 진경이 술을 마셨다는 걸 눈치채지 못한 것 같았다. 기남은 진경이 우경에게 가까이 가지 못하도록 조심스레 진경을 바깥쪽으로 이끌었다.

제임스는 자신의 사업 파트너들과 함께 보츠와나로 휴가를 갔을 때의 사진을 보여주겠다며 가족들을 거실로 불러들였다. 그는 텔레비전 모니터를 켜고 사진을 한 장 한 장 소개하기 시작했다. 핸드폰으로 찍은 사진들은 평범했다. 비행기에서 하늘을 찍은 사진, 호텔 로비 사진, 음식 사진, 현지인들을 찍은 사진…… 그다음으로 먼지를 뒤집어쓴 커다란 자동차 앞에서 엄지를 올린 제임스와 중년의 백인 남자 둘의 모습이 나왔다. 그리고 초원의 풍경이 이어졌다.

"이거 보세요."

제임스가 해맑게 웃으면서 기남을 바라봤다. 화면에는 옆으로 쓰러져 있는 커다란 코끼리가 보였다. 코끼리의 머리 옆에서 제임스와 백인 남자 둘이 각각 장총을 세워서 든 채로 유쾌하게 웃고 있었다. 제임스는 다양한 각도에서 촬영한 여러 장의 사진을 화면에 띄웠다. 가까이서, 멀리서 찍은 사진, 피 묻은 코끼리의 얼굴을 강조한 사진…… '기념사진'은 계속되었고 기남은 사진을 보는 척하면서 모니터의 모서리로 시선을 돌렸다.

"저건 뭐야? 저, 뒤에 있는 거."

우경이 모니터를 가리키며 물었다.

"아, 저거? 어차피 어미가 죽으면 못 살 거, 쐈어."

제임스가 그렇게 대답하자마자 진경이 자리에서 일어났다. 두 손으로 입을 가린 진경의 손가락 사이로 보라색 액체가 흘러나왔다. 진경은 구역질을 하고 있었다. 우경이 소파에 있던 비치 타월을 들고 진경에게 갔다. 우경은 진경 앞에 무릎을 꿇고 보라색으로 물들고 있는 아이보리색 양모 카펫을 닦기 시작했다. 정신을 차린 기남이 테이블 위의 티슈 통을 챙겨 헛구역질을 하는 진경의 얼굴과 손을 닦았다. 진경의 충혈된 눈과 울긋불긋한 얼굴과 목, 귀…… 그러는 동안 천장의 팬이 돌아가는 소리만 들렸던 것을 기남은 기억한다. 아무것도 먹지 않고 레드와인만 마셨는지 토사물은 순수한 보랏빛 액체였다.

"피곤했던 모양이지…… 시차도 있고."

기남이 달아오른 얼굴로 웅얼거리는 동안 진경은 화장실로 걸어갔다. 우경이 입을 열었다.

"이진경 아직도 술 마셔?"

그 말에 기남의 얼굴이, 등과 가슴이 불이 붙은 것처럼 뜨겁고 저릿해졌다. 문득 뒤를 돌아보자 제임스가 팔짱을 낀 채 자신을 보고 있었다. 그의 뒤로, 자기 피 속에 쓰러져 죽어 있는 새끼 코끼리와 그 곁에서 웃고 있는 세 남자가 보였다.

"아직도 마시냐고."

기남은 우경을 향해 고개를 저었다.

"그럼 이건 뭔데?"

우경은 기남의 얼굴 앞에 비치 타월을 들이밀고는 그대로 자리를 떠났다. 아이보리색 카펫 위로 보라색 얼룩이 진하게 남아 있었다. 기남은 티슈로 카펫을 문질렀다.

"두세요."

제임스가 말했다.

"두시고, 앉아서 좀 쉬세요."

제임스는 모니터를 끄고 기남의 맞은편 소파에 앉아서 핸드폰을 확인했다. 창문으로 자전거를 타고 지나가는 어린아이들의 모

습이 보였다. 기남은 가만히 앉아 발바닥으로 피가 다 빠져나가는
것 같은 기분을 느꼈다. 얼마 지나지 않아 진경이 화장실에서 나
왔다. 앞섶에 묻은 얼룩을 물로 지우려 했는지 원피스의 앞부분이
물에 온통 젖어 있었다.

"갈게요."

"벌써 가게요?"

제임스가 미소 지으면서 한 손을 흔들었다.

"우버 불러줄까요?"

"제임스."

진경이 낮은 목소리로 말하자 그의 얼굴에서 미소가 사라졌다.
기남은 자리에서 일어나 진경의 팔을 잡았다. 그만해. 참아. 소리
내어 말하지 않았지만 진경은 기남의 마음을 읽은 듯 담담하게 말
을 이었다.

"우버는 됐어요. 엄마, 나 갈게. 따라오지 마. 내일 공항에서 봐
요."

기남은 가방을 챙겨 밖으로 나가는 진경의 뒷모습을 가만히 바
라봤다.

그 누구도 입에 올리지 않았지만, 그날의 일은 우경과 기남의
침묵 속에서 여전히 사라지지 않고 분명하게 존재하고 있었다.

*

　우경과 하루를 보내고 돌아와서 기남은 잠을 설쳤다. 수면제를 반 알 더 먹었는데도 별다른 효과가 없었다. 현관문 열리는 소리가 들렸다. 시간은 새벽 한시였다. 문틈으로 밝은 빛이 새어들어왔다.

　우경과 제임스가 복도에서 대화하는 소리가 들렸다. 제임스가 중국 출장에서 돌아온 듯했다. 평소에 한국어로 대화하는 그들이 어쩐 일인지 영어로 말하고 있었다. 내용을 이해할 수는 없었지만 분위기가 좋지 않다는 건 분명했다. 우경의 목소리를 들으면서 기남은 우경이 지금 무언가에 분노하고 있음을, 남편에게 하소연해야 할 감정적 괴로움을 지니고 있음을 알아차릴 수 있었다. 아까 진경에 관해 이야기한 것이 문제였을까…… 하지만 그 정도는 말할 수 있는 것 아닌가. 우경과 제임스는 삼십 분도 넘게 이야기를 나누고 방으로 들어갔다. 기남은 한동안 뒤척이고 난 뒤에야 간신히 잠에 들 수 있었다.

　눈을 뜨니 마이클이 옆에 누워서 기남을 바라보고 있었다.

　"할머니."

　"응."

　"꿈꿨어요?"

　"그랬나봐……"

"슬펐어요?"

기남은 마이클을 가만히 바라봤다.

"조금 슬펐나보네."

"괜찮아요. 꿈이잖아요."

아이가 싱긋이 웃으며 기남을 바라봤다. 마이클은 예쁜 유리구슬 같은 아이였다. 고작 며칠 함께 지냈을 뿐인데도 기남은 마이클에게 깊은 정이 들 것만 같았다.

"오늘 재밌게 놀면 돼요."

"그럴게."

"약속해요."

"그래."

거실로 나가자 우경이 부엌에 서서 망고를 자르고 있었다.

"제인은 어디 있어?"

기남이 물었다.

"주말에는 집에 없어."

"그럼 어디서 자?"

"그걸 내가 어떻게 알아. 어디 지낼 데 있겠지."

기남은 우경의 무정함을 이해할 수 없었다. 언제나 그랬다. 어려서 그애는 좋아하고 따르던 담임선생님도 그다음 해가 되면 완전한 타인으로 여겼다. '그 선생님 보고 싶지 않아?' 하고 기남이 물으면 '내가 왜 그래야 하는데?'라고 대답했다. 사춘기가 되자 우경은 기남이 불필요하게 잔정이 많고 사람들에게 의존적이라고 쓴 소리를 하기도 했다.

"마이클, 아빠는 어젯밤에 들어오셨다가 오늘 새벽에 나가셨 어. 많이 바쁘셔."

마이클은 영어로 짧게 대답하고 식탁에 앉아서 포크로 망고를 찍어 먹었다.

"엄마 캐리어는 아직도 무소식이야. 거기 뭐 중요한 거라도 들 어 있었으면 어쩔 뻔했어?"

그 캐리어에 든 물건 대부분은 우경의 가족에게 줄 먹거리와 선 물이었다. 우경에게서 마이클이 거북이를 좋아한다는 걸 들은 이 후로 기남은 거북이 모양의 인형과 장난감, 스티커, 거북이가 나 오는 그림책 등을 모아왔었다. 그 모든 것이 도착하지 못한 캐리 어 안에 있었다.

기남과 우경, 마이클은 택시를 타고 케이블카 정거장으로 갔다. 마이클은 그들이 탈 케이블카가 아시아에서 가장 긴 케이블카라 고 뽐내듯 소개했다. 케이블카는 이십오 분 동안 바다를 가로질러 거대한 청동 불상과 사찰이 있는 섬에 도착할 거라고 했다.

아침이어서인지 대기 줄이 길지 않았다. 얼마 지나지 않아 기남 은 두 사람과 함께 케이블카에 올라탔다. 케이블카는 빠른 속도로 정거장을 떠나 허공 위를 움직이기 시작했다. 바닥이 유리로 되어 있어서 얼마나 높은 곳에 떠 있는지 실감이 났다. 처음에는 오금이 저렸지만, 따뜻한 햇볕이 케이블카 안으로 들어오자 나른하고 편안한 기분이 들었다. 케이블카는 곧 바다 위로 이동했다. 끝이 보이지 않는 먼바다가 눈에 들어왔다. 아침 태양 빛을 받은 바다의 표면이 구겨진 셀로판지처럼 반짝였다.

"할머니, 거북이가 몇 살까지 사는지 알아요?"

"글쎄…… 백 살?"

"코끼리거북이는 백오십 살까지도 살아요. 아드와이타라는 거북이는 이백 살도 넘게 살았어요!"

마이클은 기남에게 마치 대단한 친구라도 자랑하는 듯이 뿌듯한 표정을 지었다. 마이클과 며칠 지내면서 기남은 거북에 대해서 많이 알게 되었다. 육지 거북과 민물 거북, 습지 거북의 차이에 대해서, 거북의 폐가 물고기의 부레 역할을 한다는 것에 대해서…… 마이클은 끝도 없이 거북 이야기를 했다. 거북에 관한 어려운 학술 명칭도 아무렇지 않게 말했다. 그런 마이클을 보면서 기남은 오랜만에 가슴이 뛰었다. 마이클이 어떻게 자라고 어떤 경험을 하게 될지 기대하게 되었으니까. 이렇게 무언가를 깊이 좋아하고 알아갈 수 있는 아이라면, 마이클에게 이 세상은 탐험하는 곳, 놀라운 발견들로 가득한 곳일지도 몰랐다. 마이클은 한참을 떠들다가 기남에게 몸을 기대고 잠들었다. 기남은 맞은편에서 옅은 갈색 선글라스를 쓰고 가만히 창밖을 보고 있는 우경에게 시선을 줬다.

우경이 자신을 홍콩으로 초대했을 때 기남은 반가움과 동시에 안도감을 느꼈다. 그러지 않으려고 했는데도 어쩐지 마음이 들떠서 같이 탁구 치는 사람들에게도 딸네 집에 간다고 자랑을 했다. 우경이 어쩌다 한 번씩 영상통화를 걸어오거나 마이클의 사진을 보낼 때면 기남은 탁구장 사람들에게 딸과의 통화 내용을 이야기하거나 사진을 보여줬다. 우경과 자신이 픽 가까운 것처럼 허풍을 쳤다. 딸이 자신에게는 누구보다도 어려운 사람이라는 말을 기남은 누구에게도 할 수 없었다.

이번 여행에서도 마찬가지였다. 어느 순간부터 기남은 우경 앞에서 실수할 것 같은 두려움을 느꼈다. 일상적인 말을 주고받을 때도 신경이 쓰였다. 첫날에는 이런저런 질문도 하고 이야기도 이어나가려던 우경의 말수가 점점 줄어들었다. 기남은 이번 방문으로 그간의 거리를 좁힐 수 있을지도 모른다고 은근히 기대했던 자신의 어리석음을 돌아봤다. 홍콩에 초대해준 것만으로도 감지덕지해야 했는데 더 많은 걸 바란 것이 잘못인지도 몰랐다.

우경은 어려서부터 기남보다 제 아버지를 더 많이 따르고 좋아했다. 그래도 어린 시절에는 지금 같은 수준의 거리감이 존재하지 않았다. 언제부터 이렇게 된 것인지 혼자 생각해볼 때면 기남은 어린애처럼 눈물이 나기도 했다. 우경이 어렸을 때 있었던 몇몇 갈등이 떠오르기도 했지만 분명한 이유는 알 수 없었다. 나이들면 결국 가족밖에 안 남아요. 같이 탁구 치는 사람의 말에 기남은 대수롭지 않은 척했지만 집으로 돌아가는 길에는 마음이 북받쳤다. 우경은 제 아버지의 장례식에도 참석하지 않았다.

남편의 장례식은 자수성가한 사업가의 장례식이라고는 믿을 수 없을 정도로 쓸쓸했다. 사업이 저물고 나서는 남편을 찾는 사람이 별로 없었다. 그는 발길을 끊다시피 한 우경에게 가장 크게 상처받았다. 자신이 예전의 부와 명성을 잃었기 때문에 딸조차도 자신을 피한다고 믿었지만 그건 사실이 아니었다. 우경은 그가 성공 가도를 달리고 있을 때도 가족으로부터 거리를 뒀으니까.

케이블카를 탄 지 얼마나 지났을까. 기남의 정면으로 커다란 부처의 모습이 보였다. 좌선을 하고 있는 부처는 한 손은 무릎에 얹고 다른 한 손은 손바닥을 앞으로 보이고 있었다. 그런 그를 거대한 연꽃잎 좌대가 둥그렇게 둘러싸고 있었다. 부처 뒤로 보이는 것이 하늘밖에 없어서 꼭 하늘에 떠 있는 것 같기도 했다.

"마이클은 누굴 닮아서 잠이 저렇게 많은지 모르겠어."

기남에게 기댄 채로 깊은 잠을 자는 마이클을 보며 우경이 말했다.

"너도 이맘때 잠 많았어."

"내가?"

"그럼. 너처럼 잠 많은 애도 없었을 거야."

"난 기억이 잘 안 나."

"왜, 너 어릴 때 버스 차고에서 자고 있었잖아. 네가 너무 작아서 버스 기사도 처음엔 널 못 보고……"

"엄마, 한 번만 더 그 얘기 하면 백번째야."

우경은 가방에서 핸드폰을 꺼내 누군가에게 문자를 보냈다. 기남은 그날을 생생히 기억했다. 아이가 때가 돼도 집에 오지 않아서 얼마나 걱정했는지, 늦게 돌아온 아이를 보면서 얼마나 안도했는지…… 그때 우경은 열한 살이었다. 하지만 그날 일을 우경에게 이야기한 기억은 없었다. 다시 입을 떼려는데, 우경에게 전화가 왔다.

"지금 케이블카 타고 있어요. 네, 마이클은 자고 있고요. 이따 구경하고 제시카 생일 파티에 갈 거예요. 네, 엄마도 잘 계세요. 병원은 잘 다녀오셨어요? 다행이에요. 정원 일 쉬엄쉬엄하세요. 손목에 무리 가요. 아…… 저는 괜찮아요. 지금 엄마랑 같이 있어요. 네, 제가 다시 전화드릴게요."

우경이 핸드폰을 가방에 넣었다.

"마이클 할머니셔?"

"응."

"거기는 지금 몇시쯤이니?"

그렇게 말하며 기남은 자신의 감정을 감추고 싶었다. 우경의 말투에서 드러나는 친밀감이, 불편한 사람이 있으니 우리 이야기는 나중에 하자는 식의 태도가, 생일 파티를 하는 제시카가 누구인지 굳이 설명하지 않아도 되는 일상의 공유가 기남의 마음을 아프게 찔렀기 때문이다.

기남은 안사돈을 우경의 결혼식에서 처음 봤다. 그녀는 큰 키에 멋스러운 베이지색 드레스를 입고 있었고 기남의 눈을 다정하게 바라보며 이야기했다. 마음이 단단하고 편안해 보이는 사람이었다. 우경도 그녀 옆에 있으면 표정이 풀렸다. 안사돈에게 자연스럽게 팔짱을 낀 우경을 보면서 기남은 자신이 그애를 영영 놓쳤다고 생각했다. 안사돈에게는 자신에게 없는 무언가가 있었다. 그것이 무엇인지는 알 수 없었지만, 자신이 노력한다고 해서 가질 수 있는 게 아니라는 건 분명했다.

케이블카가 정거장에 도착했다. 잠에서 막 깬 마이클이 우경의 팔에 붙어서 잠투정을 했다. 추워, 엄마, 너무 추워. 기남은 목에 두른 얇은 스카프를 마이클의 목에 둘러줬다. 케이블카에서 이십 분 넘게 앉아 있었더니 몸에 한기가 들었고 바람도 서늘했다. 사찰로 걸어가며 기남은 몸을 움츠렸다. 청동 부처상으로 가려면 268개의 계단을 올라가야 했다. 마이클은 날다람쥐처럼 계단을 뛰어서 올라갔다가 다시 내려왔다가를 반복했다.

계단을 다 오르자 끝이 보이지 않는 바다가 펼쳐졌다. 언제 쌀쌀함을 느꼈었는지, 몸에 열이 올랐다. 우경과 마이클은 사람들 틈에 껴서 커다란 부처상 주변을 시계 방향으로 돌기 시작했다. 두 사람은 금세 한참을 앞서 걸었다. 사람들이 기남을 스치고 지나갔다. 그들은 기남이 이해할 수 없는 언어로 이야기하면서 사진을 찍고 부처상을 올려다봤다. 천천히 발걸음을 옮기던 기남은 자리에 멈춰 서 있는 우경과 마이클을 발견했다. 자신을 기다리고 있는 듯했다.

"여기서 사진 찍자."

우경이 지나가는 사람에게 핸드폰을 내밀며 사진을 부탁했다. 우경이 가운데에 서서 마이클과 기남에게 어깨동무를 했다. 우경의 팔이 어깨에 닿는 순간을 기남은 오래도록 느끼고 싶었다. 사진 속에서 셋은 꼭 세상에서 가장 다정한 가족처럼 웃고 있었다.

그들은 불상을 한 바퀴 돈 후에 불상 아래에 마련된 공간으로 들어가 부처의 진신사리를 구경했다. 마이클이 사리가 무엇인지 물어보자 우경은 사람의 시체를 태우면 나오는 구슬 같은 거라고 설명했다. 그 이야기를 들은 마이클이 겁에 질린 것 같아서 기남은 마음이 쓰였다. 사리를 구경하고 사찰을 둘러보며 같이 아이스크림을 먹고 나니 어느덧 돌아갈 시간이었다.

"엄마, 집으로 바로 갈래? 아님 혼자라도 다른 데 더 구경하고 싶어?"

우경은 마이클의 친구 생일 파티에 함께 갈 거라고 했다. 자신을 혼자 두는 것을 미안해하는 우경의 마음과 다르게 기남은 안도했다. 우경과 붙어다니는 것보다는 차라리 혼자 시간을 보내는 게 나을 것 같아서였다. 넓지 않은 곳이라면 충분히 길을 잃지 않고 구경할 수 있었다. 사찰 근처에서 이른 점심으로 흰 생선죽을 먹은 후 셋은 택시를 타고 시내로 나갔다. 도착한 곳에는 뒤로 보이는 바다와 함께 대관람차가 서 있었다.

"여기서 다섯시에 만나. 주변 어디서든 잘 보이는 데니까 찾기 어렵지 않을 거야. 저기 하늘다리 건너면 몰이야. 쉬엄쉬엄 다녀요. 문제 있음 전화하구."

"재밌게 놀아요, 할머니!"

"응. 마이클도 재밌게 놀아!"

우경과 마이클이 떠나고 기남은 해안선을 따라 걷기 시작했다. 앞서는 마음과 달리 몸이 잘 따라주지 않아서 중간중간 벤치에 앉아 쉬었다. 하늘은 여전히 흐렸지만 바람은 퍽 따뜻했다. 꼭 한국의 봄 같았다. 기남은 핸드폰으로 주위 풍경을 찍었다. 대관람차와 바다와 하늘을…… 우경과 있을 때 은근히 긴장했는지, 혼자 남겨지자 몸이 풀리면서 나른해졌다. 자신이 홍콩 부두에 있다는 사실이 믿기지 않았다. 이곳의 바다는 꼭 강 같았다.

어린 시절, 기남의 가장 달콤한 몽상은 고통 없이 단번에 죽어 세상에서 사라지는 것이었다. 그 생각만큼 기남에게 위안을 주는 건 없었다. 그런 기남의 세계에 다섯 살짜리 진경이 들어왔고, 삼년 후 우경이 태어났다. 아이들을 사랑하면 할수록 죽음이라는 관념은 위안이 아니라 두려움이 됐다. 하지만 이제 기남은 두렵지 않았다. 아이들은 버틸 수 있을 것이다. 마음이 가눌 수 없이 쓸쓸해질 때면 자신의 죽음이 아이들에게는 자유를 줄 것이라는 확신이 들기도 했다.

엉터리. 엉터리. 기남은 종종 엉터리라고 중얼거렸다. 무엇을 향해 그렇게 말하는지도 모르면서, 습관이 되어 소리 내어 말했다. 엉터리.

기남은 발길 가는 대로 걸었다. 화장실에 가려고 큰 건물에 들어갔는데, 일층 로비에서 여자 셋이 탁구를 치고 있었다. 커트 머리를 한 젊은 여자가 두 사람을 상대하고 있었는데 자세가 정확한 것이 구력이 꽤 된 듯 보였다. 반대편의 여자 둘도 초보는 아니었다. 어쩌다보니 기남은 화장실에 가는 것도 잊고 탁구대에 가까이 가서 구경을 하게 됐다. 얼마 뒤에 커트 머리 여자가 기남에게 뭐라고 말을 걸었다. 기남이 알아듣지 못하자 이번에는 영어로 물었다. 기남은 그 말 역시 이해하기 어려웠다.

"아임 쏘리."

다른 여자가 웃으면서 기남에게 탁구 치는 흉내를 냈다. 그리고 또박또박 말했다.

"게임?"

그 말에 기남은 고개를 끄덕였다. 커트 머리 여자가 라켓을 가져와 건네자 기남은 외투와 크로스백을 벗어서 창가에 올려놓고 몸을 풀었다. 여자 셋이 그런 기남을 보며 즐겁다는 듯 광둥어로 이야기했다. 둘씩 편을 나눈 뒤 기남의 서브와 함께 게임이 시작

됐다. 기남이 득점을 할 때마다 같은 팀의 키 큰 여자가 큰 소리를
내며 기뻐했다. 기남도 소리 내어 웃었다. 그렇게 웃은 건 홍콩에
도착하고 처음이었다. 연속해서 세 게임을 하고 나자 온몸이 땀으
로 젖었다. 기남은 외투를 챙겨 입었다.

"땡큐, 땡큐."

기남이 여자들에게 계속해서 말했다.

"땡큐, 땡큐."

같은 편이었던 여자가 기남의 어깨를 양손으로 잡고서 광둥어
로 이런저런 이야기를 했다. 마치 자신이 그렇게 말하면 기남이
다 알아들을 수 있다고 확신하는 듯이. 기남을 바라보는 여자의
눈빛은 다정했다. 그 눈빛을 보면서 기남은 이상하게도 눈물이 날
것 같았다. 여자는 게임에 썼던 형광 주황색 탁구공을 기남의 외
투 주머니에 넣어주었다.

"땡큐."

그러자 여자가 기남을 꼭 껴안았다. 기다렸다는 듯이 나머지 여
자 둘도 기남을 한 번씩 꼭 껴안아줬다. 누군가와 이렇게 포옹을
한 건 정말 오랜만이었다. 진경이나 우경이 어릴 때 안아본 게 기
남이 해본 포옹의 전부였으니까. 이름도 모르는 여자들과 포옹하
면서 기남은 예상치 못한 따뜻함을 느꼈다. 그 포옹이 얼마나 좋
았는지 기남은 자신만의 비밀로 간직하기로 마음먹었다.

기남은 건물을 나와 다시 해변을 따라 걸었다. 생각보다 멀리까지 왔는지 대관람차가 아주 작게 보였다. 기남은 바다를 바라보며 천천히 걸어갔다. 기남은 바다에 대해 모르는 게 많았다. 그토록 멀리 떨어져 있는 달이 눈앞의 바다를 파도치게 한다는 사실도, 바닷속에서 길을 잃어 익사하는 거북이 있다는 사실도 기남은 알지 못했다. 기남은 여전히 자신이 알지 못하는 것들을 떠올렸다. 그러자 익숙한 통증이 가슴에 퍼져나갔다. 멀리서 합창하는 소리가 들렸다.

기남은 노랫소리를 따라 걸어갔다. 대관람차 가까이서 젊은이들 여럿이 마이크를 들고 캐럴을 부르는 모습이 보였다. 사람들이 삼삼오오 모여서 그들을 구경하고 있었다. 기남은 주머니 속의 탁구공을 손으로 이리저리 만지면서 그 노래를 들었다.

캐럴을 듣는 동안, 기남은 명동의 한복판에서 서성일 수밖에 없었던 그날로 돌아갔다. 손을 뻗으면 만질 수 있을 것 같았지만, 지금으로부터 벌써 사십 년 전이었다.

그해 갓 스무 살이 된 기남에게 한 여자로부터 연락이 왔다. 그녀는 자신을 기남의 큰언니라고 소개했다.

"우리는……"

거기까지 말하고 그녀는 목소리를 가다듬었다.

"우리는 너에게 빚이 많아. 그래도 우린 가족이잖아."

아버지는 작년에 돌아가셨다고 말하며 큰언니는 기남을 생모의 생신 잔치에 초대했다. 잔치는 명동 호텔에 있는 중식당에서 저녁 일곱시에 열린다고 했다. 전화를 끊고 기남은 오래 고민했다. 그들은 자신을 헐값에 팔아버린 사람들이었다. 어째서 그 사람들을 봐야 하나. 이제 와서 왜 연락을 해온 건가. 하지만 큰언니라는 사람이 가족들이 자신에게 빚이 있다고 말했을 때 기남은 그 말에서 작은 희망을 발견했다. 그들이 어쩌면 자신을 버린 것에 대한 죄책감을 느끼고 있을지도 모른다고, 자신에게 사과하려는 것인지도 모른다고, '그래도 우리는 가족'이라고 자신을 초대하는 것인지도 모른다고.

기남은 그들 앞에서 초라해 보이고 싶지 않았다. 그래서 처음으로 파마를 하고 큰마음 먹고 새미로 된 앵클부츠를 구입했다. 약속 장소에 가기까지 얼마나 큰 용기가 필요했는지는 하늘만이 알고 있을 것이었다. 두렵고 떨렸지만 한편으로는 기대가 되기도 했다.

중식당은 호텔 꼭대기 층에 있었다. 웨이터가 기남을 룸으로 안내했다. 미닫이문이 열리자, 바로 정면으로 옥색 한복을 입은 노인이 보였다. 그 옆에는 젊은 남자가 앉아 있었다. 그들 뒤로 고층 빌딩들과 도로가 보였다. 룸에는 흰 테이블보를 씌운 둥근 테이블이 다섯 개 있었고 테이블마다 사람들이 앉아서 큰 소리로 떠들고 있었다. 어정쩡하게 서 있는 기남에게 어떤 여자가 다가왔다.

"기남이니?"

"네……"

"왜 이렇게 늦었어. 여섯시까지 오라고 했잖아."

"분명히 일곱시라고……"

"여기 보세요!"

여자가 큰 소리로 말했다. 그래도 사람들이 떠드는 소리는 잦아들지 않았다.

"기남이가 왔어요!"

그제야 사위가 조용해졌다. 테이블로 걸어가는 그 몇 초 동안, 기남은 느낄 수 있었다. 사람들이 결코 자신을 반기고 있지 않다는 걸. 그들은 자신의 등장을 불편해하고 있었다. 자신은 불청객이었다.

"엄마, 기남이 왔어요."

노인은 아무 표정 없이 기남을 바라봤다. 미간에 세로로 깊은 주름이 새겨져 있어서 아무 표정을 짓지 않았는데도 인상을 쓰고 있는 것 같았다. 입꼬리는 아래로 내려가 있었고, 화장을 했지만 피부가 잿빛이었다. 웃는 법을 잊은 사람처럼 보였다.

생모를 만나면 어떤 기분일지 기남은 오래 상상해왔다. 화가 날까, 그저 반가울까, 눈물이 날까, 원망스러울까, 행복할까. 한편으로는 생모의 반응이 궁금하기도 했다. 그것이 어떤 성격의 감정이든지 자신이 버린 딸과 만난다면 동요할 거라고 기남은 생각했다.

하지만 노인은 동요하지 않았다. 기남에게 관심을 기울이지 않았다. 기남이 테이블로 가까이 다가가는 동안에도 노인 옆의 젊은 남자는 쩝쩝 소리를 내며 음식을 먹었다. 기남은 그가 누구인지 단번에 알아챌 수 있었다.

기남은 입을 꾹 다물고 노인에게 묵례했다. 기남이에요, 라는 말을 하면, 어떻게든 입을 열면 울 것 같아서 아무 말도 할 수가 없었다.

"엄마, 뭐라고 말 좀 해요."

여자가 채근하자 노인은 손수건으로 입을 닦고는 여자를 보며 말했다.

"내가 저이한테 무슨 할말이 있노. 니는 왜 일을 만들어서 골치 아프게 하는데."

기남의 마음에는 사라지지 않는 방들이 있었다. 언제든 그 문을 열면 기남은 그 순간을 느낄 수 있었다. 그날에 대한 기억도 마찬가지였다. 모든 것이 생생했다. 그 중식당의 냄새, 식기의 모양, 음식의 종류, 노인 옆에 있던 젊은 남자, 그러니까 노인의 아들이 입었던 옷과 큰언니라는 사람의 표정까지도. 기남은 살면서 수시로 그 문을 열었다. 문을 열 때마다 기억의 세부는 조금씩 사라져갔다. 영원히 사라지지 않을 것 같던 마음의 통증도 마찬가지였다. 하지만 여전히 그 문을 열면 사라지지 않고 남아 있는 무언가가 있었다. 차갑고 단단하고 무거운 무언가가, 여전히.

노인은 심드렁하게 말하고서 아들에게 음식을 덜어줬다. 그러고는 입을 오물거리며 음식을 먹었다. 기남은 자기 몫으로 나온 볶음밥을 조금 먹다가 자리에서 일어나 그대로 밖으로 걸어나갔다. 뒤에서 여자가 자신을 불렀지만 목소리는 그저 멀게만 느껴졌다.

기남은 인파에 치이며 명동 거리를 이리저리 걸었다. 흥겨운 음악과 반짝이는 불빛들이 쏟아지는 거리를 지나는 동안 기남은 자신이 지금 살아서 숨쉬고 있다는 사실이 얼마나 부자연스러운 일인지 느낄 수 있었다. 그때 큰길에 있는 극장 앞에 젊은 사람들 여럿이 서서 캐럴을 부르는 모습이 보였다. 기남은 구경하는 사람들의 틈바구니에 끼어 노래를 들었다. 노래는 아름답게 기남을 이 세계로부터 추방했다. 버스가 나를 그냥 치고 지나가줬으면…… 어린 시절부터 반복된 상상이 구체적인 실감을 가지고 기남에게 다가왔다.

생모는 기남이 결혼하기 전해에 죽었다. 여자는 가끔 기남에게 전화를 걸어 그런 소식을 전하곤 했는데 어느 시점엔가 완전히 소식이 끊겼다. 여자는 살아 있다면 여든이 넘었을 나이였다. 하지만 죽었을 것이다. 살아 있는 한은 어떻게든 기남의 연락처를 알아내어 연락했을 테니까. 그 어설픈 관심이 기남의 오래된 상처를 헤집고 일상의 평화를 침해했다는 것을 그녀는 끝끝내 몰랐을까. 기남을 통해 자신의 삶은 그래도 기남보다 나음을 확인하고자 했던 걸까. 기남은 종종 그런 생각을 했다.

*

　기남은 캐럴 공연을 끝까지 보고 자리를 떠났다. 산책을 하고,
탁구를 치고, 공연을 보고 나니 시간은 벌써 세시를 넘어가고 있
었다. 기남은 대관람차를 지나 하늘다리를 건너서 그 끝의 몰로
향했다.

　몰은 가운데에 사각형 구멍이 뚫린 커다란 도넛 같았다. 천장에
서부터 바닥까지 붉고 반짝이는 공 모양의 장식과 흰 눈 결정 모
양의 장식이 금빛 실에 매달려 이어졌다. 기남은 그 아름다운 장
식을 사진으로 찍고 핸드폰을 크로스백에 넣었다. 이층에서 일층
을 바라보니 아이를 데리고 나온 사람들이 크리스마스트리와 커
다란 곰 인형 옆에서 사진을 찍고 있었다. 아이들과 함께 다니는
젊은 사람들을 보자 기남은 어린 진경을 데리고 서울대공원에 갔
던 날이 떠올랐다.

　따뜻한 5월의 오후였다. 리프트가 서울대공원의 초록빛 호수를
건널 때 진경은 눈을 꼭 감았다. 그런 진경을 바라보다 기남은 앞
으로 고개를 돌렸다. 눈앞으로 보이는 세상이 온통 연둣빛이었고
기분좋은 바람이 기남의 얼굴을 스쳤다. 그때 진경은 여덟 살이었
고, 우경은 기남의 뱃속에 있었다. 그리고 기남은…… 이십대 중
반의 나이였다.

　남편은 기남이 일하던 공장의 거래 업체 직원이었다. 그는 공

장에 올 때마다 기남에게 작은 선물을 줬다. 그가 건넨 양갱, 크림 빵, 땅콩 봉지 같은 것들에 기남은 진심으로 감동했다.

기남이 공장 뒤뜰에서 부지깽이를 들고 쓰레기를 태우고 있으면 그는 옆에 다가와서 자기 이야기를 했다. 자신의 실패한 첫 결혼에 대해서, 전처가 얼마나 매정하고 사악한 여자였는지에 대해서, 갓 다섯 살이 된 딸 진경에게 엄마가 얼마나 필요한지에 대해서…… 기남은 그의 말을 다 믿었다. 그가 진실했기에 자신 또한 진실해야 한다고 생각했다. 기남은 그의 질문에 모두 정직하게 답했다. 마음을 열어 자기 상처를 보여준 대가로 그가 일평생 그 사실을 들먹이며 자신의 약점으로 삼을 줄 그때는 미처 알지 못했기 때문이었다.

진경과 함께 리프트를 타고 초록빛 호수를 건널 때, 기남은 자신에게 그와 진경을 떠날 용기가 없다는 걸 인정했다. 그게 최선이라고 생각했다. 그 마음이 아무리 자신을 속이는 것이었다고 하더라도 그때 기남이 할 수 있는 일이 무엇이었을까. 기남은 진경을 사랑했다.

진경을 알기 전까지 기남이 만난 사람들은 그녀에게 값을 요구했다. 자신들이 준 작은 마음이나 호의까지도 모두 두 배 세 배로 돌려받길 원했다. 그래서 기남은 사람으로 사는 일이 원래 그런 것인 줄로만 알았다. 기남이 결혼해서 집을 나가겠다고 했을 때 권사장네 식구는 기남에게 배은망덕하다고 말했다. 우리가 너한테 어떻게 했는데! 이래서 검은 머리 짐승은 거두는 거 아니라더니. 그 말을 들으며 기남은 더는 놀라지조차 않았다. 삶은 원래 그런 것이었으니까.

"엄마가 내 엄마여서 좋아."

진경이 작은 손으로 기남의 얼굴을 만지며 말했다. 그렇게 말하는 아이의 눈에 눈물이 고였다. 자신을 향한 진경의 사랑에는 자신이 알지 못하는 슬픔이 섞여 있었다. 커다란 존재를 향해 간절하게 기도하는 마음 같은 것이 자신을 향한 어린 그애의 사랑 안에 존재했다.

진경과 같이 산 지 얼마 되지 않은 겨울, 외출하려는데 신발장 앞에 진경이 쪼그리고 앉아 있었다. 신발장을 보니 신고 나가야 할 신발이 보이지 않았다. 신발을 찾자 진경이 자기 품에서 기남의 신발을 꺼냈다.

"발 시리지 마, 엄마."

같이 외출했을 때 몇 번 발이 시리다고 말한 것을 진경은 유심히 들은 거였다. 진경은 기남의 말을 흘려듣지 않았다. 그애는 자기가 줄 수 있는 것이라면 무엇이든 기남에게 주고자 했고 더 주지 못해서 안타까워했다. 유치원에서 간식으로 받은 요구르트, 예쁜 단풍잎, 옥색 조약돌, 왕관을 쓰고 공주 옷을 입고 눈에 별이 박힌 기남을 그린 그림, 자기 전에 얼굴에 해주던 뽀뽀, 잠시 떨어져 있다 만나면 그토록 반가워하던 표정까지…… 기남은 세상에 그런 마음이 있다는 걸 진경을 만나고서야 알게 되었다. 그 마음을 기남은 힘을 다해 꼭 쥐고서 결코 잃고 싶지 않았다. 모든 걸 다 잃어도 그것만큼은 잃고 싶지 않았다.

기남은 커다란 장난감 가게 안에 들어섰다. 장난감 가게는 별세계였다. 아이들 사이에서 기남은 부지런히 움직였다. 손바닥만한 거북이 인형과 작은 거북이 피규어를 쇼핑 바구니에 넣고 계산대로 향했다. 계산을 하려는데 방금까지만 해도 잘 메고 있었던 가방이 보이지 않았다. 크로스백이어서 흘릴 일도 없었고, 코바늘로 단단히 짠 것이라 끈이 풀릴 수도 없었다.

"아임 쏘리."

기남은 쇼핑 바구니를 계산원에게 건네고 가게를 돌아다니며 자신의 발길이 닿았던 곳을 샅샅이 뒤졌다. 하지만 떨어진 가방 같은 건 없었다. 기남은 가게에서 나와 걸어온 길을 살폈다. 지나다니는 사람들에게 가방을 본 적 있는지 물어볼 수도 없었고, 핸드폰이 가방 안에 있었기에 우경에게 바로 연락할 수도 없었다. 외투 주머니 속에는 아까 건네받은 탁구공 하나만 들어 있었다.

화장실에 들른 것도 아니고, 가방을 내려놓은 기억도 없는데 어떻게 이런 일이 생겼을까. 고작 몇 시간 혼자 있는 사이에 가방을 잃어버린 자신을 우경이 어떻게 생각할지 상상하니 기남은 마음이 가라앉았다.

늦기 전에 우경을 만나러 대관람차 앞으로 가야 했다. 그걸 알면서도 기남은 당황해서인지 자신이 어느 쪽 문으로 건물에 들어왔는지 헷갈렸다. 방향을 떠올린 후에도 출입문을 찾지 못해 한참을 더 헤매고 나서야 기남은 겨우 하늘다리를 건너 대관람차로 걸어갔다. 다행히 아직 우경과 마이클은 도착하지 않았다.

기남은 근처 벤치에 앉아서 조용히 심호흡했다. 아무리 생각해봐도 어디서 가방을 잃어버렸는지 짐작하기 어려웠다. 기남은 오랜만에 자기 자신에게 깊은 분노를 느꼈다. 아까는 퍽 따뜻하던 바람이 차갑게 기남의 몸을 파고들었다. 시간이 꽤 지난 것인지도 몰랐다. 그런데도 우경과 마이클은 보이지 않았다. 기남은 문득 두려워졌다.

나이가 들고 성숙해진다는 건 그저 자신의 환경에 점점 더 익숙해진다는 뜻인지도 몰랐다. 기남은 낯선 그곳에 앉은 채 자신이 여전히 미숙하고 여전히 두려움이 많은 아이라는 걸 깨달았다. 기남은 아홉 살 아이의 마음이 되었다. 아홉 살 아이처럼 두려워졌다.

한 달 전 진경의 집에 갔을 때, 그애는 퇴근한 복장 그대로 술에 취해 상에 엎드려 있었다. 기남은 큰 소리가 흘러나오는 텔레비전을 끄고 그애를 흔들어 깨웠다. 진경은 겨우 상체를 일으키더니 레드와인이 말라붙은 검은 입술로 미소 지으며 기남을 바라봤다. 기남은 어떤 말도 하지 못한 채로 그런 진경의 얼굴을 가만히 바라봤다. 진경은 곧 미소를 거뒀다.

"가끔은 너무 겁이 나……"

"뭐가……"

"그냥…… 그냥 겁이 날 때가 있어, 엄마."

"어른이 뭐가 겁이 나."

그렇게 말하는 기남의 얼굴을 보며 진경은 희미하게 미소 짓다가 눈물을 흘렸다. 기남은 그 얼굴을 떠올리며 두 손에 머리를 묻었다.

"할머니!"

멀리서 마이클의 목소리가 들려왔다. 기남은 자리에서 일어나 소리가 들리는 쪽을 바라봤다. 베이지색 솜 재킷을 입은 마이클이 자기 쪽으로 뛰어오고 있었다. 그애의 모습을 보고서야 기남은 가슴을 쓸어내렸다. 겨우 몇 시간 보지 못한 것인데도 반가움이 마음 가득히 퍼져나갔다. 천천히 오라고 해도 마이클은 막무가내로 달려와서 기남에게 매달렸다.

"할머니, 오래 기다렸어요?"

"아니야. 방금 왔어."

기남이 고개를 저으며 말했다.

"오늘 재밌게 놀았어요?"

"응."

"뭐하고 놀았어요?"

기남이 대답하려는데 우경이 다가왔다.

"엄마, 전화 왜 안 받아. 문자도 안 읽고. 얼마나 걱정했는지 알아?"

"가방을 잃어버렸어."

"지갑은?"

"지갑이랑 핸드폰이랑 다 가방 안에 있어."

"어디서 잃어버렸는데?"

"저기……"

기남이 손가락으로 다리 건너 몰을 가리켰다.

"못살겠다. 기다려봐요."

우경은 핸드폰을 꺼내 어딘가로 전화를 걸었다. 영어로 꽤 오래 이야기를 나누고 전화를 끊더니 우경이 한 손을 제 이마에 갖다댔다.

"분실물 센터에 없다는데. 정말 몰에서 잃어버린 거 확실해?"

"응……"

"아직 접수가 안 된 걸 수도 있으니까 내 번호 남겼어. 엄마 지갑에 신용카드는 없어?"

"없어."

그러자 우경은 대답 없이 혼자 성큼성큼 앞서 걸어갔다.

"우경아. 어디 가."

"어디 가긴. 집에 가야지!"

택시 안에서도 우경은 아무 말 하지 않았다. 마이클은 작은 목소리로 기남에게 생일 파티에 다녀온 이야기를 해주었다. 꼭 상심한 아이를 대수롭지 않은 척하며 달래주는 어른처럼. 택시에서 내려 집으로 가는 길에도 우경은 무척 지쳐 보였다.

"엄마."
우경이 화장실에서 기남을 불렀다.
"얘기 안 하려고 했는데 자꾸 깜빡하는 것 같아서."
우경은 노란 오줌이 고인 변기를 가리켰다.
"그리고 화장실 쓸 때 문 확실히 닫아. 살짝 열어놓지 말고."
"내가 정신이 없어서 그랬다. 앞으론 안 그럴게."
우경이 변기 뚜껑을 닫고 물을 내렸다.
기남은 우경이 나간 화장실에 혼자 남아서 거울을 바라봤다. 상기된 노인의 얼굴이 보였다. 아이들이 어려서는 화장실 문을 닫을 수가 없었다. 문을 닫으면 아이들이 불안해했으니까. 문을 두드리면서 어서 문을 열라고 요구했으니까. 그렇게 문을 열어둔 채 일을 보는 것이 습관이 되어서 기남은 아이들이 다 자라고 나서도 화장실 문을 완전히 닫지 않았다.
밖으로 나가니 우경이 소파에 앉아서 누군가와 한국어로 통화하고 있었다. 기남이 다가가자 우경은 자리에서 일어나 안방으로 들어갔다. 닫힌 문 밖으로 조곤조곤 말하는 우경의 목소리가 들렸다. 얼마나 지났을까, 초인종이 울렸다. 우경이 방에서 나와 현관문으로 갔다. 마이클도 제 방에서 나왔다. 헬멧을 쓴 배달원이 플라스틱 용기가 담긴 봉투를 건넸다. 쌀국수와 볶음밥이었다.

기남은 우경을 도와서 용기를 식탁으로 옮기고 수저를 놓았다. 쌀국수는 아직 뜨거웠고 국물이 진했다. 무척 허기진 상태여서 그랬는지 평소에는 별로 좋아하지도 않는 쌀국수가 그렇게 맛있을 수가 없었다. 기남은 허겁지겁 쌀국수를 먹었다.

"마이클."

우경이 마이클을 불렀다.

"엄마가 쩝쩝거리면서 먹지 말라고 했지. 입 꼭 다물고 먹어야 한다고."

"알았어요."

기남은 그 말이 마이클만을 향한 것이 아님을 알아챘다. 기남은 당황한 마음을 감추려고 생각나는 대로 우경에게 말을 걸었다.

"방금 누구랑 통화한 거니?"

"마이클 할머니."

"마이클 할머니랑은 자주 연락하는 것 같더라. 시어머니께 살갑게 하는 거, 잘하는 거야."

기남은 자기감정을 들키고 싶지 않아서 쌀국수에 시선을 둔 채 말했다.

"그분이 시어머니여서 그런 게 아니야. 내가 좋아서 그래. 지금껏 여러모로 도와주셨고. 나, 그분 아니었으면 힘들었어."

"난 한국 할머니도 좋아."

마이클이 우경을 보며 말했다.

기남은 대답할 말이 없었다. 엄마가 도울 일 없니…… 그 질문에 우경은 답한 적이 없었다. 기남은 우경이 정확히 무엇을 원하는지 알지 못했다. 시간이 지나면서 기남은 우경이 자신에게 원하는 건 그저 우경을 가만히 두는 것이라는 걸 깨달았다. 우경의 인생에 감히 개입하지 않는 것, 우경이 자신에게 바라는 건 그것뿐이라고. 어째서 자신에게는 허용되지 않았던 일이 제임스의 어머니에게는 가능했을까. 우경은 자신에게서 어떤 결정적 결점을 발견했던 걸까. 자신의 존재 자체에 묻은 얼룩 같은 것…… 그것을 기남은 알 수 없었다.

기남은 남은 면발을 천천히 다 먹었다. 그러는 동안 얼굴은 계속 화끈거렸고 자리에 계속 앉아 있기가 불편했다. 기남은 싱크대로 가서 용기에 남은 국물을 버렸다.

"잘 먹었어. 난 먼저 들어갈게."

우경은 기남을 붙잡지 않았다. 방으로 들어가서 기남은 요를 펴고 벽에 기대앉았다. 아침부터 쌓인 피로가 한꺼번에 몰려왔다. 눈을 감고 앉아 있는데 얼마 지나지 않아 마이클이 방에 들어오더니 옆에 다가와 앉았다. 기남은 그애의 무릎 위에 이불을 덮어줬다.

"할머니."

"응?"

마이클이 부드러운 표정으로 기남을 바라봤다.

"부끄러워요?"

기남은 자기 귀를 의심했다. 한동안 마이클을 가만히 바라보다 기남이 입을 열었다.

"……잘 못 들었어. 다시 말해줘."

"부끄럽냐고 물어봤어요. 할머니, 부끄러워요?"

기남은 아무 말 없이 마이클을 품에 안았다. 아이에게서 시큼한 땀냄새가 났다.

"……응. 그런가봐."

그렇게 대답하고 기남은 불현듯 이해할 수 있었다. 부끄러움. 마이클의 말이 맞았다. 기남은 부끄러웠다. 우경의 눈에 비칠 자신의 모습이, 그애가 오래전 자신을 멀리 떠난 일이, 진경의 알코올중독이, 두 아이가 결국 화해하지 못하고 지금에 이른 사실이…… 기남은 부끄러웠다. 남편에게 단 한 번도 맞서지 못하고 살았던 시간이, 그런 모습을 아이들이 보고 자란 것이…… 기남은 부끄러웠다. 부모에게 단 한순간도 사랑받지 못했던 자신의 존재가, 하지만 그 사랑을 끝내 희망했던 마음이…… 기남은 이 모든 이야기를 누구에게도 할 수 없었다. 부끄러워서. 기남은 죽고 싶을 만큼 부끄러웠다.

"할머니."

기남의 품에서 나온 마이클이 기남의 무릎 위에 손을 올리고 말했다.

"부끄러워도 돼요. 부끄러운 건 귀여워요. 에밀리가 그랬어요."

"에밀리?"

"내 여자친구요."

마이클이 들뜬 목소리로 답했다. 기남은 조심스럽게 마이클의 머리를 쓰다듬었다. 숱이 많은 곱슬머리가 우경의 어린 시절과 똑같았다.

"마이클은 다정하구나."

"맞아요. 엄마가 그랬어요. 마이클은 너무 다정해. 한국 할머니처럼."

"정말?"

"근데 너무 다정하면 안 된대요."

마이클이 잠시 기남을 보다 말을 이었다.

"너무 다정한 건 나쁜 거래요."

따뜻한 통증이 기남의 등과 배에 퍼져나갔다. 기남은 마이클의 머리칼을 쓰다듬으면서 가만히 고개를 끄덕였다. 마이클은 자신을 몰랐고 자신이 살아온 시간을 몰랐다. 하지만 그 순간, 자신에 대해 아무것도 모르는 그애가 오히려 자신보다 자신을 더 많이 이해하고 있는 것처럼 느껴진 건 무슨 이유였을까. 부끄러워도 돼요. 기남은 그 말을 믿을 수 없었다. 한 번도 기대하지 않았던 말. 기남은 그 말을 잊을 수 없으리라고 생각했다. 자신의 이야기가 기남의 마음에 어떤 파문을 일으켰는지 모르는 마이클은 자리에 앉아서 계속 이야기했다. 여자친구 에밀리에 대해서, 바다거북의 산란지인 카보베르데에 대해서, 그곳에서 태어난 새끼 거북들이 어떻게 바다를 향해 가는지에 대해서……

마이클의 얼굴을 바라보면서 기남은 그애가 한 계절만 지나도 오늘의 일을 잊을 거란 걸 알았다. 그리고 더 많은 시간이 지나면 자신이 그애에게 그저 멀고 낯선 혈육이 되리라는 것도. 하지만 그 사실이 자신을 더는 슬프게 하지 않는다고 기남은 생각했다.

"할머니."

자신을 부르는 마이클을 보며 기남은 고개를 끄덕였다. 그 작고 연약한 순간이 아직은 자신을 떠나지 않았음을 바라보면서.

해설 | 양경언(문학평론가)

더 가보고 싶어

보이지 않는 잉크로 쓰인 장면

　최은영의 첫 장편소설 『밝은 밤』(문학동네, 2021)에는 한국전쟁 시기, 피난길에 오르느라 학교를 제대로 다니지 못하던 '영옥'이 온종일 재봉틀을 돌리는 '명숙 할머니'와 임시 학교에서 수업을 마치고 온 '희자'에게 책을 낭독해주는 장면이 등장한다. 세 여성 인물이 함께 책을 읽는 장면은 짧게 나오지만 강렬한 인상을 남긴다. 영옥이 책을 읽고 있던 희자에게 다가가 책의 냄새를 맡고 책 표지에 씌어 있는 제목과 작가의 이름을 소리 내어 읽는다. 잠자코 영옥의 행동을 지켜보던 희자는 영옥에게 책을 읽어달라고 청하고, 영옥은 본격적으로 낭독을 시작한다. 뒤편에 있던 명숙 할머니도 귀를 기울이다가 "계속 읽으라우"(185쪽)라고 말하며 영옥의 낭독을 독려한다. 펼쳐진 책장 위에 빼곡히 적혀 있는 글을 정성껏 낭독하는 영옥, 거기에 열렬히 집중해 있는 희자, 그리고 이때만큼은 재봉틀에서 잠깐 손을 놓은 채 골똘한 표정으로 영옥이 들려주는 이야기를 경청하는 명숙 할머니. 상상해보면 무척 고요한 장면일 테지만 이들은 그 어느 때보다도 활발하고 생기 넘치는 얼굴로 서로 말을 나누는 것만 같다. 이들에게 낭독을 통해 '함께' 책을 읽는 시간은 지성과 감성을 동시에 활성화시켜 살아 있는 자로서의 쾌락을 자연스럽게 느끼는 때, 달리 말해 세상을 "머리로 이해"할 뿐 아니라 "열정과 감각으로 이해"(리타 펠스키, 『페미니즘 이후의 문학』, 이은경 옮김, 여이연, 2010, 91쪽)하는 기쁨을 누리는 때였을 것이다. 명숙 할머니가 그녀의 엄마로부터 들은 '이야기를 좋아하면 가난해진다'는 속설도 이들의 즐거움을 방해하진 못한다. 이들은 자신이 있는 곳 바깥에 또다른 세상이 있다는 사실을 독서를 통해 알게 된다.

『밝은 밤』에 나오는 인물들이 그들에게 주어진 삶 안에서만 맴돌지 않고 다른 곳을 향해 시선을 더 멀리 둘 수 있었던 밑바탕에는 저와 같은 독서 행위가 있어서일지도 모른다. 이를 헤아리는 데서부터 이번 소설집에 대한 이야기를 시작하자.

최은영의 소설은 으레 수동적이라고 여겨졌던 행위들이 가진 역동성을 드러내는 데 능하다. 그뿐 아니라 강한 성향이 품고 있는 연한 속성을, 기쁨이 숨기고 있는 깊은 슬픔을, 평화로운 풍경 속에 도사리고 있는 폭력을, 혼자에 가려진 여럿을 드러냄으로써 그간 정반대의 것이라고 알려진 것들이 실은 얼마나 닮아 있는지, 이들이 서로를 지탱하면서 세상을 얼마나 촘촘하게 구축해왔는지 차분히 밝혀오기도 했다. 소설에서 '읽는 일'이 다뤄질 때도 마찬가지다. 책에 마냥 순응하는 모습으로 알려져 있는 '독자'는 최은영의 소설에서는 행간에 "보이지 않는 잉크"(토니 모리슨,『보이지 않는 잉크』, 이다희 옮김, 바다출판사, 2021, 19쪽)로 쓰여 있는─ '공백'에 숨겨져 있는─이야기를 꺼내고, 그 이야기와 나란히 자신의 이야기를 써내려가는 능동적인 모습으로 나타난다. 마치 소란으로 가득찬 침묵을 품고 소설을 읽고 있는 지금의 우리 모습처럼.

읽는 사람들의 공유지에서

글을 배울 기회나 공적인 자리에서 자신의 의견을 마음껏 밝힐 기회를 동등하게 갖지 못했던 이가 한 사람의 독자로 거듭나는 일의 의미를 논하는 많은 연구 중에서도 리타 펠스키는 특히 "독자와 작품 사이에 초래되는 혼란스럽고 예측 불가능한 상호작용"으로서의 "협상"(같은 책, 79쪽) 활동에 주목한다. 그에 따르면 여성은 독서를 통해 "비판적인 것과 고백적인 것들"을 서로 비추고 교직시킴으로써, "미학적인 경험"을 구성하는 (으레 '반지성적인 감상'이나 '감정 과잉'이라고 비판의 대상이 되곤 했던) "감성과 쾌락"을 "신중한 탐구"의 일면으로 활용한다(같은 책, 94쪽). 리타 펠스키는 책 속 이야기에 매혹된 나머지 비극적인 결말을 맞이하는 듯 그려진 '보바리 부인'을 예시로 내세우면서 그간 어느 정도 경시되어왔던 '여성 독자'의 '몰입'과 '동일시', '공감대 형성'으로 채워진 독서 행위가 오히려 한 사람이 세계를 탐구하는 과정에서 구성되는 정체성의 조건이자 "억압받는 커뮤니티의 다른 구성원들과의 연대 행위"(같은 책, 68쪽)의 출발선이 된다고 말한다. 『밝은 밤』의 인물들 또한 함께 읽는 시간을 통해—전쟁중에는 더욱이 가로막혀 있었을—살아 움직이는 자의 생기를 서로에게서 발견하고, 이야기라는 구체적인 형태로부터 세상에 남아 있는 아름다움을 감각하면서 동시에 세상에 관한 생각을 공유하는 모습을 보여준다. 최은영의 여성은 '읽는 행위'를 통해 개인의 불운으로 여기기 쉬운 일들을 사회구조의 맥락에서 이해하는 시야를 얻음으로써 삶을 쉽게 등지지 않는 힘을 기르는 것이다. 이는 이번 소설집 『아주 희미한 빛으로도』에서도 마찬가지로 나타난다.

소설집 앞부분에 배치되어 있는 「몫」을 먼저 살핀다. 1990년대 중반, 한 대학의 교지 편집부에서 동기로 만난 '해진'과 '희영', 그리고 이들의 선배 '정윤'이 서로에게 끼친 영향에 대해 전하는 이 소설은 줄곧 '당신'이라는 이인칭 대명사로 소환되는 해진이 무엇을 어떻게 읽는지에 따라 제 목소리의 빛깔을 찾아가는 과정을 담는다.

이십대 초반의 해진에게 일어난 "한번 읽고 나면 읽기 전의 자신으로는 되돌아갈 수 없는"(52쪽) 읽기 경험은 총 세 번 나타난다. 첫번째는 해진의 학교 학생들이 1996년 대동제 기간에 'A여자대학교'의 학생들에게 집단 폭력을 가했던 사건에 대하여 그를 명백히 '폭력'이라 명명하며 논리를 펼친 정윤의 글을 통해서(해진은 이 글을 읽고 마음 깊은 곳에 잠겨 있는 자신의 느낌과 생각을 언어로 변화시켜 누군가와 이어질 수 있는 글을 쓰고 싶은 마음을 품게 되고, 그것이 계기가 되어 교지 편집부에 지원한다), 두번째는 'B대학교 대학원'에서 일어난 교수 성희롱 사건을 분석한 희영의 글을 통해서(희영이 이 주제로 글을 쓰겠다고 했을 때 편집부 선배 '용욱'은 해당 주제를 '타락한 개인의 윤리 문제'일 뿐이라고, '정치와 사회를 다루는 지면에서 굳이 다룰 필요는 없다'고 말한다. 그러나 결국 희영은 그 문제로 글을 쓰고, 열 시간 넘게 이어진 '초고를 소리 내어 읽는 회의'에서 기어이 편집실에 있는 모두를 자신의 글에 집중시킨다), 그리고 세번째는 희영의 제안으로 해진 스스로가 쓰기 시작한 "맞아 죽은 여자들의 역사" "살기 위해 남편을 죽여야 했던 여자들"(66쪽)에 대한 글과(해진은 울면서 이 글을 쓰고, 회의에서 자신이 쓴 글을 읽을 때도 여러 번 목이 멘다) "남편을 죽여야만 아내가 살 수 있는 사회구조의 잔인함"(67쪽)에 대해 쓴 희영의 글을 통해서이다(해진은 희영의 글을 읽으며 '힘을 받는다'). 세 번의 특별한 읽기 경험으로 해진은 글이 발휘하는 힘에 대한 이해를 넓혀간다. 다시 말해 해진은 어떤 글은 특정 사안을 제대로 직시하게 만든다는 점, 그런 글은 흔히 누군가가 '재수가 없어서' 겪는 일로 다뤄졌던 사안을 사회가 해결해야 할 사안이자 해결할 수 있는 문제로, 즉 모두의 문제로 바라보게 해준다는 점, 무엇보다 글을 매개로 "아무런 관계"가 "없는 사람들의 마음에"(66쪽) 닿을 수 있다는 점을 깨우쳐가는 것이다. 「몫」에서 읽기 장면은 발화할 수 있는 권력이 편재되어 있는 지금 사회의 모습을 독자의 위치에 선 한 사람이 인지해가는 과정을 그리는 한편, 공동체의 구성원으로서 자신의 목소리가 중요하다는 것을 받아들이기로 한 '읽는 사람'은 결국 '쓰는 사람'으로 거듭날 수밖에 없음을 보여준다. 해진은 '보이지 않는 잉크'로 새겨진 세상의 일들을 몸으로 직접 이해해나감으로써 세상이 일방적으로 요구하는 것과는 다른 잉크를 꺼내드는 사람으로 변화한다.

해진과 정윤 그리고 희영은 끊임없이 이들의 목소리가 중요하지 않다고 여기는 세상을 상대하느라 스스로조차 모르는 사이에 제 몸에 새겨진 자기혐오와 싸우는 사람들이므로, 이들에게 있어 '무엇을 어떻게 읽을지'를 치열하게 묻는 일은 서로에게 상처를 입히고 갈등을 유발할 정도로 중요하다.

'독자/작가'로서의 여성이 맞닥뜨리는 자기혐오에는 뿌리깊은 역사가 있다. 여성이 자신의 관점에서 이야기를 하면 '감상적'이라고, '논리적인 모순'이 있다고 치부해온 역사가 길기도 하고, 이와 같은 사회는 타인과 함께 살아가야 한다고 생각하는 이들을 향해 다른 이의 도움을 바라는 나약한 모습을 보인다고 비판할 뿐아니라 "타인의 상처에 대해 깊이 공감"하는 능력과 "상처의 조건에 대한 직관"(59쪽)을 쓸모없는 것이라 여기기 때문이다. 그 탓에 자신이 다른 사람들과 어떻게 관계 맺고 있는지를 섬세하게 일별하려는 이들이 오히려 희영처럼 자신에게는 글을 쓸 자격이 없다면서 괴로워하는 상황이 벌어진다. 더군다나 「몫」은 자기혐오와 씨름하는 여성들의 모습을, 1990년대 중반에서 2000년대 초반까지 여성주의적인 관점에서 학생운동을 했던 이들의 분투와 겹쳐 놓는다. 이들은 관점이 왜소하다는 시선에 맞서 무엇이 더 숭고한지를 위계화하려는 편협한 지성의 언어가 아닌 다른 언어로 자신들이 지향하는 가치에 대해 말하려 하고, 이를 통해 끝끝내 지키고자 하는 삶이 있음을 알리고자 노력한다. 「몫」의 인물들은 자신을 이루는 다양한 정체성을 인식함으로써 그것이 설령 자기 자신을 깎아내린다 하더라도 결국에는 스스로가 어떤 목소리를 내려하는지, 자신의 '몫'이 무엇인지에 대한 성찰을 포기하지 않는다. 이들에게 읽기 경험이란 자기혐오를 극복하는 가운데 자기 자신의 목소리로 '말하는/쓰는' 일이 중요하다는 것을 일러주는 정치적인 행위이다.

특히 희영은 읽고 쓰는 일이 자기 확인이나 자기만족에만 머물러선 안 된다고 직접적으로 말해주는 인물이다. 읽고 쓰는 것만으로 어느 정도 자신의 몫을 했다고 믿고 스스로가 정의롭다는 느낌에 갇힌 채 살아가는 이들을 돌아보게 하는 희영의 말은 기자가 된 해진을 내내 붙든다. 희영은 해진에게 진실에 도달하기 위해 읽고 쓰는 일이 중요하기는 하지만, 진실에 도달하는 과정 자체가 쉽지 않다는 것을 늘 염두에 두어야 하며 그 지난한 과정이 삶과 연결되지 않는다면 그로부터 만들어지는 의미 역시 휘발되어버리기 쉽다고 전한다. 이처럼 희영의 말을 통해 읽고 쓰는 일이 정치성을 발휘할 수 있는 영역은 한번 더 확장된다. 읽고 쓰는 사람들의 몫은 지금 사회가 듣지 않으려는 목소리가 잘 들릴 수 있도록 만드는 것 못지않게 그 목소리가 저 혼자만의 역량으로 울릴 수 있다는 착각에서 빠져나오게 하는 것, 한 사람의 목소리에는 이미 많은 이들의 삶이 담겨 있어 그러한 연결을 통해 그 자신으로 존재할 수 있음을 알리는 것으로까지 나아간다.

해진은 자기혐오를 딛고 찾아낸 자신의 목소리에 여전히 '자신'만이 가득차 있지는 않은지, 자신이 섣부른 확신을 하며 성찰하지 않는 글을 쓰고 있지는 않은지 희영의 태도를 경유해 돌아본다. 그러나 해진의 목소리에는 이미 희영의 삶이 녹아들어 있고, 이는 희영도 마찬가지다. 삶의 교집합에 대한 이러한 자각은 해진으로 하여금 쓰는 사람으로서 겸허한 태도를 갖도록 만든다.

　소설의 말미에 이르러 해진이 희영과의 관계에서 빚어진 슬픔에 대해 조금도 과장하지 않고 희영의 마지막 순간을 그리는 성숙한 면모를 보일 때, 우리는 소설에서 호명하는 '당신'이 해진 스스로가 자기 자신으로부터 성찰의 거리를 확보하고자 스스로를 부르는 호칭일 뿐만 아니라, '몰입'과 '동일시', '공감대 형성'을 통해 나는 또다른 타인이며 타인의 삶은 곧 내 삶의 일부분임을 깨닫는 '독자/작가'를 가리키기도 한다는 것을 알게 된다. 소설에서 해진을 '당신'으로 소환할 때, 또는 자신의 이야기를 꺼내는 여러 인물에게 가까이 다가갈 때, 독자인 우리는 쓰이는 것만큼 의미심장한 쓰이지 않는 것을 따라 한 사람이 삶다운 삶을 꾸릴 수 있도록 그를 일으켜세우는 것은 무엇인지를 짚어가게 된다. 우리 역시 그 이야기에 기대어 그로부터 우리 자신의 이야기를 발견하고 그 이야기와 연결된 또다른 이들을 떠올리기 때문에 최은영의 소설에서 벌어지는 일은 단순히 타인의 얘기가 될 수 없다. 이제 최은영의 세계에서 "기댐과 기댐 받음의 변증법"으로 만들어진 "공감의 유대"(서영채, 「순하고 맑은 서사의 힘」, 『쇼코의 미소』 해설, 문학동네, 2016, 278쪽)가 무엇으로 이루어졌는지 말할 차례다.

참지 않는 자가 돌본다

　최은영의 세계가 지금껏 포착해왔다고 알려진 내밀한 관계에서
일어나는 파동을 개인들 사이의 사적인 문제로 축소해서 살펴서
는 안 된다. 최은영의 작품은 언제나 미묘한 파동이 만들어진 원
인으로 여러 사회 조건 및 역사적, 구조적인 문제가 얽혀 있다는
것을 짚어왔다. 이는 이번 소설집에서도 이어지는 얘기이다. 최은
영은 현실의 문제를 다루는 일에 '여전히' 용감하다. 최은영의 인
물들에게 '공감의 유대'를 이루는 면이 있다면, 그것은 그들이 지
금 시대가 사소하다고 앞서 판단하면서 축소시키려는 현실이 무
엇인지를 치열하게 물으면서, 이때 필요한 것은 무엇인지를 끊임
없이 궁리하면서 형성된다.

　「답신」은 화자인 '나'가 수감 생활을 한 뒤로 만나지 못하게 된
조카에게 쓰는 편지 형식으로 구성된 작품이다. '나'의 편지는 이
모인 자신과 조카인 '너'가, 그리고 '너'의 엄마이자 '나'의 언니인
그녀와 '나'가 왜 영영 만날 수 없는 사이가 되었는지를 '나' 자신
의 목소리로 설명하기 위해 '나'의 어린 시절부터 돌아보는 회상
의 방식으로 쓰여 있다. 짐작하건대 「답신」을 읽고 고통스럽지 않
다고 느낄 독자는 없을 것 같다. '나'가 네 살 무렵에 헤어진 엄마
에 대한 기억 없이 고모할머니와 언니, 아빠와 지내던 어린 시절
을 묘사하는 대목이나 무심하고 가부장적인 아빠로부터 폭력적인

말을 듣는 장면, 고등학교 시절 아르바이트를 해서 번 돈으로 자신을 챙겨주고 도시락을 싸주던 언니가 학교 선생과 문제적인 관계를 맺고 있는 상황을 '나'가 목격하는 장면, 자신을 함부로 대하는 선생과 불행한 결혼생활을 이어가면서도 '괜찮다'고 말하는 언니의 모습과, 언니에게 그랬던 것처럼 자신이 가르치는 학생을 상대로 또다시 의심스러운 관계를 맺는 형부의 모습…… 이런 상황에 처할 때마다 '나'가 느꼈을 수치심, 슬픔, 무력감, 분노 등의 감정은 우리에게까지 고스란히 전해진다.

더욱이 '나'가 어린 시절부터 청년 시절에 걸쳐 맞닥뜨렸던 일들이 실제 현실에서 (놀라울 정도로) 빈번하게 일어난다는 사실은 우리를 더욱 고통스럽게 만든다. 소설은 여성을 낮추어 보는 아버지로부터 언어 학대를 당하고 돌봄을 제대로 받지 못한 어느 어린 여자아이들이 겪는 외로움을, 이들이 저 자신을 믿지 않는 태도를, 성인 남성으로부터 성 착취를 당하면서도 자신보다 가해 남성을 더 걱정하는 어느 여성 청소년의 실태를, 남편의 폭력을 마냥 참고 견딤으로써 상황을 모면하려는 어느 아내의 선택을 정면으로 다룬다.

여러 괴로운 장면 중에서도 다음 장면에 대한 언급을 하지 않을 수 없겠다. 언니를 지키기 위해 형부를 폭행한 죄로 재판을 받는 '나'를 앞에 두고 언니가 '남편은 자신을 때리지 않았다'고, '동생에게는 폭력적인 성향이 있었다'고 거짓 증언을 하는 장면이 그것이다. "여자 피고인들이 사실이 아닌 불리한 증언을 부정하지 않고 자포자기하듯 받아들이는 경우가 많이 있다"(171쪽)는 변호인의 언급이 소설에 직접 등장하거니와, 여기에서는 '나'가 그간 알지 못하는 동안 숱하게 폭력적인 상황에 노출되어 있었을 언니의 생활이, 그로부터 빠져나가지 못하고 무기력하게 하루하루를 살아갔을 언니의 모습이 역으로 드러난다. 고등학생 시절의 언니와 똑같이 선생과 관계를 맺던 아이가 '나'에게 그 사실을 들켰을 때 자신보다 선생이 난처해하지 않을지를 염려하는 모습 역시 언니와 다르지 않다. 언니의 거짓 증언과 아이의 반응에 대해 누군가는 이들의 자기 결정권에 따른 행동이므로 어쩔 수 없는 것이라고 여길지 모르겠다. 그러나 소설은 "구조적 취약성 속에서 다른 삶보다 외부의 충격에 더 크게 상처받기 쉬운 '불안정한' 상태에 놓인" 이들에게 "책임"을 "철저하게 여성 개인의 몫으로 내던지는" 상황(민가영, 「신자유주의 시대 10대 여성의 자기 보호와 피해」, 김은실 엮음, 『더 나은 논쟁을 할 권리』, 휴머니스트, 2018, 119쪽)을 문제시한다. 이 여성 인물들이 어떤 맥락에서 그런 행동을 하게 되었는지, 남들이 보기엔 자기 자신을 지키지 않는 방향으로 스스로를 내모는 결정일지언정 그들을 둘러싼 상황에 대한 고려 없이 함부로 그들의 사연을 '개인 사정'이라며 외면해선 안 된다는 입장을 분명하게 내세우는 것이다.

「답신」은 '나'와 언니가 멀어지게 된 상황을 둘 사이에서 일어난 일로 국한하지 않고, 언니와 같은 처지의 여성이라면 누구나 겪을 수 있는 일이자 사회가 구조적 취약성의 문제를 방기할 때 벌어질 수 있는 비극으로 전한다. 이를테면 언니가 고등학생 때 학교 선생과 관계를 맺지 않았더라면, 결혼을 일찍 하지 않았더라면, 마냥 참고 살지 않았더라면, 거짓 증언을 하지 않았더라면, 고모할머니의 장례식장에서 '나'에게 한마디라도 건넸더라면…… 다른 선택을 했다면 얼마든지 다른 결과를 낳을 수 있었을 거란 기대가 이들 자매에게는 애초부터 주어지지 않았다는 의미의 비극이다. 그러나 소설은 그 점을 부정하지 않으면서도 그러한 삶을 어떻게 받아들일지, 인물들이 서로의 삶을 어떻게 이해해나갈지에 대한 고민을 이어감으로써 이 얘기가 세상의 관심 밖으로 멀어지는 일이 없도록 만든다. 조카에게 '유사 부모'로서가 아니라 '이모'로서의 역할을 다하기 위해, 다시 돌아가도 똑같은 선택을 할 수밖에 없을지라도 이를 단순한 파멸로 끝내지 않기 위해, 주어진 삶을 이해하고자 애쓰는 과정에서 이를 수 있는 궁극적인 화해에 다다르기 위해, 종국에는 일방적으로 주어진 환경뿐 아니라 우리 자신이 주체적인 행동을 통해 어떻게 세계를 만들어나갈지를 결정할 수 있다고 말하기 위해 이 소설은 편지로 쓰일 수밖에 없는 것이다.

이는 「답신」을 마냥 고통스러운 소설로만 바라볼 수 없게 만드는 이유가 되기도 한다. 어쩌면 우리는 이 소설을 다른 무엇보다 먼저 별다른 힘이 없던 어린 언니가 동생을 지키기 위해 애썼던 한 시절이 얼마나 큰 사랑으로 이루어져 있는지, 그런 사랑이 사람을 얼마나 강하게 만들어주는지를 뒤늦게 이해하게 된 동생의 이야기로 이해할 수 있을 것이다. 혹은, 당장은 세상이 크게 달라지지 않는다 할지라도 언니 그리고 언니와 비슷한 처지에 놓인 이들이 항상 안전하기를, 그들이 마땅한 행복을 누리기를 바라는 마음을 전하기 위해 '그래도' 남기는 이야기로.

소설은 참고 견디는 방식만이, 또한 그렇게 함으로써 부정의한 상황을 용인한 스스로를 벌하는 방식만이 폭력의 세계를 살아내는 우리가 택할 수 있는 전부가 아니라고 말한다. 우리에겐 참지 않는 방식도 있다. 폭력을 참아내지 않기로 한 사람은 자기 자신과 다른 이들을 돌아볼 줄 알고, 책임을 다해 함께 있는 이들을 돌보고자 한다. 자신의 삶과 떼어놓고 생각할 수 없는 이들의 삶을 존중하는 힘을 가진다.

조카에게 이를 전하기 위해 쓰이기 시작한 편지가 '답신'이란 제목을 달고 있는 이유도 이와 연결해서 생각해볼 수 있지 않을까. 소설은 조카의 자리를 내내 공백으로 비워둠으로써 폭력적인 세계에서도 계속해서 자라고 있는 이들의 응답을 들을 수 있는 자리를 마련하기 위해 '편지'가 아닌 '답신'이란 제목을 내건 것 같다. 아니 그보다는, 이 소설이 눈물을 흘리던 언니의 마지막 모습에 대한 '답신'으로 전해지길 바라는 마음에서, 아주 오래전 언니가 '나'에게 주었던 사랑에 '응답하는 역량response-ability'을 발휘해 '책임responsibility'을 다하는 기록으로 남겨지길 바라는 마음에서 쓰인 편지이므로 어김없이 '답신'이란 제목이 새겨져야 했을지도 모른다. 언니에게 전하는 답신은 곧 다음 세대의 답신을 받고자 노력할 때 이루어지는 일. 이는 곧 의존할 만한, 믿을 만한 사람이 전해주었던 사랑에 응답하기 위해 '나' 자신이 의존할 만한, 믿을 만한 돌봄을 제공할 수 있는 사람으로 거듭나는 일과 같다. 「답신」은 서로 기대고 의존하면서 형성되는 유대와 사랑이 각자가 지닌 결핍 때문에 요구되는 것이 아니라 서로 기대고 의지할 수 있는 역량에 의해서 형성되는 것이라고 말한다.

「파종」과 「이모에게」 역시 서로의 마음에 응답할 줄 아는 역량, 서로 의존할 줄 아는 역량이 '공감의 유대'와 '사랑'을 이어가게 만든다고 일러주는 작품이다. 두 작품에 따르면 한 사람이 어엿하게 독립적인 삶을 살아간다는 것은 자기 자신과 자신의 삶을 가능하게 해주는 이들을 돌볼 수 있는 역량을 갖추었다는 의미뿐 아니라, 누군가가 제공하는 돌봄에 기대는 역량을 발휘할 수 있다는 의미도 갖는다.

「파종」은 돌아가신 엄마 대신에 오빠의 보살핌 속에서 자란 '그녀'의 시점으로 쓰인 이야기로, 오빠가 살아 있을 적엔 알지 못했던 오빠의 사랑을 깨달아가는 과정이 기록되어 있다. 소설의 말미에 이르러 그녀는 오빠를 다시 살려낼 수는 없어도, 오빠와 함께

했던 시간은 마음속에서 영영 사라지지 않고 남아 자신과 딸 '소리'를 계속해서 살게 해주리라는 것을 진심으로 이해하게 된다. 무엇보다 이 이해가 소리에 의해 가능해진다는 점이 특별하다. 그녀는 학교를 그만두고 싶다고 말한 소리의 마음을 따라가면서 비로소 오빠의 사랑 표현 방식과 돌봄 행위의 소중함을 알게 되기 때문이다.

소리의 입장에서 읽는다면 이 소설은 엄마의 이혼 후 함께 살기 시작한 삼촌과 텃밭을 가꾸며 마음을 달래가던 아이가 삼촌의 죽음이라는 커다란 상실을 겪고 이를 감당하는 과정이 그려진 작품이다. 소리는 '아무거나'는 답이 될 수 없다는 삼촌의 가르침을 잊지 않고 자신이 원하는 것을 분명하게 표현하는 사람이 된다. 또한 작은 씨앗을 세심하게 가꾸면 그로부터 커다란 세계를 품은 생명이 자라난다는 사실을 삼촌과 함께했던 시간으로부터 배우고 이를 자신의 삶에 적용하고자 한다. 소리가 자신만의 삶을 씩씩하게 가꿔나갈 수 있는 밑바탕에는 삼촌의 지혜에 기댄 시간이 있는 것이다. 자유로운 개인으로 거듭나기 위해 으레 지양해야 할 태도로 꼽혀왔던 '의존성'은 소리의 방식을 경유하면 다른 사람에 의해 자신의 삶을 변화시킬 줄 아는 역량이 된다.

엄마와 자신을 돌봐주었던 이모를 떠올리며 자신에게 남겨진 이모의 흔적을 되짚는 「이모에게」에서 화자인 '희진'은 이모에게 받은 것들로 자신의 세계가 넓어지고 깊어졌다는 것을 이해하게 되는 인물이다. 파일럿이 된 희진이 상상 속에서나마 이모에게 가장 아름다운 하늘을 모아 보여주고, 그에 응답하기라도 하듯 이모가 희진을 향해 "가서 나 보란 듯이 잘 살아"(265쪽)라고 말하는 소설의 마지막 장면은 서로가 서로에게 기댈 때 삶이 이어진다고 말하는 듯하다. 이모의 돌봄은 결국 삶이 지속될 수 있도록 한 사람을 살리는 행위였으므로, 이모를 통한 변화를 받아들인 희진은 앞으로 자신만의 길을 걸어갈 수 있을 것이다. 소리와 희진이 각각 삼촌과 이모에게 의존했던 경험을 귀하게 여기며 그 시간에 대해 이야기할 때, '~에 달려 있지 않은in-dependent'이란 의미로 해석되는 '독립적인independent'이란 표현은 '의존하는dependent'을 '안에 품은in' 표현으로 전환된다(김영옥·류은숙, 『돌봄과 인권』, 코난북스, 2022, 52~53쪽 참조).

돌봄 활동이 평가 절하되는 사회적 맥락에는 이 활동이 인간의 나약함, 취약성 등을 상기시키기 때문도 있다. 근대 체제는 개인이 독립적으로 존재하려면 나약함이나 취약성같이 다른 누군가에게 기대는 성향은 제거해야만 한다고, 개인의 자유는 홀로 독립적으로 있을 수 있는 강인함을 통해 쟁취되는 것이라고 말해왔다. 「이모에게」에서 희진의 아빠가 이모를 대하는 태도에는 늘 옅은 무시가 깔려 있거나, 「사라지는, 사라지지 않는」에서 아홉 살 시절부터 식모 일을 해왔던 '기남'을 향해 식구들이 좀처럼 경멸의 시선을 거두지 않는 상황은 누군가에게 도움을 주는 활동과 그 보살핌에 응답하는 행위를 독립적이지 못하다고 여길 때 일어나는 것이다. 그 모습은 우리에게 많은 이들을 살리는 돌봄 활동이 제대로 대우받지 못하는 현실을 상기시킨다. 게다가 홍콩에 사는 딸 '우경'네 집으로 여행을 간 기남이 우경의 집에서 '헬퍼' 일을 하는 '제인'을 보며 자신의 식모살이 시절을 떠올릴 때, 「사라지는, 사라지지 않는」은 국가를 가리지 않고 하위 계층으로 계속해서 전가되는, 구조 자체가 이미 젠더화되어 있는 돌봄 노동의 현장을 또렷하게 가시화한다. 주말에는 집에 없는 제인이 어디서 자는지를 궁금해하는 기남에게 우경이 "그걸 내가 어떻게 알아. 어디 지낼 데 있겠지"(292쪽)라고 무정하게 대꾸하는 대목은 실제 홍콩에서 자주 포착되곤 하는, 휴일에 갈 곳이 없어 다리 밑에 모여 시간을 보내는 이주 여성들의 모습을 떠올리게 한다.

그러나 누군가의 돌봄 없이 살아갈 수 있는 사람은 세상에 아무도 없다. 인간은 태어나면서부터 죽을 때까지 다른 이를 필요로 하고 동시에 다른 이에게 필요한 역할을 하면서 살아가는 존재다. 돌봄은 이를 인식하게 하는 활동이자, 실제로 사람을 사람답게 살려내는 행위이다. 어찌 보면 '돌봄 3부작'으로도 읽히는 「파종」 「이모에게」 「사라지는, 사라지지 않는」은 홀로 남겨진 누군가를 보살피고 그 돌봄을 받은 이들이 종국에는 서로 기대고 의지함으로써 함께 살아가는 길을 모색했을 때 다다를 수 있는 사랑을 담아낸 작품이라 말할 수 있을 것이다. 이들은 법적인 원가족으로 묶여 있지 않더라도 얼마든지 생기 넘치는 공동체를 꾸려갈 수 있음을 보여준다. 상호의존적인 관계는 독립적인 삶을 방해하는 게 아니라 각자의 삶을 더 충만하게 살아갈 수 있도록 돕는다. 이러한 삶을 누리지 말아야 할 사람은 없다는 의미에서, 최은영의 소설에서 상호의존적인 사람들은 공동의 책임이자 보편의 인권으로서의 돌봄을 사유하는 문을 연다.

더 가보고 싶어

그러니 최은영의 인물들이 특별히 더 작고 연약하게 느껴진다고 할 게 아니라 우리 모두에게 있는 작고 연약한 면을 최은영의 소설이 기민하게 포착할 줄 안다고 해야 할 것이다. 작아지고 연약해진 덕분에 연결된 타인을 통해 영향을 받고, 변화할 용기를 내는 사람들에 관한 이야기를 하는 것이라고. 최은영의 화자들 중 결말에 이르러 바뀌지 않는 인물은 거의 없다. 최은영의 인물들은 약자로서의 자기 자신을 재확인하는 자리가 아닌 스스로를 성찰하기를 망설이지 않음으로써 회복하는 자리에 있고자 한다. 소란으로 가득찬 침묵 속에서, 각각의 존재가 품고 있던 목소리의 빛깔을 찾아주는 방식으로 최은영은 회복하는 이야기를 쓴다. 최은영에게 있어 보이지 않는 잉크로 적힌 세상의 일을 품고 사는 사람들에게 숨을 불어넣는 일은 읽는 사람들의 귀에 닿지 못했던 그들의 말을 적어서 보여주는 일이자, 소설을 읽는 사람들과 함께 다른 잉크로 세상을 쓰기 시작하는 일이 아닐까.

마지막으로 선후배 여성 인물들이 서로 진실한 대화를 나누면서 각자가 더 나은 이야기를 쓰기 위해 애쓰는 사람으로, 주어진 현실에 머물지 않고 더 멀리 내다보는 사람으로 나아가는 소설인 「일 년」과 「아주 희미한 빛으로도」에 대해 말하고자 한다. 많은 설명을 덧붙이기보다는 두 소설에서 쉽게 잊히지 않는 장면을 나란히 함께 읽기로 한다.

먼저, 「일 년」에서 '다희'가 마지막으로 출근하던 날, '그녀'가 다희를 차로 데려다주며 나누는 대화 장면을 읽는다.

오늘이 마지막일 수 있어요, 우리 카풀. 다희가 말했다.

그래요.

선배.

네.

우린 말이 참 잘 통했어요.

그녀는 고개를 끄덕였다.

선배가 저 아껴준 거 알아요. 전 선배한테 아무것도 해준 것도 없는데.

다희씨는…… 그녀는 머뭇거리면서 말을 골랐다. 저는…… 다

희씨 좋아하면서 다른 사람들도 조금은 좋아하게 됐어요. 그건 아무것도 아닌 게 아니에요.(119~120쪽)

사람들이 각자 독백을 하고 마는 게 아니라 대화다운 대화를 나눈다면 무슨 일이 벌어질까. 상대에게서 지금까지 알던 것과는 전혀 다른 면모를 발견하기도 하고, 짐작조차 하지 못했던 상대의 모습을 알게 되기도 할 것이다. 소설 속 그녀가 생각하듯, 이는 두려운 일일 수 있다. 그만큼 상대에게 바라는 게 많아질 수도 있기 때문이다.

그녀와 다희 또한 그걸 알고 있다. 알면서도 더 대화를 나누기로 한다. 혼자 간직하던 빛을 새어나가게 하고, 그것이 서로의 눈을 부시게 해 때론 상처를 입히기도 한다. 이들이 나누는 이야기에는 그 속에서만 "제 모습을 드러내던 마음"(123쪽)이 있기 때문이다. 첫 장에서 언급한 '이야기를 좋아하면 가난해진다'는 말은 어쩌면 이런 이유로 회자돼온 것인지도 모른다. 이야기를 통해 자신의 모습을 자꾸 보여주게 되면 어느 순간 이야기를 꺼낸 그 자신이 허기진 상태에서 벗어날 수 없다는 의미에서. 그러나 다희와 그녀는 차 안에서의 마지막 대화를 통해, 상대방이 어떻게 건네받는지에 따라 이야기를 꺼낸 사람이 허기지지만은 않을 수 있다는 것을, 서로에게 귀와 입을 내어주던 시간은 사라지지 않고 각자의 마음에 남아 또다른 힘을 채워나가게 한다는 것을 알게 된다.

이어서 「아주 희미한 빛으로도」에서 선생님인 '그녀'와 '희원'
이 용산참사가 일어난 날, 각자가 무엇을 했는지 이야기를 나누는
장면을 읽는다.

　그녀와 나의 대화는 그 새벽 우리가 무엇을 하고 있었는지로 흘
러갔다. 나는 그 전날 마신 술 때문에 내내 누워 자고 있었다고 말
했고, 그녀는 소논문을 쓰고 있었다고 말했다. 우리는 한동안 별말
을 하지 않았다. 그녀는 주제를 돌려 내가 알 만한 장소들을 물었
다. 나는 가봤다, 아직 못 가봤다, 답을 하면서 그녀가 여전히 그날
에 대해 생각하고 있으리라고 짐작했다. 애써 밝게 말하려 했지만
목소리가 계속 잠겨 있었고 웃어도 웃는 것처럼 보이지 않아서였
다. 같은 시간 그런 일이 벌어지고 있을 때 책상에 앉아서 논문을
쓰고 있었다는 사실만으로도 누군가는 자신의 마음에 상처를 낼
수 있다는 걸 나는 그녀의 얼굴을 보며 이해했다. (……)
　지하철이 한강을 건너가고 있었다. 검은 밤하늘과 검은 강이 배
경이 되어 차창에 우리의 모습이 비쳐 보였다. 키가 크고 골격이
큰 편인 나와, 나보다 머리 하나는 작고 왜소한 그녀가 붙어서 있
는 모습이었다. 그렇게 작고 마르고 뼈대가 가는 사람이 그때의
내 눈에는 누구보다도 강한 사람처럼 보였다. 나도 그녀처럼 되
고 싶다고 생각했다. 그녀처럼 강한 사람이 되고 싶다고. 나는 고
개를 돌려 그녀를 바라봤다. 어깨에 크로스백을 메고 차창을 바라

보는 그녀의 모습을 보니 이상하게도 슬프고 그리운 마음이 들었다.(27~28쪽)

서로의 글을 읽는 사람이자 각자의 글을 쓰는 사람으로서 그녀와 희원은 '무엇을 어떻게 읽을지/쓸지'를 치열하게 묻고, 읽고 쓰는 것만으로 자신의 몫을 다했다고 믿는 기만으로부터 멀어지고자 노력하는 이들이다. 그런 그들이 2009년에 있었던, 정부의 과잉 진압으로 시위중이던 국민들이 목숨을 잃은 용산참사에 대해 이야기를 나누는 건 당연한 일인지도 모른다.

그들은 참사에 대해 판단을 내리는 대신, 그날 그 일이 일어났을 때 자신들이 무엇을 하고 있었는지 말한다. 그리고 그건 자신이 내는 목소리에 '자신'만이 가득차 있을 수 없다는 것을, 자신의 목소리는 언제나 자신이 살아가고 있는 세상의 다른 이들의 목소리를 포함한 채 존재한다는 것을 자각한다는 뜻이기도 하다.

그녀는 그 일이 일어난 동시대를 살아가는 사람으로서의 책임을 저버리지 않는 것이야말로 읽고 쓰는 사람들의 몫임을 희원에게 "슬프고 그리운 마음"이 깃들게 함으로써 알리는 것만 같다. 그 마음에는 "이미 세상에서 사라져버린 사람들"의 "머릿속에서 그려진 세상"이 남기는 "빛으로 보이는 것들"(43쪽)이 담겨 있다. 희원이 그 마음의 빛을 따라 "나도, 더 가보고 싶었던 것뿐"(44쪽)이라고 말할 때 이제 우리는 안다. 더 가보고 싶어하는 마음, 바로 거기에서부터 다른 잉크로 세상을 쓰는 일이 이어질 수 있다고.

작가의 말

두번째 소설집을 냈던 때가 엊그제 같은데 벌써 오 년이라는 시간이 흘렀다. 문자 그대로 엊그제 같은데.

책을 낼 때면 원고를 썼던 시간을 다정한 눈길로 바라보게 된다. 무엇을 얼마나 잘했는지 못했는지, 성공했는지 실패했는지 같은 시선으로 나의 지나간 시절을 정의할 수 없게 된다. 잃었다고 생각하는 것들의 목록을 만드는 일도, 내 힘으로는 차마 어쩌지 못했던 순간들을 복기하는 일도 하지 않는다. 그저 그리운 마음으로 놓아준다. 원고를 쓴 시간을, 내가 통과해온 모든 순간을. 이 글들을 묶어 책으로 내놓으면서 나는 지난 오 년의 시간과 이별하고자 한다.

이 소설집으로 예전 동네에서 쓴 원고는 모두 세상의 빛을 보게 되었다. 원고를 묶으면서 그 동네에서 글을 썼던 삼십대 초중반의 시간을 고마운 마음으로 기억할 수 있었다. 그때의 내가 필사적으로 지키고자 했던 마음 덕분으로 나는 나의 지금을 살아가고 있다.

나는 여러모로 결핍이 큰 사람이었고, 어려서부터 삶이라는 것을 어쩔 수 없이 치러야 할 벌처럼 느낀 적이 많았다. 그렇지 않은 척 스스로를 포장할 때조차 그랬다. 그런 내가 나의 결핍에 감사하고 그걸 받아들이는 데까지 쉽게 점프하여 갈 수 없다는 것도 이제는 안다. 삶은 언제나 현재진행형이고 나는 그 누구도 대신 해결해줄 수 없는 문제를 풀면서 한 걸음 한 걸음씩 나아갈 뿐이다.

나의 결핍을 안고서 그것을 너무 미워하지도, 너무 가여워하지도 않고 그저 하루하루를 살아가는 것. 슬프면 슬프다는 것을 알고 화가 나면 화가 난다는 것을 알고 사랑하면 사랑한다는 것을 알면서 나를 계속 지켜보는 일. 나는 지금 그런 일을 하는 중인 것 같다.

소설을 쓰면서 잊힌 기억이 살아날 때, 나는 나보다 더 깊은 곳에 있는 내가 전하고자 하는 말을 듣는다. 「파종」을 쓰면서 지금의 나보다도 젊은 나이에 죽을 고비를 지났던 병실 속 아빠의 모습을 떠올렸다. 병원에서 출퇴근을 하느라 고생했던 어린 엄마도, 우리 남매를 전적으로 돌봐줬던 할머니, 할아버지도. 그때 아빠가 살아난 것, 그리고 그 이후의 시간이 우리에게 주어진 것은 결코 당연한 일이 아니었다. 나는 그 사실을 오래 잊고 있었다.

결코 당연할 수 없는 나의 사랑하는 이들에게 고마운 마음을 전한다. 언제나 내 글을 깊게 읽어주고 도움을 주시는 문학동네 편집부에 감사하다. 마음을 보태주신 권여선 선생님과 정희진 선생님, 그리고 해설을 써주신 양경언 평론가께도 감사드린다.

　나는 사랑을 하는 일에도 받는 일에도 재주가 없었지만 언제나 사랑하고 싶은 사람이었던 것 같다. 그 마음이 이 일곱 편의 글에 실려 어딘가에 닿을 수 있으면 좋겠다. 사실 언제나 내가 바라온 건 그것뿐이었던 것 같다.

2023년 여름
최은영

| 수록 작품 발표 지면 |

아주 희미한 빛으로도 …… 『릿터』 2019년 2/3월호

몽 …… 『한국문학』 2018년 하반기호

일 년 …… 『창작과비평』 2018년 겨울호

답신 …… 『현대문학』 2021년 6월호

파종 …… 『창작과비평』 2022년 가을호

이모에게 …… 『문학동네』 2022년 겨울호

사라지는, 사라지지 않는 …… 『문학수첩』 2023년 상반기호

문학동네 소설집
아주 희미한 빛으로도
ⓒ 최은영 2023

1판 1쇄 2023년 8월 7일
1판 15쇄 2025년 1월 7일

지은이 최은영
책임편집 김내리 | 편집 서유선 이상술 염현숙
디자인 최윤미 이원경 | 저작권 박지영 형소진 최은진 오서영
마케팅 정민호 서지화 한민아 이민경 왕지경 정유진 정경주 김수인 김혜원 김예진
브랜딩 함유지 함근아 박민재 김희숙 이송이 김하연 박다솔 조다현 배진성
제작 강신은 김동욱 이순호 | 제작처 영신사

펴낸곳 (주)문학동네 | 펴낸이 김소영
출판등록 1993년 10월 22일 제2003-000045호
주소 10881 경기도 파주시 회동길 210
전자우편 editor@munhak.com | 대표전화 031) 955-8888 | 팩스 031) 955-8855
문의전화 031) 955-2696(마케팅) 031) 955-8864(편집)
문학동네카페 http://cafe.naver.com/mhdn
인스타그램 @munhakdongne | 트위터 @munhakdongne
북클럽문학동네 http://bookclubmunhak.com

ISBN 978-89-546-9505-3 03810

www.munhak.com